国学经典

[唐] 李白 著

李白诗文选

阮堂明 阮文娜 选注

中州古籍出版社

李白诗文选

前言

对于许多人来说,李白是一个既熟悉又陌生的名字。说熟悉,是因为只要接受了义务教育的人,都会在义务教育阶段的语文课上学过李白的某些诗篇,都能随口吟出像“孤帆远影碧空尽,惟见长江天际流”、“飞流直下三千尺,疑是银河落九天”、“白发三千丈,缘愁似个长”、“天生我材必有用,千金散尽还复来”、“长风破浪会有时,直挂云帆济沧海”等传世的名句;而许多人幼年所接受的最早的一首古诗,正是李白的《静夜思》。不仅如此,对于流传下来的李白的一些传奇故事,诸如“铁杵磨针”、“力士脱鞋”、“醉酒捉月”以及“骑鲸升天”等,不少人也是耳熟能详。正是从这个意义上说,对许多人而言,李白是熟悉的,尤其是相对于古代其他诗人来说,更是如此。说陌生,则是因为这种熟悉终究是有限的,建立在这种熟悉基础上的对于李白的印象,说到底是模糊的、零碎的、表面的,而不是清晰的、整体的、本质的,甚至于还有一些对李白的误解在内。可以设想,如果大家基于这种了解,来画一幅心目中的李白像的话,不仅各自所画的李白像会差异很大,更主要的是距离真实的李白会很远!正是如此,我们需要更多地借助于阅读作品,纠正对李白认识上的某种偏差,加深对李白的了解,进一步走进他的精神和诗歌的艺术世界。

或许有人会问:当今网络化的时代,知识信息急速地膨胀、泛滥,思想文化则多元并存，作为一千多年之前的古人，李白在当下社会还有学习和了解的必要吗？应该说，这是一个非常严肃又很紧迫的问题，从大的方面说，它涉及如何看待传统文化的现代意义与价值问题。目前，我国正处于经济与社会发展的转型时期，一方面尚未实现现代化的国家发展目标，尚未建成现代公民社会，而另一方面，思想文化却在经济全球化和信息技术的影响下，脱离现有经济和社会发展阶段和水平，表现出与西方世界后现代主义思想相近的价值取向，导致了类似于“价值的真空”的情况的出现——新的文化价值体系尚未建立，旧的价值体系却已提前“瓦解”。在当下中国，以反乌托邦、去中心化以及解构“元话语”、“宏大叙事”等为取向的后现代主义思想，就像一种名叫水葫芦的外来物种在引入中国之后肆意地蔓延一样，大行其道；尤其是近年来，这种后现代主义思想，与网络文化的话语平权机制相结合，更是在价值层面上消解以往人们普遍认同的神圣、权威价值和理念，利用反讽、戏说、插科打诨式的手法，解构文化传统与文学经典，以达到彻底地放纵和娱乐的目的。正因为如此，我们常常在网络上看到一些低劣、恶俗的“恶搞”文学经典的行为，古典小说四大名著中“西游”被“大话”、“三国”被“水煮”、“水浒”被“笑传”、“红楼”被“恶搞”，无一幸免。李白也同样在网络上遭遇了这种“恶搞”，某北京大学博士堂而皇之地宣称李白是“大唐第一古惑仔”，“吃软饭”，“打群架”，“混黑道”，“梦想在闹市砍人”；湖南某号称作家的人把李白看作是“炒作大师”，认为李白从生到死都充满“炒作”的浓厚气息；而影视剧《杨贵妃秘史》则从“文艺气质男”的角度来定位李白形象；等等。五花八门，不一而足！将古往今来一直深受人们喜爱的伟大诗人李白，解读成社会上寻常可见的那种不着调、不靠谱、游手好闲的街头混混。网络文化中的这种恶俗倾向，不仅对历史、文化、先人没有起码的敬意，更是极尽污蔑和亵渎之能事，不能不令人愤慨，也不能不说是这个时代的悲哀！难怪时下有人感叹，“经典逐渐枯竭的力量无法抗拒平民化网络写作的诱惑力，经典要么撕破自己清高的经典面孔，跳入网络化的民间写作空间中去，要么在网络的时代隐退索居，束阁庋藏，沉默不语”。然则，这就是文学经典的命运吗？这就是李白在当下的命运吗？在我看来，当然不是！首先，网络归网络，网络只是一个平台而已，网络文化的低俗并不代表网络环境下每个人都低俗；况且网络的多元文化中，也有正面的价值建构和维护，也有自律和自我纠偏的另一面。其次，中国现在处于社会发展的转型时期，随着中国社会经济的发展，与社会发展水平相应的新的价值体系自然会逐步建立起来，成为全社会共同信奉和维护的价值，而这种新的文化价值体系不会是空中楼阁，而是自然会吸纳和借鉴传统文化价值体系中的积极内容，给予传统文化价值以充分的尊重！正是如此，这个时代仍然需要李白，需要李白作为经典引领我们，并且客观上也有接受李白的空间。说到底，这是由我们每个人自我救赎、发展和提升的需要决定的。诚然，在中外悠久的文化传统和文学经典之中，李白只是其中的一部分，而不是唯一的、必须的选择。除了李白，人们还有其他提升自我的途径和方式。但是，只要我们有提升自我的愿望和需要，李白就能成为可能的选择之一；而如果我们进一步了解了李白，我们就会喜欢、热爱李白，接受他的诗给我们带来的精神上的洗礼和情操上的陶冶，提升我们人生的进境。

那么，我们应该怎样读李白的诗呢？我以为在具备了基本的阅读、理解和欣赏能力的前提下，从大的方面说，应该注意把握两点：

一是要“具了解之同情”。陈寅恪先生在《冯友兰〈中国哲学史〉上册审查报告》中指出：研究古人之学说，“应具了解之同情”，“盖古人著书立说，皆有所为而发。故其所处之环境，所受之背景，非完全明了，则其学说不易评论”。其实，研究古人的学说如此，阅读古人的诗也同样如此。李白所生活的时代距离我们今天已有1200多年，要正确把握和理解李白的诗，就需要我们突破古今时间上的间隔，走进诗人生活的时代环境，克服因为缺乏“存在的呼应”所造成的陌生和距离感，在此基础上构建沟通我们与李白之间的生命通道。消弭或缩短了距离，我们即能进入李白的精神世界、情感世界，与他同感共应，从而能设身处地地理解李白。这就要求我们一方面需要立足历史文献，对唐代社会政治经济及文化有基本的了解，同时更要注意弄清李白生平的主要行迹和事迹，将李白的诗歌创作与其生活联系起来，尽可能把握作品产生的具体环境，以便于更准确地理解作品所传达的思想感情。举个例子来说，李白生平中曾经历两次入赘相府的婚姻，这原本是诗人婚姻不幸的体现：首次婚姻中妻子许氏在为李白生育一双儿女后病卒，李白被迫离开安陆，移家东鲁。而因为第二次婚姻，李白无法与自己的儿女一起生活，不得不忍受与儿女天各一方的离散之苦。但是诗人的这种婚姻乃至人生悲剧，在某北大博士那里，竟然被说成是李白“吃软饭”、“傍富婆”。这种解释，不能不说是对李白的严重“误读”，荒谬之极，简直是信口雌黄！因此，正如孟子所说：“颂其诗，读其书，不知其人可乎？”我们读李白的诗，也同样需要如此，甚至还不能仅仅“知”，而应在“知”的基础上，更进一层地入乎其内，达到李白思想与精神的同一种高度，与之一体无分，主客俱冥，在精神情感上完全地交融——这才是陈寅恪先生所要求的“了解之同情”之要义！也只有这样，我们才能更准确、深刻地理解李白，获得李白提供给我们的巨大精神力量。同时，我们也才能以历史的眼光看待问题，而不至于以今人的立场和标准去苛求前人。

二是要注意全面、完整地认识和把握李白。李白作为一位文化巨人，就如同一座高山，耸立于中国历史之中。他不是平面、单一的存在，而是立体的、多样的，他的思想与精神人格因此具有多侧面性，恰如苏轼《题西林壁》中所说“横看成岭侧成峰，远近高低各不同”。由于李白所达到的生命高度，我们在认识和把握李白时，往往看到的只是他的思想与精神人格的某些侧面，而难以是全部。而这些侧面作为现象，有时看起来相互之间会构成一定的矛盾性。比如李白积极地追求功名理想，却又时常极力否定功名与富贵；李白以“济苍生”、“安社稷”为人生最高追求，却又常常求仙访道，甚至通过仪式，正式加入道教；李白尊奉儒家和孔子，却又自比楚狂人，常常非圣非儒，嘲弄孔子；李白原本功名心极强，却常常流露“功成身退”的思想；李白高自标置，标榜“平交王侯”，却又有一些谄谀之辞；李白相信“天生我材必有用”，有时却又自我否定；等等。所有这些，都给人以矛盾的印象。那么，这种矛盾现象是如何形成的，又应该如何看待呢？实际上，这些现象，在表象上确乎是矛盾的，但是从本质上说，又是统一的，并不矛盾。这反映了李白虽有一以贯之的根本思想和人生追求，但是在人生的特定阶段或者某些偶然与特殊的情境下，也会表现出与根本思想相冲突的情形。同时，由于生活经历的丰富、复杂，诗人的思想前后发生一定程度的变化，也是自然而然的，但这并没有改变其思想在本质上的一致性。总之，这些看似矛盾的现象，分别展示了李白思想与精神人格的不同侧面，从根本上说，反映了李白人生体验和经历的丰富性。我们在看待这些现象时，一方面要深入把握李白思想和人格精神的本质和主导方面，同时要尽可能全面、完整地看待李白，否则就会受这些表面现象的制约，割裂李白形象的完整性。

本编选注李白诗文，文字上以宋本《李太白文集》为底本，同时参考李集其他版本。底本明显有误则据其他版本做适当改动，并作说明；底本不误而参校本误者，则不作说明。全编凡诗 140 余首、文 10 余篇，大体以时间先后为序，先诗后文。需要指出的是，李白的古风诗、乐府诗，往往作年难定，对此，编者主要根据学界一般性认识来确定，不敢自以为是地妄加系年。由于本人才疏学浅，在篇目的选择、诗文的注释及诗文意义的理解方面，都一定会存在许多不足，这都有赖于广大读者批评指正。在本文开头，编者曾设想若在对李白一知半解的情况下，去描画一幅李白的画像，会距离李白的真实很远。本编虽力求选择李白代表性的诗文，但以编者识见之凡鄙庸陋与李白之超卓伟大，何敢以比例很少的作品去求李白仙真之全体？况且西人有言："一千个读者，就会有一千个哈姆雷特。"借用此言，我们又何尝不能说每个读者心中也都有一个李白形象呢？而我又何敢以自己所理解的李白强加给广大读者呢？古人云"智者不言"，我虽非智者，却知道此言的道理，所以还是李白仙真之全体留给读者去想象，我愿意将最喜爱的李白的两句诗拿来与读者分享，并相与共勉，那就是——

独立天地间，清风洒兰雪！

阮堂明

2011 年 4 月于苏州

目 录

诗 选

文选

诗选

访戴天山道士不遇[①]

犬吠水声中，桃花带雨浓。树深时见鹿，溪午不闻钟[②]。野竹分青霭[③]，飞泉挂碧峰。无人知所去，愁倚两三松。

[注释]

①此诗作于李白蜀中生活时期。戴天山，又名大匡山、大康山，在今四川省江油市。李白十八九岁时，曾读书于此，此诗当即作于其时。②不闻钟：道观午间按理当鸣午钟。此因道士外出未归，故午钟未鸣。③青霭：山间云气。

[评析]

这首诗是李白现存诗篇中，可以考知年代最早的一首诗，虽无奇情壮采，但抒情写景，韵致清逸，已见出少年李白不凡的才情。诗之佳处在于不以切题为妙，而是“于言外求旨”，虽无一字说道士，无一字说不遇，却句句是不遇，句句是访道士不遇。闻犬吠，见桃花，见出往访道观并逐渐临近之意。“时见鹿”、“不闻钟”，暗示不见道士。野竹分霭，飞泉挂峰，则由近观转而远眺，以状戴天山之深幽。结尾二句，归结到访而未遇，表达心中之怅惘。应该指出的是，此诗虽着墨于写景，但着力点则在写人，借描写道观环境之清幽深静，间接地烘托道士远离尘俗、无烟火气的高人形象。唐诗中每有咏寻访隐沦或道士、僧侣而不遇者，其尤为人称道者，则是贾岛的《寻隐者不遇》："松下问童子，言师采药去。只在此山中，云深不知处。"简约深永，味之不尽。然而，若就表现意图来说，李白此诗可谓滥其觞矣。

白头吟二首[①]（选一）

锦水东北流，波荡双鸳鸯[②]。雄巢汉宫树，雌弄秦草芳[③]。宁同万死碎绮翼，不忍云间两分张[④]。此时阿娇正娇妒，独坐长门愁日暮。但愿君恩顾妾深，岂惜黄金买词赋[⑤]。相如作赋得黄金，丈夫好新多异心。一朝将聘茂陵女，文君因赠《白头吟》。东流不作西归水，落花辞条羞故林[⑥]。兔丝故无情，随风任倾倒。谁使女萝枝，而来强萦抱。两草犹一心，人心不如草[⑦]。莫卷龙须席，从他生网丝[⑧]。且留琥珀枕，或有梦来时[⑨]。覆水再收岂满杯，弃妾已去难重回[⑩]。古来得意不相负，只今惟见青陵台[⑪]。

［注释］

①这首诗是李白开元八年（720）游历成都期间，因感卓文君之事而作。白头吟，乐府《相和歌辞》楚调曲。据《西京杂记》，司马相如欲聘茂陵人女为妾，卓文君作《白头吟》以自绝，相如乃止。李白集中，《白头吟》共两首，另一首与此内容相同而语句略异，盖一诗之两传者。此为第一首。②"锦水"二句：锦水即锦江，为岷江支流，流经成都南。传说蜀人于江中濯锦而锦愈鲜明，故名。鸳鸯，雌雄偶居不离的水禽，古称匹鸟，常以喻夫妇。按，司马相如在临邛，慕卓文君才貌，卖身入卓府，伺机以琴挑之。文君父卓王孙怒而逐之，二人遂奔成都。后复返临邛，设酒肆为生。文君当垆，相如衣犊鼻裈（短裤，一说围裙）操持。卓王孙羞之，赠金命二人再往成都。二句兴以指此。③"雄巢"二句：司马相如往长安，

献《上林赋》、《大人赋》于汉武帝，渐得信任。二句言相如、文君入京。汉宫树、秦草芳互文见义。④分张：犹言分离。⑤“此时”四句：汉武帝陈皇后，小字阿娇，初甚得宠幸，因性妒而失宠，幽居长门宫。闻相如能赋，奉黄金百斤令作《长门赋》。武帝阅而感之，复得宠幸如初。⑥“相如”六句：引出《白头吟》本辞。茂陵，古县名、陵寝名。汉武帝建元二年（前139）于槐里县（今陕西兴平县东南）茂乡筑茂陵，死后葬于此，并因此置茂陵县。东流西归，文君本辞：“蹀躞（dié xiè）御沟上，沟水东西流。”落花，喻文君。条，喻相如。故林，喻乡亲父老。⑦“兔丝”六句：古诗“与君为新婚，兔丝附女萝。兔丝生有时，夫妇会有宜”六句化用之。兔丝、女萝均为攀缘植物。此以兔丝比相如，女萝比文君。两草一心，文君本辞：“愿得一心人，白头不相离。”⑧“莫卷”二句：《玉台新咏》卷十《近代吴歌九首》其八：“玉枕龙须席，郎眠何处床。”此化用之，言当初共枕之床席虽空而不忍卷去。龙须席，以龙须草编成的凉席。从，任。网丝，蜘蛛攀丝结网。⑨“且留”二句：徐陵《杂曲》：“只应私将琥珀枕，暝暝来上珊瑚床。”琥珀，珍木脂汁凝成的化石。⑩“覆水”二句：旧传姜太公吕望初娶马氏，马氏厌其不事产业而去之。后太公佐武王平天下而封齐，马氏求再合，太公取水倾覆于地而令马氏收之，能则合，不能则绝。马氏收水，唯得泥土。二句化用之以表决绝。文君本辞：“闻君有二意，故来相决绝。”⑪“古来”二句：文君本辞：“男儿重意气，何用钱刀为。”此用其义。青陵台，战国时宋康王所筑，故址在今河南商丘。传说宋康王悦舍人韩凭妻何氏美貌，欲夺之，因捕韩凭筑青陵台，韩凭自杀，临葬，何氏跃入墓穴并死，康王怒，命分墓葬之。后有梓木生于二冢之端，旬日而合抱，屈体相就，根交于下，枝错于上。又有鸳鸯，雌雄各一，恒栖树上，交颈悲鸣。宋人哀之，遂号其木曰相思树。事见干宝《搜神记》。此化用其事，以关合起句。

［评析］

这首诗凡三十句，结构上可分两大部分。前十六句作为第一部分，述卓文君《白头吟》事之本末。后十四句作为第二部分，即事咏叹，演绎文君本辞欲申之意。整首诗隐括卓文君《白头吟》本辞，而又自创新词，不仅融入了吟咏陈皇后的另一乐府旧题《长门怨》的内容，还通过运用与本题相关的典实，如姜太公覆水、韩凭夫妇并死等，在综合的基础上，大大丰富并拓展了本辞的思想感情，使诗歌具有了更为深广的历史内容。这首诗写情细致入微，缠绵婉曲，殊有风致。诗人善于以丰富的想象融化典故，在白描中见奇思逸想，虽然带着旧题的镣铐，但并未局限作者自如地舞蹈，故全诗思致跳脱，势若贯珠而又浑然一体。另外，此诗意脉较之文君本辞，更加显豁，辞藻也更为华丽，更近于南朝艳歌体，显示出逞才炫博以与本辞争胜的倾向。明乎此，对于认为李白此诗“为明皇宠武妃废王皇后而作”之旧说，以及今人所谓“寓在朝被疏后自伤之意”之论，笔者觉得都过于牵合而难免求之过深了。在笔者看来，此诗不过是李白初次游历成都时，受成都丰富悠久的历史文化的感发，感于卓文君之事而随题寄兴罢了，见出青年李白对成都历史文化的浓郁兴致。

上李邕①

大鹏一日同风起，抟摇直上九万里②。假令风歇时下来，犹能簸却沧溟水③。世人见我恒殊调，闻余大言皆冷笑④。宣父犹能畏后生⑤，丈夫未可轻年少⑥！

［注释］

①此诗作于开元八年(720)前后，李白时年20岁左右。李邕，广陵江都(今江苏江阴)人，历任数州刺史。其才高行直，重义爱士，素有美名。以性豪侈，矜炫不羁，为时相所忌而频遭贬斥。天宝中为北海郡守，因事下狱，李林甫使酷吏就郡杖杀。世称李北海。开元七至九年，李邕尝官渝州刺史，李白或由江油游历成都后前往拜谒。②“大鹏”二句：《庄子・逍遥游》：“鹏之徙于南冥也，水击三千里，抟(tuán)扶摇而上者九万里。”此二句化用庄文之意。抟，从风而上。摇，即扶摇，自下而上的旋风。③簸：簸扬，掀起。沧溟：大海。④殊调：与众不同的风调。大言：夸张之言，放言高论。《庄子・齐物论》：“大言炎炎。”⑤“宣父”句：用孔子事。《论语・子罕》：“子曰：后生可畏。”《新唐书・礼乐志》：“贞观十

一年,诏尊孔子为宣父,作庙于兖州。”⑥丈夫:成年男子,此指李邕。

[评析]

这首诗颇能见少年李白骨力初成时的风发意气。据诗中内容可以推知,李白拜谒李邕时,或因“以敌体之礼自居”,放言高论,狂放不羁,引起同样矜炫不羁的李邕的反感而未被识拔,李白因不满而以此诗回敬之。难能可贵的是,即便是面临挫折,李白仍然以大鹏自许,以孔子“后生可畏”之语自励,体现出非凡的气概与不惧挫折的勇气。诗中的大鹏,虽取源于《庄子》,但经过了诗人以自我为中心的创造性改造与转换,由《庄子》语境中作为自由的象征,转化成诗人卓越超凡的人生理想的象征,表现出诗人即使在高蹈远引时,骨子里仍然具有的一份执著于现实人生的精神。不仅仅是开头两句,即便是“假令风歇时下来,犹能簸却沧溟水”二句,他发挥庄子的想象时,我们也能鲜明地感受到其中所蕴涵的巨大精神力量,不能不为其所具有的融自信、狂傲、倔强、俊逸于一体的精神而赞叹!显然,在李白这里,“大鹏”已不再仅仅是作为诗之意象,而是具有了诗人人生“图腾”的意义,成为解开李白人格特质与精神旨趣的关键钥匙。

峨眉山月歌①

峨眉山月半轮秋,影入平羌江水流②。夜发清溪向三峡③,思君不见下渝州④。

[注释]

①这首诗是开元十二年(724)秋李白去蜀途中所作,时年诗人24岁。峨眉山,在今四川峨眉县西南。有山峰相对如娥眉,故名。诗题前四字应连读。②平羌:平羌江,即青衣水,会大渡河而入岷江,在峨眉山略东。③清溪:又名板桥溪,位于嘉州龙游县,出平羌峡口五里。三峡:古时称“三峡”者甚众,细味诗

意,此三峡似非指长江三峡。《乐山县志》谓当指乐山县黎头、背峨、平羌三峡,而清溪即在黎头峡之上游。④君:指月。渝州:州名,今重庆市,以渝水(即嘉陵江)得名。

[评析]

开元十二年,李白经过近二十载的习读准备,怀抱"济苍生"、"安社稷"的宏伟理想,终于告别家园,"仗剑去国,辞亲远游",踏上了追求人生理想之路。这首诗即作于诗人"去国"途中。诗歌展现了一幅寥廓悠远、澄澈明净的世界,诗中的五个地名,与其说是诗人行程中次第所经历者,倒不如说是行将告别之际,诗人缅怀故乡而抚迹山川胜景。全诗传达了即将远行的游子对故乡由衷的惜别之情,一个"思君"便道尽了诗人热爱故乡山川胜景的内心情愫。然而,对于李白来说,巴蜀毕竟太狭小了,诗人渴望更为广大的世界、更为广阔的舞台。在这种信念的支配与激励之下,诗人虽有惜别之情,但并未因惜别而神伤,诗之情致也非如前人所谓"含情凄婉",而是缥缈清绝、神妙自然,从中自可体会诗人对前景的一份欣然的期待;正是如此,此诗在节奏与旋律上给人明快、宕逸之感,诗歌四句中而入地名者五,仍然能天巧浑成,神化无迹,不给人丝毫的堆垛、重复之感,追根溯源,正在于此!

渡荆门送别①

渡远荆门外,来从楚国游②。山随平野尽,江入大荒流③。月下飞天镜④,云生结海楼⑤。仍怜故乡水⑥,万里送行舟。

[注释]

①这首诗是李白初出巴蜀时作,时当在开元十二年(724)秋。荆门,山名,在今湖北枝城县西北长江南岸。送别,李白以拟人手法,写江水送自己离别故乡

蜀中。日本学者有认为此诗为李白之自送诗者，与此近似，可备一说。②来从：来向。楚：古国名。初受封于周成王，立国于荆山一带，楚文王时建都于郢（今湖北江陵）。公元前278年，灭于秦。③大荒：《山海经》有大荒之野，为日月出入处。后因以言旷野。④"月下"句：状明月映入江水之境。⑤"云生"句：指云气幻化而生的海市蜃楼。⑥怜：爱。

[评析]

此诗颇可与前诗《峨眉山月歌》相参看。前诗是去蜀而未离蜀时所作，此诗则是初离蜀中所作。正如"山随平野尽，江入大荒流"所显示的舟过荆门，巴蜀遮日蔽月的夹岸高山已为陈迹，呈现于诗人眼前的是莽荡无垠的旷野一样，诗人在告别了蜀中之后，终于置身于一个令他更加神往的广大的世界。从诗歌中间两联写景所体现出的万景纷驰、气象氤氲的飞动气势，我们不难感受诗人朴野、充沛的生命律动，以及内心涌动的希冀冲天一鸣的豪情与壮心。结尾二句，看似表达对故乡山水的眷恋，其实更主要的是对故乡山水作最后的告别，见出诗人急欲告别过去，投入未来人生的亢奋心态。

这首诗明丽杲如初日，风调豪宕壮逸，诗人以气运律、援古入律，在格律工稳、属对精切的同时，仍能生动流走，贯注着一股奔流的气势，是李白早年五律中有代表性的佳作，脱去了早期律诗的稚嫩而开始表现出自家面目。诗中"山随平野尽，江入大荒流"二句，气象开阔，震烁古今，古今论者多以与杜甫《旅夜书怀》中"星垂平野阔，月涌大江流"并举，以为可与匹敌。其实细加体会，又自有不同。盖二者境界虽皆雄阔，然杜诗出于笔力，李白则流自胸臆；杜以人力夺天工，李则以天工胜人力。另外，杜是停舟而静视，境界虽宏丽而静谧；李则是舟行而动观，境界故雄阔而奔放，可谓各有千秋。

秋下荆门①

霜落荆门江树空②，布帆无恙挂秋风③。此行不为鲈鱼鲙④，自爱名山入剡中[5]。

［注释］

①此诗敦煌唐人写本《唐诗选》题作《初下荆门》，当是诗人开元十三年（725）秋自荆门东下吴会时所作。荆门，见前《渡荆门送别》诗注。②江树空：谓深秋木叶凋落，视野空阔。③布帆无恙：用东晋画家顾恺之语，意谓一路平安。《晋书·顾恺之传》："恺之好谐谑，人多爱狎之。后为殷仲堪参军，亦深被眷接。仲堪在荆州，恺之尝因假还，仲堪特以布帆借之，至破冢，遭风大败。恺之与仲堪笺曰：'地名破冢，真破冢而出。行人安稳，布帆无恙。'"④"此行"句：西晋时吴人张翰，于洛阳任大司马齐王冏东曹掾。见秋风起，因思吴中菰菜羹、鲈鱼鲙，曰："人生贵得适意尔，何能羁宦数千里以要名爵！"遂命驾而归。后齐王事败，人称翰能"见机"。事见《世说新语·识鉴》，此化用之。⑤剡（shàn）中：即剡县，故治在今浙江嵊州西南。汉晋以降，高人逸士多隐居于此。

［评析］

这首诗作于诗人出蜀后第一次远游时，对锦绣前程的憧憬，对新奇而美好的世界的幻想，赋予了这首诗浪漫与理想的情调。诗虽作于深秋，却毫无萧瑟衰飒之感，而是山明水净、高朗寥廓，既生动表现了诗人的个性，也折射出盛唐时代特有的乐观开朗、昂扬向上的精神风貌。如果说初出蜀时，李白还难以割舍对故乡的眷恋的话，这里诗人则已经由对故乡的回首转而为对未来的畅想与展望了。"此行不为鲈鱼鲙，自爱名山入剡中"，与其说传达了诗人对吴越灵秀山水的喜爱之情，还不如说借追随魏晋名士、标榜高人雅士的格调，表现自己志在天下的胸襟和抱负。历史上，张翰把"鲈鱼鲙"与"名爵"对立起来，李白这里对"鲈鱼鲙"却"不为"，便隐然透露了此中消息。虽然李白以"自爱名山入剡中"自解，但这种解释更多的是一种托辞、掩饰，古人所谓"诗人之言，不足为实也"。

全诗虽仅四句，却能融写景、叙事、议论于一体，笔势超忽变幻、灵动多致，而又自然浑成。另外，四句诗而两用典故，或取字面义而弃其原意，或反用而另出新意，两个典故之间，又用"秋风"而巧意绾结,见出诗人的艺术匠心。或谓此诗俊快之中有思致,意即李白将充沛的才情与艺术技巧有机统一了起来,可谓知言。

望庐山瀑布二首[①]

西登香炉峰[②],南见瀑布水。挂流三百丈,喷壑数十里。欻如飞电来[③],隐若白虹起。初惊河汉落[④],半洒云天里。仰观势转雄,壮哉造化功[⑤]。海风吹不断,江月照还空。空中乱潨射[⑥],左右洗青壁。飞珠散轻霞,流沫沸穹石[⑦]。而我游名山,对之心益闲。无论漱琼液[⑧],且得洗尘颜[⑨]。且谐宿所好[⑩],永愿辞人间。

[注释]

①此诗当作于开元十四年(726)。庐山,本名曰鄣山。传周武王时,匡俗兄弟七人皆好道术,结庐于此山。后登仙去,空庐尚在,故曰庐山,也称匡庐。②香炉峰:庐山香炉峰有四,此指南香炉峰,位于庐山南部秀峰寺左后方。其峰尖圆,烟云聚散,如博山香炉之状,故称。③欻:迅疾貌。④河汉:银河。⑤造化功:大自然之功力。⑥潨(cóng):急流。⑦穹石:巨石。⑧琼液:琼浆玉液,仙人所饮,此处状瀑布水流之清冽。⑨尘颜:尘容,尘俗之颜。⑩谐:协调。宿:旧。

日照香炉生紫烟[①],遥看瀑布挂前川。飞流直下三千尺,疑是银河落九天[②]。

[注释]

①香炉:即香炉峰。乐史《太平寰宇记》卷一百十一:"香炉峰在山西北。"生紫烟:慧远《庐山记》:"东南有香炉山,孤峰独秀起,游气笼其上,则氤氲若香烟。"②九天:谓天之最高处,古时传说天有九重,亦作"九霄"。

[评析]

李白这两首诗,相较而言,后一首因体为七绝而流传更广,更为后人称道。诚然，后一首诗描写庐山瀑布惊心动魄的雄伟形象，尤其是诗之三、四两句，极写瀑布之动态，借助夸张、比喻，将瀑布自高空倾泻想象为银河倒悬，自天而落，更是雄奇绝特，撼人魂魄，堪称是一首礼赞大自然的神奇与伟力的诗篇。整首诗思致超忽，气势磅礴，富有想象力。而且，此诗非仅以才气取胜，在安排布置上，也见出诗人之匠心独运。像"疑是银河落九天"一句，看似凿空道出，想落天外，其实是接首句"日照香炉生紫烟"而来。盖首句写峰顶游气氤氲，幻若云霞，正为结句写瀑布自天而落设下了伏笔；而且诗人注重安排布置，并无斧凿痕，而是自然天成，浑然一体，诚所谓大匠运斤，神化无迹也。正是如此，晚唐诗人徐凝拟李白此诗而作的《庐山瀑布》"虚空落泉千仞直，雷奔入江不暂息。千古长如白练飞，一条界破青山色"，才因为质实拘泥，毫无飞动之致而遭到苏轼的强烈批评，并作《戏徐凝瀑布诗》以讽之："帝遣银河一派垂，古来惟有谪仙词。飞流溅沫知多少，不与徐凝洗恶诗。"推李白此诗为独步古今、无与伦比之作！

其实，较之第二首，第一首诗也堪称名作，诗歌采取五言古体的形式，在写庐山瀑布时，对景物的描写更为细致。全诗开门见山，直接就题而咏。前八句主要从大处着眼，写瀑布自天而落时的雄伟气势。中间八句先是赞叹造化的伟力，再从细处着笔，进一步描写瀑布之姿态变化无穷。其中"海风吹不断，江月照还空"二句，磊落清壮，气象雄杰，自来备受称赞。李白的友人任华《杂言寄李白》即云："登庐山，望瀑布，'海风吹不断，江月照还空'，余爱此两句。"最后六句表达喜爱名山之情，发愿永辞人间。将两诗对比可以看出，第二首诗主要是对第一首前八句的提炼与概括，因为自成一首，故而获得了独立完整的意义。而相对第二首诗，第一首诗描写景物更加细致具体，加之结尾部分的抒怀，比第二首在内容上又更加丰富。

李白《秋于敬亭送从侄耑游庐山序》有云："长山横蹙，九江却转。瀑布天落，半与银河争流，腾虹奔电，潨射万壑，此宇宙之奇诡也。"与此二诗描写相近，一诗一文，颇可参看。

望天门山[1]

天门中断楚江开[2]，碧水东流直北回[3]。两岸青山相对出，孤帆一片日边来。

［注释］

①此诗当是李白初下东南时所作，时在开元十四年（726）。天门山，位于安徽当涂县西南。东博望，西梁山。二山隔江东西相对，望之如门，故称天门山。②楚江：谓长江。当涂旧属楚国，故称。③直北回：谓江水经博望山后折向北流。直北，或作“至此”。

［评析］

古今不少注家以“日边”喻长安，以“孤帆”为李白自比，因谓此诗是李白初去京华时作。此种奇特解会，穿凿附会，失诗之旨。细味可知，此诗四句皆为写景，全诗围绕“望”字展开，着力描写望中所见。首句由上游远望天门山，统领全诗，着一“断”字、一“开”字，写出楚江冲破夹岸高山、奔涌而下的壮阔气势，极有动感与表现力，可谓以山衬水。次句则借水势衬托天门山倚江矗立的奇险，又反过来以水衬山，二者正反相应，相得益彰。三、四两句，诗人宕开笔墨，展现了一幅寥廓开远的画面，一个“出”字，写出舟行状态下，两岸青山化静为动，出而相迎的景象，表现了诗人乐观开朗的情怀。结句“孤帆一片日边来”，则由景及人，归结到自己放舟远行，色彩明丽绚烂，见出诗人兴会淋漓、情致饱满。总体而言，全诗着力描绘寥廓壮丽的背景下，诗人乘舟远行的场景。富有意味的是，在广大的天地里，诗人的“孤帆一片”，丝毫没有杜甫《登岳阳楼》中“亲朋无一字，老病有孤舟”所传达出的孤独寂寥之感，相反却让人觉得天地之广更衬托了诗人胸襟之豪迈与壮大。应该说,这充分反映了少年李白初赴吴越时对未来满怀的憧憬与期待。全诗色调明快绚丽,其根源也正在于此!明人胡应麟称赞此诗及《朝发白帝城》等"俱极自然,洵属神品,足以擅场一代",良非虚语!

长干行[①]

妾发初覆额[②],折花门前剧[③]。郎骑竹马来[④],绕床弄青梅[⑤]。同居长干里,两小无嫌猜[⑥]。十四为君妇,羞颜未尝开。低头向暗壁[⑦],千唤不一回。十五始展眉[⑧],愿同尘与灰[⑨]。常存抱柱信[⑩],岂上望夫台[⑪]。十六君远行,瞿塘滟滪堆[⑫]。五月不可触,猿声天上哀[⑬]。门前迟行迹,一一生绿苔[⑭]。苔深不能扫,落叶秋风早。八月蝴蝶来[⑮],双飞西园草。感此伤妾心[⑯],坐愁红颜老[⑰]。早晚下三巴[⑱],预将书报家[⑲]。相迎不道远,直至长风沙[⑳]。

[注释]

①此诗当是诗人开元十四年(726)东游吴越时在金陵所作。长干行,乐府《杂曲歌辞》旧题,内容以写男女爱情为多。长干,地名,位于今南京秦淮河之南。六朝时秦淮河两岸有一狭长山冈,其间平地为吏民杂居之所。江东称山陇之间为"干",故称。《李白集》中题作《长干行》者有二首,此其一,另一首疑非是太白作。②妾:古代女子的自我谦称。初覆额:刚遮住前额,意谓幼小时。古代女子十五岁始挽发加簪。③剧:游戏。④竹马:以竹竿当马,童戏。⑤床:井床,即井边围栏。一说指井上支辘轳的支架。弄:玩。⑥嫌猜:嫌疑,疑忌。古代封建礼教规定:男女七岁以上,授受不亲,以别嫌疑。此句谓当时两人都很年幼,天真烂漫,所以不避嫌疑。⑦向暗壁:向墙角暗处坐着。⑧展眉:眉头舒展,指自在地笑,应前"未尝开"。⑨"愿同"句:谓愿同生共死。⑩抱柱信:古代传说尾生与一女子约会,约定在桥下见面。女子未至,大水忽来,尾生守约未去,抱着桥柱而被水淹死。事见《庄子·盗跖》。这里用以表示长存互相信任、长相厮守的愿

望。⑪“岂上”句：古代传说一女子因为思念离家已久的丈夫，每日上山候望，久而久之化为石头，仍保持原来望夫的形象。后人称此石为“望夫石”，此山为“望夫台”。据《水经注·江水》及《舆地纪胜·江州》记载，在今江西德安县西北。此句意谓从未想过会有分离相望的一天。⑫“瞿塘”句：指丈夫入蜀经商之路。瞿塘，长江三峡之一，位于今重庆奉节县境内。滟滪(yàn yù)堆，瞿塘峡口凸起的礁石、险滩，参下注。⑬“五月”二句：设想丈夫行途苦险。不可触，《太平寰宇记》卷一百四十八：“滟滪堆，周围二十丈，在(夔)州西南二百步，蜀江中心瞿唐峡口……夏水涨，没数十丈。其状如马，舟人不敢进……谚曰：滟滪大如襆(fú)，瞿唐不可触。滟滪大如马，瞿唐不可下。”猿声，《水经注·江水》载，三峡七百里，两岸连山，重岩叠嶂，隐天蔽日。“林寒涧肃，常有高猿长啸，属引凄异，空谷传响，哀转久绝。故渔者歌曰：‘巴东三峡巫峡长，猿鸣三声泪沾裳。’”猿声因居高临下而凄厉，故曰“天上哀”。⑭“门前”二句：谓久盼丈夫未归，门前丈夫去时的足迹都已长满了青苔。迟，等待。⑮蝴蝶来：一作“蝴蝶黄”。旧说秋八月蝴蝶多黄色。⑯感此：指见蝴蝶双飞而生感触。⑰坐：因为。红颜老：春容衰改。⑱早晚：犹言何时。下三巴：从蜀中顺流而归。三巴为巴郡、巴东、巴西的合称，这里泛指蜀中。⑲书：书信。⑳长风沙：地名，位于今安徽安庆市东。据陆游《老学庵笔记》，长干里至长风沙，有七百里。此句谓为迎接丈夫而不辞遥远苦险。

［评析］

《长干行》是六朝时起于江南的乐府诗，内容以描写爱情为多，风格清丽。李白此诗延续了这一乐府旧题的题材，体制上则演六朝时的四句短章或联章组诗而为长篇杰构。诗歌着意塑造了一位贞信的思妇形象，以思妇“自诉”的口吻，描写对经商外出的夫婿的思情。从童年时代的两小无猜、天真烂漫，到初嫁时的弱态含羞；从婚后的甜蜜幸福到丈夫远行后的牵挂思念；从别后的思念到对未来重逢的期盼，感情深婉细腻、真挚动人，体现出兴会淋漓、天才纵逸之外，李白旖旎多致的另一面情怀。

此诗艺术上最大的特点，在于塑造女主人公的形象时，善于捕捉和表现女主人公的心理与情感世界。如“低头”二句，写新妇羞颜，见其新婚时心理；“十六”四句，写丈夫行途苦险，以见其内心的牵挂；“门前”八句，写别后境况，以见其对丈夫的思念之情。结尾又以“直至长风沙”，表现女主人公思念之深长、强烈与急切。这些描写不仅细致表现了女主人公的心理，对其不同情状下情感特点的把握也非常准确，可谓体察细腻而入微。另外，诗歌还善于利用铺垫与烘托的手法，借以表现思妇之情。诗的上半部分，主要写女主人公对过去的回忆，充满了幸福与甜蜜。这种描写就其目的来说，是为了烘托后半部分写丈夫离家后思妇的思念之苦，是以喜衬悲。“门前”四句，写环境的萧条，也是借以烘托思妇的孤独凄凉。正是多种艺术手段的运用，诗人才能将思妇对丈夫的思念与挚爱之情，表现得如此细腻真切、淋漓尽致，感人至深。前人论此诗，谓其写“儿女子情事，直从胸臆间流出，萦迂回折，一往情深”，可谓深中肯綮。

金陵酒肆留别[①]

风吹柳花满店香[②]，吴姬压酒劝客尝[③]。金陵子弟来相送，欲行不行各尽觞[④]。请君试问东流水，别意与之谁短长。

[注释]

①此诗当是李白开元十四年(726)春，客游广陵(今扬州)，途经金陵时所作。酒肆，酒店。②柳花：谓柳絮。明杨升庵《升庵外集》云：“柳花亦有微香，诗人之言非诬也。柳花之香，非太白不能道。”其实柳絮本无香味，此盖谓春气袭人，风来香满耳，未可以香自杨柳来也。③吴姬：吴地美女。金陵旧属吴，故称。此指酒店侍女。压酒：新酒初熟时榨取酒汁。客：诗人自指。④欲行：诗人自指。不行：指金陵子弟。尽觞(shāng)：饮尽杯中酒。觞，酒杯。

[评析]

诗有简而妙者。此诗作为一首七言短古，即调短情长，言浅意深，颇有风致，味之而无尽。诗虽仅六句却层次宛然。开头二句描写送别环境。首句写柳絮飘香，点出送别时春风骀荡的时令，并巧妙地以“香”字绾结花、酒，逗出下句。次句点出送别的地点——酒肆，以新酒初熟、吴姬劝饮见出江南风物、人情之美。中间两句叙事，写金陵子弟殷勤相送，宾主临别之际，各尽其觞，见出人情淳厚，虽未言情而情已自现。结尾两句抒情，以流水不及别意长，表达对金陵子弟热情好客的感念之意。整首诗语调平实，出语自然，惟其如此，感情也更为真实。清人沈德潜《唐诗别裁》谓此诗“语不必深，写情已足”，可谓信然。不过，细加体会，此“情”也者，非仅与金陵子弟之别情，还包括诗人初来金陵时扑面感受到的风情与人情，即此诗开头两句所描写者。甚至“金陵子弟来相送”，也是这种人情的一部分。正是如此，我们从诗中可以感受到鲜明的民歌风味。总之，与一般意义上留别诗重在表达别情不同，此诗兼有写金陵风物人情之美的内容，这就在一定程度上淡化了与金陵子弟的别情。或者换句话说，李白此诗所留别者，既是金陵子弟，也是风物美好、人情淳厚的金陵，李白借留别表达对金陵的眷恋与难舍之情。“但使主人能醉客，不知何处是他乡”，李白《客中作》中这二句诗已分明为我们道出此意！

越女词五首[①]

长干吴儿女[②]，眉目艳星月。屐上足如霜[③]，不著鸦头袜[④]。

[注释]

①此组诗是李白开元十四年(726)游历越中时所作。②长干：长干里，在今南京城南。参见前《长干行》诗注。吴儿女：吴地女儿。儿，古时兼指男女。③屐(jī)：木屐，一种拖鞋。《晋书・五行志》：“初作屐者，妇人头圆，男人头方。圆者，顺之义，所以别男女也。至太康初，妇人屐乃头方，与男无别。”霜：谓足白

也。④鸦头袜：拇指与其他四个脚趾分开的布袜，便于穿木屐。

吴儿多白皙[①]，好为荡舟剧[②]。卖眼掷春心[③]，折花调行客[④]。

［注释］

①吴儿：即吴地女儿。②荡舟剧：划船作戏。吴地女子多习水，划船时相互嬉戏而不惧。③"卖眼"句：谓以眉目传情。卖眼，丢媚眼。掷春心，示好之意。春心，谓少女情窦初开。④调：调笑。

耶溪采莲女[①]，见客棹歌回[②]。笑入荷花去，佯羞不肯来[③]。

［注释］

①耶溪：即若耶溪，在今浙江绍兴市南。溪旁有浣纱石古迹，相传为春秋时西施浣纱处。②棹歌：划船而歌。棹，船桨。③佯：假装。

东阳素足女[①]，会稽素舸郎[②]。相看月未堕[③]，白地断肝肠[④]。

［注释］

①东阳：今浙江东阳。素足：赤足。或谓白足。②会稽：今浙江绍兴。与东阳毗邻，有浦阳江相通。素舸(gě)：未上油漆的木船。舸，船。③"相看"句：谢灵运《东阳溪中赠答二首》其一曰："可怜谁家妇，缘流洒素足。明月在云间，迢迢不可得。"其二曰："可怜谁家郎，缘流乘素舸。但问情若为，月就云中堕。"此诗自谢诗点化而来。月未堕，反用谢诗意，语意双关，谓求而未得。④白地：平白地。断肝肠：谓感情痴迷。

镜湖水如月[①]，耶溪女如雪。新妆荡新波，光景两奇绝[②]。

［注释］

①镜湖：在会稽、山阴两县界，若耶溪北流入镜湖。②景：通"影"。

［评析］

这组诗所涉地域由金陵的长干到婺州的东阳，地跨吴越，显然是初下东南、一路水行时据见闻所作。说初下东南而作，一个显而易见的依据,是诗歌给人所带来的强烈的新鲜与好奇感。诗人主要以吴越清澈纯净的波光水色为背景,展示吴越女儿娇羞妩媚、纯真多情的形象,无论是景物还是人物皆给人以鲜活光亮、玲珑剔透的视觉印象,这与重游所易于产生的熟悉与亲切感迥然不同。诗人就像一位前来采风的高明摄影师一样,并不对吴越女儿的生活场景作全面的拍摄,也并未融入她们的生活之中,而是以“他者”的眼光和立场,围绕其生活的某一场景或侧面,着力捕捉人物的情态与精神,或着眼于其服饰肤色,或着眼于其表情以及带有一定情节性的动作,将人物瞬间最有包蕴力的细节定格,为其传神写照,可谓摇曳多姿。五首诗分别像是五个分镜头,连缀起来,就从不同侧面反映了吴越女儿的生活,极有江南民歌的风情与韵致。

越中览古①

越王勾践破吴归②,义士还家尽锦衣③。宫女如花满春殿,只今惟有鹧鸪飞④。

[注释]

①此诗当是诗人开元十四年(726)初游东南,由吴向越时所作。越中,指会稽(今浙江绍兴市),春秋时越国首都。览古,游览古迹。②勾践(?—前465年):春秋时越国国君,曾被吴王夫差打败,屈服求和。后卧薪尝胆,发愤图强,任用范蠡、文种等整理国政,蓄二十年图谋,转弱为强,终灭吴。③义士:忠勇之士。锦衣:显贵者精美华丽的服装。此句谓忠勇之士因破吴有功,回来时皆得到官爵赏赐。④只今:现如今。鹧鸪(zhè gū):鸟名,羽毛多黑白相杂,常栖于灌木杂草丛中。

[评析]

这是一首怀古之作,以今古常新的自然景物衬托人事之变幻无常。深沉厚重的历史主题却出以七绝短制，可谓举重若轻，别有韵致。诗之前三句盛言越王破吴后的煊赫之势，结句则笔锋突转，点出王城故址上如今只有三两鹧鸪飞来飞去，暗示昔日曾有的繁盛与热闹、欢乐与美好，皆已烟消，化为陈迹。“只今惟有”四字，看似出语寻常，落笔很轻，其实却有着千钧笔力。诗人将昔日的繁华与如今的冷落加以对照，形成了极为鲜明、强烈的效果。这种效果与此诗结构上的特点密切相关。通常情况下，七绝的转折是在第三句，而此诗则不同，第四句才突转并作结。相对第四句来说，前三句竭力渲染皆是铺垫，前面写得越着力，第四句转结得也就越有力。由此可见诗人之匠心独运。清人沈德潜《唐诗别裁》即云：“三句说盛，一句说衰，其格独创。”

与此诗相关，李白还有《苏台览古》诗：“旧苑荒台杨柳新，菱歌清唱不胜春。只今惟有西江月，曾照吴王宫里人。”二者同为诗人游历吴越时览古所作，皆旨在表达今昔盛衰之感，甚至连“只今惟有”四字竟也相同。不过，与《越中览古》一诗着重在明写昔日之繁华不同，《苏台览古》一诗则着重写今日之荒凉，以暗示昔日之繁华。殊途而同归，又见出诗人灵活、丰富的艺术表现手段。

乌栖曲①

姑苏台上乌栖时②，吴王宫里醉西施③。吴歌楚舞欢未毕④，青山欲衔半边日⑤。银箭金壶漏水多⑥，起看秋月坠江波，东方渐高奈乐何⑦。

［注释］

①此诗当是李白开元十四、十五年（726、727）游历吴越时在苏州所作。乌栖曲，六朝乐府《西曲歌》旧题，《乐府诗集》列于《清商曲辞》，内容以写男女欢

爱为多。②姑苏台：故址在今苏州西南姑苏山上。春秋时吴王阖闾(hé lǘ)所建、其子夫差增修的游乐之地，横亘五里，别建春宵宫，为夫差与西施作长夜之欢的所在。乌栖时：谓黄昏。③吴王：指夫差。公元前494年，夫差平越，越王勾践献美女西施以求和。夫差从此骄奢淫逸，与西施昼夜作乐，不理朝政，卒为勾践所灭。④吴歌楚舞：春秋时吴国、楚国疆域相接，此泛指南方乐舞。毕：尽。⑤"青山"句：谓山衔落日，暮色将临。⑥"银箭"句：古代的计时器。以铜壶盛水，水从壶底孔中漏滴，水中立一有刻度的箭，度数随水平面下降而不断变化，用以标示时间。银、金，极言宫中滴漏之奢华。⑦"东方"句：东方渐高，谓天色渐明。高，通"皜"(hào)，白色。奈乐何，谓对于吴王寻欢作乐无可奈何。奈乐何，一作"奈尔何"，亦通，但指斥的意味过于鲜明，不及作"奈乐何"含蓄，以作"奈乐何"为是。

[评析]

《乌栖曲》是为李白赢得过盛名的一首诗。孟棨《本事诗·高逸第三》载："李太白初自蜀至京师，舍于逆旅。贺监知章闻其名，首访之……又见其《乌栖曲》，叹赏苦吟，曰：'此诗可以泣鬼神矣！'"此诗所以能得贺公此赏，在于作者"把一个沉溺与醒觉的矛盾，现实地摆在眼前"(林庚《诗人李白·李白诗歌的现实性》)。全诗赋写吴王夫差与西施淫逸生活中自日至暮，又自暮至旦的过程，借助于寒林栖鸦、山衔落日、秋月坠江等富于象征暗示色彩的景物来隐喻吴王的悲剧性结局，虽全然客观叙写，不着一句议论与褒贬，而能意味深长、发人深省。

在艺术上，此诗与李白七言古诗或歌行通常写得雄奇奔放、恣肆淋漓不同，而是收敛含蓄，深婉兴微。同时，诗歌以单句作结，也出人意料，使表达意图更为警拔。《唐宋诗醇》评云："乐极悲生之意写得微婉，荒宴未几而麋鹿游于姑苏矣。全不说破，可谓兴寄深微者……末缀一单句，有不尽之妙。"可谓深得此诗三昧！

夜泊牛渚怀古[①]

牛渚西江夜[②],青天无片云。登舟望秋月,空忆谢将军[③]。余亦能高咏,斯人不可闻[④]。明朝挂帆席[⑤],枫叶落纷纷。

[注释]

①此诗或为李白开元十五年(727)自吴越西归途经牛渚时所作。牛渚,矶名,在今安徽当涂县北江边牛渚山下,为长江要冲,与采石矶相对。此诗题下有注云:“此地即谢尚闻袁宏《咏史》处。”《晋书·文苑传》载:袁宏,字彦伯,有逸才,文章绝美。少孤贫,以运租自业。曾作《咏史》诗,以寄托情怀。谢尚时镇牛渚。秋夜乘月,与左右泛江,闻袁宏舫中讽咏《咏史》,驻听久之,遂邀入己船,谈论通宵。袁宏自此名誉日茂,谢尚后引袁宏为幕府参军。②西江:古时称九江至南京一段长江为西江,牛渚矶即在此段江边。③谢将军:谢尚。《晋书·谢尚传》:谢尚,字仁祖。永和中,曾拜前将军、豫州刺史,镇历阳(今安徽和县)。④“余亦”二句:高咏,朗声吟咏。斯人,指谢尚。斯,这。二句谓自己也能像袁宏那样朗声吟咏,却再没有像谢尚那样的尚贤之人了。⑤挂帆席:张帆。

[评析]

牛渚秋夜,月白江清,澄明澹然,置身于此,迥出尘埃。这首诗李白为我们营造、渲染出一幅一派澄明、绝无垢滓的情景,令人想起张若虚《春江花月夜》中宁静悠远的意境。题曰怀古,感情意绪却没有不见古人之沉痛与凝重,从诗歌空灵悠远的意境中,倒是更多地见出青年李白对古人的一份向往之情。李白此诗深得后人所称道。清人王士祯《带经堂诗话》即云:“或问‘不著一字,尽得风流’之说,答曰:太白诗‘牛渚西江月’云云……诗至此,色相俱空,正如‘羚羊挂角,无迹可求’,画家所谓‘逸品’是也。”所谓“色相俱空”、“羚羊挂角,无迹可求”,是说李白此诗绝去町畦,超逸高妙,空灵悠远,浑然无迹。其所以至此者,在于此诗发兴自然,兴到成诗,全然不见人力。另外,此诗以古行律，声调合律却不用对偶，读来有行云流水之感，有力地衬托了诗歌空灵悠远之境。

黄鹤楼送孟浩然之广陵[①]

故人西辞黄鹤楼[②]，烟花三月下扬州[③]。孤帆远影碧空尽，唯见长江天际流。

［注释］

①此诗是李白开元十六年(728)暮春由安陆游江夏(今湖北武汉)时作。黄鹤楼，故址在今武汉蛇山黄鹤矶上，相传始建于三国吴黄武二年(223)，历代屡毁屡建。传说费祎(yī)登仙，尝驾黄鹤返憩于此，故称黄鹤楼。孟浩然(689—740)，襄阳人，隐鹿门山，一生未仕。工诗，尤长于山水田园诗，与王维并称"王孟"。之，往。广陵，今江苏扬州。②故人：李白此前在游历襄阳时已与孟浩然结识，故称故人，即旧友。西辞：黄鹤楼在广陵西，西辞系相对广陵而言。③烟花：花气似烟霭。下：顺江水而下行。

［评析］

离别总会给人留下无限的伤感和刻骨铭心的记忆，所以古人才会留下"黯然销魂者，惟别而已"、"海内存知己，天涯若比邻"、"相见时难别亦难"等经典性的描写。此诗也是一首关于离别的诗，然而在情调上并不伤感，作者赋予离别以浓郁的诗意，引人遐思和浮想，带给人悠远无尽的回味。其所以如此，在于诗中离别的双方皆是风流潇洒的诗人。我们可以想象一下，"有仙风道骨，可与神游八极之表"的李白，临江伫立，目送着一袭白衣、"风神散朗，骨貌淑清"的孟浩然翩然东下，渐行渐远——这该是怎样一幅令人神往、引人折腰的画面啊！加之诗中所描写的离别，又发生在繁华的时代、季节和地区，这就使得围绕此诗的一切要素，都被涂抹上了浓郁的诗意和浪漫的情愫，从而赋予了诗歌以畅想曲和抒情诗的浓郁氛围。“孤帆远影碧空尽，唯见长江天际流”二句，看似传达的是对故人远去的依依不舍之情，其实从更深刻的意义上说，是着意展示了一种广大的天地之境、宇宙之境，表达了诗人对于无限与永恒、理想与未来的欣然憧憬和追求。在这个意义上，与其说此诗是送别诗，毋宁说是诗人借送别以抒怀，抒发对未来人生的向往之情。一个显而易见的依据是，这首诗并非临别之际作以赠别的，而是诗人别后所作的，这决定了诗人在创作时可以不为送别诗之体式所局限，从而更多地着眼于抒发自我情怀的需要。

山中问答①

问余何意栖碧山，笑而不答心自闲。桃花流水窅然去②，别有天地非人间。

[注释]

①此诗题又作《答俗人问》、《山中答俗人》，当是李白开元十八年(730)初隐安陆时作。据李白《安陆白兆山桃花岩寄刘侍御绾》，知其当时隐于白兆山桃花岩。②窅(yǎo)然：深远的样子。

[评析]

隐居，在唐代士人那里，许多时候都是沽名钓誉的手段，被当作了仕宦的“终南捷径”，李白也同样未能免此俗套。然而，若单就此诗而言，呈现给我们的则是李白养高忘机、超然世外的精神旨趣；尤其是诗中作者并未高自标置，刻意标榜自我，而是以一种平和淡然的胸怀对待外物，即便是对于不解自己隐居行为、因而发问的“俗人”，也能笑而对之。正是如此，诗中“笑而不答心自闲”一句，让人很自然地联想到陶渊明的“此中有真意，欲辨已忘言”。虽然细究起来，“笑而不答”或有知而未答之意，比之陶公“忘言”之全然忘我、冥合于物，尚有未及，但就其韵致而言，二者则颇为相近。一个“闲”字，鲜明地衬托出诗人悠然自得、超然物外的隐逸形象。或有解“笑而不答”为李白因不屑于俗人之问故而不答者，可谓谬甚！果如所言，则“笑”当作何解，难道是讥笑、嘲笑之义吗？况且三、四两句也可看作是一种“不答”之答。清人李调元《雨村诗话》谓“李诗本陶渊明”，并将此诗视为“《桃源记》拓本”，便揭示了此诗与陶渊明之间的关系。

另外，此诗在风格上也迥异于李白豪迈雄奇的诗风，而是语浅意长，平和淡远。明人李东阳《麓堂诗话》云：“诗贵意，意贵远不贵近，贵淡不贵浓；浓而近者易识，淡而远者难知……李太白‘桃花流水窅然去，别有天地非人间’，王摩诘‘返景入深林，复照青苔上’，皆淡而愈浓，近而愈远，可与知者道，难与俗人言。”颇能道着此诗妙处！

山中与幽人对酌[①]

两人对酌山花开，一杯一杯复一杯。我醉欲眠卿且去，明朝有意抱琴来[②]。

[注释]

①此诗作年难定，从所写情形看，或为诗人“酒隐安陆”期间所作。山，当指白兆山。②“我醉”二句：用陶渊明事。陶渊明不解音声，而蓄素琴一张，无弦，每有酒适，辄抚弄以寄意。性嗜酒，有造之者，辄设酒待之，无论贵贱。渊明若先醉，便语客：“我醉欲眠，卿可去。”见《宋书·陶潜传》。抱琴，孟浩然《题李十四庄兼赠綦毋校书》：“抱琴来取醉，垂钓坐乘闲。”

[评析]

这是一首充满酒趣的诗，虽仅四句，但趣味盎然。首句就题而作，开门见山。“两人对酌”，且所对者又是山中志趣相投之幽人，本已是快意之事,而缀以"山花开",强调环境之幽美,更为饮酒增添了盎然的兴味,故而才有下一句"一杯一杯复一杯"。这一句既见出饮酒之多,又极写快意之至。第三、四句活脱脱画出了诗人醉酒后颓然醉倒的情态。"我醉欲眠卿且去",天真烂漫,全然忘却行迹周旋,直所谓"忘形到尔汝"也!"明朝有意抱琴来",也见出彼此不为世俗礼节所拘、自由随便的态度。"抱琴"则突出隐居山中的高士情怀。

这首诗艺术表现上最大的特点在于,不拘于声律,而是以歌行的表现手法,突破了绝句含蓄蕴藉、回味无尽的艺术追求。诗歌语言也具有鲜明的口语化倾向,"一杯一杯复一杯",几同于随口而出,第三句"我醉欲眠卿且去",几乎用《宋书·陶潜传》中的原话,而妙在一如己铸,非常贴切自然。这种信口而出、率然天真的表达方式,与诗歌着意表现的诗人真率脱略的精神是一致的,与陶渊明诗率性自然的趣味颇近,同样有回味不尽、令人神远之妙。

静夜思[①]

床前看月光[②],疑是地上霜。举头望山月[③],低头思故乡。

[注释]

①此诗是李白自制的乐府诗题,作年难定。然从诗的齐梁体格来看,或为诗人离蜀未久、初隐安陆时作。②看:一作"明"。③山月:一作"明月"。

[评析]

李白有一类作品,信口而成,看似不求工却无不工者,这首《静夜思》即是如此。诗写游子思乡,却不在游子所处异地的环境、气候或季节上着笔,而是聚焦于游子的情态,通过其心理活动及变化传达诗旨。诗中的"看"、"疑"、"举头"、"低头",都有将游子内心的思乡情怀借外在的情态体现出来的作用。游子因"看"而生"疑",又因"疑"

而“举头”，最终由“举头”所见山月，而生乡思之情。由此见出诗虽明白如话、质朴自然，但诗人善于体察、把握游子心理，故而又有细腻深曲之致，读来令人回味无尽。如果首句“看”字作“明”，则不足以表现主人公的情态，后面的“疑”、“举头”、“低头”等表示具有连续意义的情态的动作，也就成了多余，没有了着落。

读《诸葛武侯传》书怀赠长安崔少府叔封昆季[①]

汉道昔云季[②]，群雄方战争[③]。霸图各未立[④]，割据资豪英[⑤]。赤伏起颓运，卧龙得孔明[⑥]。当其南阳时，陇亩躬自耕[⑦]。鱼水三顾合，风云四海生[⑧]。武侯立岷蜀，壮志吞咸京[⑨]。何人先见许，但有崔州平[⑩]。余亦草间人，颇怀拯物情[⑪]。晚途值子玉，华发同衰荣[⑫]。托意在经济，结交为弟兄[⑬]。无令管与鲍，千载独知名[⑭]。

[注释]

①此诗是李白首次入长安时所作，时或在开元十八、十九年(730、731)。诸葛武侯，即诸葛亮，因卒谥忠武侯，故称。长安崔少府叔封，崔叔封时任长安县尉。少府，是县尉的尊称。昆季，弟兄。②“汉道”句：意思是东汉末年时。云，语助词。季，末年。③群雄：指袁绍、袁术、董卓、曹操、刘备等人。④霸图：称霸的事业。未立：没有建立。⑤资：凭借。豪英：即英豪。⑥“赤伏”二句：《后汉书·光武帝纪》载，光武先在长安时，有献赤伏符者，预言刘秀将做皇帝。此二句谓刘备像刘秀复汉前得到了表示天命的赤伏符一样，得到了卧龙先生孔明。赤，代表汉代之火德，赤伏即火德暂伏之意。起颓运，起汉运于衰退之际。卧龙，谓诸葛亮。诸葛亮隐居时，徐庶称其为卧龙。“龙”喻其才能杰出，“卧”谓其隐居不仕。⑦“当其”二句：诸葛亮《出师表》：“臣本布衣，躬耕于南阳。”南阳，在今湖北襄阳北。⑧“鱼水”二句：谓一自刘备三顾茅庐，君臣相得，叱咤风云，建功立业。⑨“武侯”二句：立岷蜀，谓以蜀中为根据地，图谋发展。蜀中有岷江、岷

山，故称岷蜀。咸京，指秦汉时京城咸阳、长安一带。二句谓诸葛亮立足蜀中，志在吞灭关中，一统天下。壮志，原本作“壮士”，误。⑩见许：受人称许。崔州平：见《三国志·蜀志·诸葛亮传》：“亮躬耕陇亩，好为《梁父吟》，身长八尺。每自比于管仲、乐毅，时人莫之许也，惟博陵崔州平、颍川徐庶元直与亮友善，谓为信然。”⑪草间人：隐居草野的人。拯物，拯时济民。⑫晚途：本义指晚年，这里有年事已高之义。值：遇见。子玉：东汉学者崔瑗字子玉，与名儒马融、张衡交好。此借以比崔叔封。华发：头发花白。衰荣：这里偏指衰老。⑬“托意”二句：托意，寄托志意。经济，经世济民。二句谓二人都有经世济民之志，故结交为弟兄。⑭“无令”二句：无令，勿让。管与鲍，指春秋时齐国的管仲与鲍叔牙。管仲少时家贫，鲍叔牙时接济之。后鲍叔牙向齐桓公举荐管仲，桓公任以为相，鲍叔牙甘居管仲之下，毫不嫉妒，二人共助桓公，使齐国称霸于天下。后世因以“管鲍之谊”为真挚友谊的象征。这二句用典，说不要让管、鲍独知名于后世，既写与崔叔封之友谊，也见出欲立功扬名的愿望。

［评析］

历史上的三国时期，是一个需要英雄并创造了英雄的时代，一时群贤并起、英雄辈出。他们在巨大的历史帷幕上，演绎了一幕幕惊天动地的事迹，引得后世无数英雄竞折腰；尤其是诸葛亮辅佐刘备，建立蜀汉大业，更是赢得万世之英名，为后人所宗仰。正是如此，后世三国题材的作品，便常常聚焦诸葛亮。像杜甫的《蜀相》与《咏怀古迹》之五等，便是其中的代表作。李白此诗也是着意吟咏诸葛亮，并借以抒发自己的“拯物”情怀。诗的前十四句，作为第一层次，即围绕诸葛亮展开。为了称颂其丰功伟业，李白并未就事论事，而是从东汉末年的大动乱写起，将人物的活动置于宏大的历史背景上，气象雄深，格局广大，体现出宏阔的视野与笔力。然后再由远及近，聚焦于诸葛亮，以赋的手法，极写其与刘备之鱼水相得，叱咤风云的豪杰气象，从而使人物形象更加饱满生动。不仅如此，在对诸葛亮形象内涵的认识与理解上，与杜甫心目中尽忠报君、已然儒家化了的形象相比，我们看到，李白笔下的诸葛亮则是一位风云际会、乘时而起之英雄,带有战国时期纵横策士的面目与风采。应该说,这反映了李白自身作为纵横家的真实面目!说到底,他塑造诸葛亮形象,也有以诸葛亮自比的意味。其《驾去温泉宫后赠杨山人》中"自言管葛竟谁许",《南都行》中"谁识卧龙客,长吟愁鬓斑",皆为此作了注脚。这虽不免给人以"好大言"之嫌,但也见出诗人襟怀之所期。而此"大言",正是李白受纵横家影响的结果。李白一生每每遭遇逆境与挫折,便与受纵横家思想影响,难以理性、客观地看待现实有很大的关系。

侠客行[①]

赵客缦胡缨[②],吴钩霜雪明[③]。银鞍照白马,飒沓如流星[④]。十步杀一人,千里不留行[⑤]。事了拂衣去[⑥],深藏身与名。闲过信陵饮,脱剑膝前横。将炙啖朱亥,持觞劝侯嬴[⑦]。三杯吐然诺,五岳倒为轻[⑧]。眼花耳热后[⑨],意气素霓生[⑩]。救赵挥金槌,邯郸先震惊。千秋二壮士,烜赫大梁城[⑪]。纵死侠骨香[⑫],不惭世上英。谁能书阁下,白首《太玄经》[⑬]?

[注释]

①此诗当是李白首次入长安期间所作。侠客行,乐府《杂曲歌辞》旧题。《乐府诗集》卷六七《杂曲歌辞》张华《游侠篇》郭茂倩序曰:"《汉书·游侠传》曰,战国时,列国公子,魏有信陵,赵有平原,齐有孟尝,楚有春申,皆藉王公之势,竞为游侠以取重诸侯,显名天下。故后世称游侠者,以四豪为首焉。汉兴,有鲁人朱家及剧孟、郭解之徒,驰骛于闾里,皆以侠闻。其后,长安炽盛,街闾各有豪侠。时萬(yǔ)章在城西柳市,号曰'城西萬章'。酒市有赵君都、贾子光,皆长安名豪,报仇怨、养刺客者也……后世遂有《游侠曲》。"②"赵客"句:战国时期,燕赵之地多侠客,因称侠客为燕赵之士。缦胡缨,武士佩戴的粗而无纹理的冠带。《庄子·说剑》:"昔赵文王喜剑,剑士夹门而客三千余人……太子曰:'然吾

王所见剑士，皆蓬头、突鬓、垂冠，缦胡之缨，短发之衣。’”司马彪注：“曼胡之缨，谓粗缨无文理也。”③吴钩：刀名，头稍曲，形如半月。《吴越春秋》载：吴王阖闾命于国中作金钩，令曰：“能为善钩者，赏之百金。”吴作钩者甚众，有贪王之重赏者，杀其二子，以血衅金，遂成二钩，献于阖闾，至宫门而求赏。阖闾置其钩于众钩之中，形体相类，不知其所在。钩师乃向钩而呼二子之名，声绝于口，而两钩俱飞著父之胸，吴王大惊，乃赏之百金。此句谓吴钩锋利，寒光逼人。④飒沓：迅疾貌。《文选》卷十四鲍照《舞鹤赋》：“飒沓矜顾，迁延迟暮。”李善注：“飒沓，群飞貌。”⑤“十步”二句：《庄子·说剑》：“臣之剑，十步一人，千里不留行。”司马彪曰：“十步与一人相击，辄杀之，故千里不留于行也。”谓所向无敌，行千里而不被阻留。⑥“事了”句：谓事成不求回报而去。⑦“闲过”四句：用战国时魏信陵君窃符救赵事。魏公子无忌，魏昭王少子，安釐王异母弟。安釐王即位，无忌受封为信陵君。魏有隐士曰侯嬴，年七十，家贫，为大梁夷门监者。公子闻而欲厚遗之，辞而弗受。公子乃置酒大会宾客，驱车往请，引上坐。侯生谓公子曰：“臣所过屠者朱亥，此子贤者，世莫能知，故隐屠间耳。”公子往，数请之，朱亥故不复谢，公子怪之。安釐王二十年，秦兵破赵长平军，又进兵围邯郸。公子姊为赵惠文王弟平原君夫人，数致书魏王及公子以请救。魏王使将军晋鄙率十万军救赵。秦昭王使人谓魏王曰：“吾攻赵旦暮且下，而诸侯敢救赵者，已拔赵，必移兵先击之。”魏王恐，使人止晋鄙，按兵以观望。公子虽数请而魏王终不获听。侯嬴因献计，使魏王爱妾如姬窃得兵符，又荐朱亥与公子随行。晋鄙对兵符有疑而拒交兵权，朱亥袖四十斤铁锥而杀之，公子遂将兵击秦，秦军解去，遂救邯郸。事见《史记·魏公子列传》。⑧“三杯”二句：谓侠客感君恩，重然诺，虽五岳之重，比之诺倒为轻也。李白《结袜子》：“感君恩重许君命，太山一掷轻鸿毛。”与此近似。⑨眼花耳热：谓酒酣时情状。张华《轻薄篇》：“三雅来何迟，耳热眼中花。”⑩“意气”句：谓侠客意气慷慨激昂，如长虹贯日。素霓，白虹。张华《壮士篇》：“慷慨成素霓，啸吒起清风。”⑪烜赫：声威盛大。大梁：魏都，即今河南开封。⑫侠骨香：谓侠客死后英名流芳，千古传扬。张华《博陵王宫侠曲》：“生从命子游，死闻侠骨香。”⑬“谁能”二句：用扬雄事，表达对侠客的仰慕之情。《汉书·扬雄传》：“哀帝时，丁傅、董贤用事，诸附离之者，或起家至二千石。时雄方草《太玄》，有以自守，泊如也。”李白《古风五十九首》之四十六有“独有扬执戟，闭关草《太玄》"二句，与此近似。

[评析]

作为一个理想主义诗人，李白有许多梦想，侠客梦便是其一。不仅他的精神世界里，活跃着许多侠义之士，现实中的李白更是有"少任侠，尝手刃数人"的骇人经历。正是这种崇尚侠义的情怀，李白创作了不少任侠诗，这首《侠客行》便是其中的代表。诗歌叙述了战国时期侯嬴、朱亥为报谢信陵君之恩，在其急难之时挺身而出的事迹。诗的前八句泛写，为下文铺垫。"闲过信陵饮"到"不惭世上英"十四句，作为诗的主导部分，倾力歌颂他们感恩图报、效命报恩的侠义精神。"三杯吐然诺，五岳倒为轻"、"纵死侠骨香，不惭世上英"等诗句都铿锵有力，颇能传侠士之神。结尾二句，则抒发对侠士的仰慕之意。整首诗气势豪迈，声情亢健。

少年行二首[①]（选一）

五陵年少金市东[②]，银鞍白马度春风。落花踏尽游何处？笑入胡姬酒肆中[③]。

[注释]

①此诗当作于开元时诗人首次入长安期间。少年行，乐府《杂曲歌辞》旧题。《乐府遗声》游侠二十一曲有《少年行》。原作二首，此为其中第二首。此诗又题作《小放歌行》。②五陵年少：指长安贵公子。五陵，谓长陵、安陵、阳陵、茂陵、昭陵，西汉五位皇帝的陵墓，唐代权贵多居于此。金市：金银店铺集中的街市，此指长安之西市。向达《唐代长安与西域文明·西市胡店与胡姬》："李白《少年行》之二又云：'五陵年少金市东……笑入胡姬酒肆中。'关于金市之解释，余亦……以为系指长安之西市而言。长安胡店，多在西市，则其间有侍酒之胡姬，固亦为近理者也。"③"笑入"句：王仁裕《开元天宝遗事》卷二："长安侠少，

每至春时，结朋联党。各置矮马，饰以锦鞯金络，并辔于花树下。往来使仆从执酒皿而随之，遇好囿则驻马而饮。”胡姬，西域少女，唐代时长安多有胡姬以歌舞侍酒为生。

［评析］

此诗咏少年游侠之情，虽仅四句，而形象生动饱满，气足神完。开头两句直叙，写少年游侠游于金市之东，驾银鞍，跨白马，意气扬扬，驰骋于春风之中。金市，见地之豪也；银鞍，见骑之奢也；春风，见时之丽也，故虽直叙而又有铺垫、衬托之意。后两句转结，写落花踏尽之后，见胡姬当垆而笑入酒肆，欲拥红粉而买醉，又是以落花、胡姬、美酒衬托，见游之冶，将游侠豪气更是推至了高潮。全诗豪气活现笔端，风致飘然，令人兴起。宜乎南宋刘辰翁有“语气凌厉快活，梦亦难忘”之叹！

下终南山过斛斯山人宿置酒[①]

暮从碧山下[②]，山月随人归。却顾所来径[③]，苍苍横翠微[④]。相携及田家[⑤]，童稚开荆扉[⑥]。绿竹入幽径[⑦]，青萝拂行衣[⑧]。欢言得所憩[⑨]，美酒聊共挥[⑩]。长歌吟松风[⑪]，曲尽河星稀[⑫]。我醉君复乐，陶然共忘机[⑬]。

［注释］

①此诗作于李白初次入长安求仕期间。终南山，秦岭山峰之一，又称太乙山、南山等，位于京城长安（今陕西西安）南。过，访问。斛（hú）斯，复姓。山人，隐士。杜甫有《过故斛斯校书庄二首》，自注云：“老儒艰难，病于庸蜀。叹其殁后，方授一官。”《文苑英华》注云：“公名融。”未知斛斯山人是否即此人。②碧山：青山，指终南山。③却顾：回头看。所来径：所经过的路。④苍苍：路色因暮色而黯淡。横：横亘。翠微：山色青翠，故借以指山。⑤及：到。田家：指山人庄。

⑥荆扉：柴门。⑦楥(yuán)：篱笆。楥，他本或作“径”，疑非。⑧青萝：即女萝，地衣类植物，多寄生于松树，蔓延下垂。行衣：行人之衣。⑨欢言：犹言高兴。言，语助词。得所憩：得到休息之所，指被山人留宿。⑩聊：姑且，这里是随意的意思。挥：谓举杯畅饮。⑪“长歌”句：谓歌声与松风交响。古乐府琴曲中有《风入松》，松风也可指琴曲。⑫河星稀：银河中星辰稀少，谓夜已深。⑬陶然：快乐陶醉貌。忘机：谓甘于淡泊，消除机巧之心。

[评析]

这首诗以诗意的笔触描绘了诗人一次下山做客的经历。无论是对山间景物的描写，还是对于做客过程的叙述，都可从中感受到诗人盎然的兴致和淡泊的情趣。在诗人笔下，构成隐逸世界的碧山、山月、绿竹、青萝、松风，虽清丽幽靓，远离尘俗，却并非是刻意选择、具有象征寓意的虚拟物，而是作为眼前实景存在的，故而给人亲切近人之感。同时，在叙写与主人酣饮时，也是亲切率真，见出宾主融洽愉快的气氛。这种气氛，究其实质，也是以诗人平和的心态为前提的。总之，这首诗在意趣上，颇近于《山中问答》，带有鲜明的陶诗风范；正是如此，后人也每以比陶诗，比如《唐宋诗醇》即谓此诗“逼真渊明遗韵”。王夫之《唐诗评选》也说：“清旷中无英气，不可效陶，以此作视孟浩然，真山人诗尔。”皆揭示了此诗冲和旷逸的特质。

子夜吴歌[①]（四首选一）

长安一片月，万户捣衣声[②]。秋风吹不尽，总是玉关情[③]。何日平胡虏，良人罢远征[④]。

[注释]

①此诗或当作于诗人首次入长安时。子夜吴歌，六朝乐府《吴声歌曲》有《子夜歌》，属《清商曲辞》。吴竞《乐府古题要解》卷上：“《子夜》，旧史云：晋有

女子曰子夜所作，声至哀……后人依四时行乐之词，谓之《子夜四时歌》，吴声也。”这里选其《秋歌》。②捣衣：古时缝制衣服前，将帛料置于石砧上，以木杵捶之，使平贴以备裁制。③玉关：玉门关，故址在今甘肃敦煌西，是唐通向西域的重要关隘。《汉书·西域传》：“（西域）东则接汉，扼以玉门、阳关。”这里泛指边塞。④胡虏：胡是泛指西北少数民族，虏是对他们的蔑称。良人：古时女子对丈夫的称呼。

［评析］

《子夜吴歌》本写女子思念情人的哀怨，李白这里则用以写思妇对征人的思念，更具时代之新意。诗之开头先就月色着笔，再由色转声，营造了一份清空悠远的氛围，令人回味。“秋风”二句，极写征妇绵长的思情，与《春江花月夜》中“玉户帘中卷不去，捣衣砧上拂还来”二句，可谓同一旨趣，皆长于言情。结尾二句抒情，既可看作是征妇基于长久的分离和深切的思念而发出的呐喊之声，也可看作是诗人立足旁观者的立场所发的议论。或有谓将结尾二句删去作绝句，更觉浑含无尽者，其实不然！盖末二句，不仅深化了诗之内容，使之更具现实意义，同时开头“万户捣衣声”一句也因之有了着落。若截去后二句而作绝句，不但诗的意义被削弱了，“捣衣”失去了凭依，“总是玉关情”一句作为尾句也让人觉得模糊含混，不明所指，而难以承担作为全诗重心之任务。

此诗长于意境的创设，短短六句，将写景、叙事和抒情高度熔铸在一起，含蓄婉转，韵致清远，极有表现力。王夫之《唐诗评选》叹云：“前四句是天壤间生成好句，被太白拾得。”赞其天工自然，不入斧凿，可谓俏皮而深刻！

乌夜啼[①]

黄云城边乌欲栖[②]，归飞哑哑枝上啼。机中织锦秦川女[③]，碧纱如烟隔窗语④。停梭怅然忆远人，独宿孤房泪如雨⑤。

[注释]

①此诗当是李白第一次入长安期间所作。乌夜啼，六朝乐府《西曲歌》旧题，《乐府诗集》卷四十七列于《清商曲辞》，内容多写男女离别相思之情。②黄云：傍晚时云色昏黄，故云。③“机中”句：此句一本作“闺中织妇秦家女”。秦川女，指苏蕙。《晋书·列女传》：窦滔妻苏蕙，善属文。滔，苻坚时为秦州刺史，被徙流沙，苏氏思之，织锦为《回文旋图诗》以赠滔，宛转循环以读之，词甚凄惋。此泛指织锦女。秦川，长安一带渭河川原，沃野千里，因旧属秦国，故称秦川。④碧纱如烟：黄昏时窗纱朦胧，望之如烟。⑤“停梭”二句：此二句异文颇多，一作“停梭向人问故夫，知在关西泪如雨”，一作“停梭问人忆故夫，独宿孤房泪如雨”。梭，织布机中牵引纬线的织具，形似枣核。停梭，即停机。远人，远行之人，指织锦女之夫婿。

[评析]

昔人有以“精金粹玉”称此诗者，盖谓其语简情深，描写细腻而含蕴深远也，可谓妙于形容。全诗虽只短短六句，然秦川女怀思忆远的形象却细腻生动，宛然如现。诗之妙处在于，诗人在塑造女主人公的形象时，由远而近，先就人物活动的环境与景物着笔，烘托渲染气氛，再由景及人，借人物情态与行为以表现其心理与情感，“碧纱如烟隔窗语”一句，写女主人公伶俜身影，隔窗而语，柔曼婉媚，殊有韵致。结尾二句，着笔于女主人公，点明诗旨，抒发其怀思忆远之情。“独宿孤房泪如雨”一句，与此前笔致含蓄的描写不同，直接表现女主人公孤独寂寞之苦、怀思念远之悲，颇有震撼力！李白为诗，每有于结句用力而更见警拔者，如《江夏别宋之悌》尾句“平生不下泪，于此泣无穷”、《送杨燕之东鲁》尾句“因君此中去，不觉泪如泉”等，这首诗也是如此。南宋刘辰翁评此诗曾云：“语有深于此者，然情之所至皆不如此，则也不必深也。”揭示此诗语浅而情深的特点，其所谓“情之所至”正于结句见出。

春 思[1]

燕草如碧丝，秦桑低绿枝[2]。当君怀归日，是妾断肠时[3]。春风不相识，何事入罗帏[4]？

［注释］

①此诗或为诗人首次入长安期间所作。春思，即春日之相思。②“燕草”二句：起兴，谓燕北地寒，草生迟，当燕草初生如丝之时，秦地已柔桑满枝矣。燕，燕地。古燕国包括今河北北部与辽宁西南部。秦，秦中，今陕西一带，古秦国所在地，长安在秦中。③“当君”二句：承前两句而来，谓当燕草之初生，远人方萌怀归之志时，秦地已柔桑满枝，妾亦因思君之久而肝肠寸断矣。妾，古代女子对自己的谦称。断肠，谓极度伤心。④不相识：谓不解人意。何事：为何。罗帏：丝织的帘幕。

［评析］

古诗有所谓“无理而妙”者，看似不合常理，却能更深刻地表现思想感情，此诗即是如此。诗以秦中思妇的口吻，表达对远在燕地的夫婿的思情。诗在构思上的绝妙之处，在于女主人公从见春草而思远人出发，以燕、秦两地在入春时令上的差异，设想彼此相思之情在次第及程度上的差异。所以当燕地春草初生，夫婿始萌怀归之意之时，而自己因为秦中入春时令早，故思念情久，已肝肠寸断矣，设想可谓奇绝！白居易的名句“当君白首同归日，是我青山独往时”，说来即源于此。“春风”两句又进一步捕捉春风拂动罗帷时女主人公的心理活动，申斥春风之不解人意，既有以见其贞静纯一，而念远之情也自然流露了出来。中唐时孟郊有《古怨》诗：“试妾与君泪，两处滴池水。看取芙蓉花，今年为谁死。”自说思情更深于远人，设想也与李白此诗有相近之趣，但比较而言，孟诗颇多怨望，故言辞激切，若就含蓄蕴藉而言，所不及李白此诗者可谓远矣。前人论五言短古篇法有云：“辞简意味长，言语不可明白说尽，含蓄则有余味。”李白此诗正复如此！

蜀道难[①]

噫吁嚱[②]，危乎高哉！蜀道之难，难于上青天。蚕丛及鱼凫[③]，开国何茫然[④]。尔来四万八千岁[⑤]，不与秦塞通人烟[⑥]。西当太白有鸟道[⑦]，可以横绝峨眉巅[⑧]。地崩山摧壮士死[⑨]，然后天梯石栈方钩连[⑩]。上有六龙回日之高标[⑪]，下有冲波逆折之回川[⑫]。黄鹤之飞尚不得过[⑬]，猿猱欲度愁攀缘[⑭]。青泥何盘盘[⑮]，百步九折萦岩峦[⑯]。扪参历井仰胁息[⑰]，以手抚膺坐长叹[⑱]。问君西游何时还[⑲]，畏途巉岩不可攀[⑳]。但见悲鸟号古木，雄飞雌从绕林间。又闻子规啼夜月[㉑]，愁空山。蜀道之难，难于上青天，使人听此凋朱颜[㉒]。连峰去天不盈尺[㉓]，枯松倒挂倚绝壁。飞湍暴流争喧豗[㉔]，砯崖转石万壑雷[㉕]。其险也若此，嗟尔远道之人胡为乎来哉？剑阁峥嵘而崔嵬[㉖]，一夫当关，万人莫开。所守或匪亲，化为狼与豺[㉗]。朝避猛虎，夕避长蛇[㉘]。磨牙吮血[㉙]，杀人如麻。锦城虽云乐[㉚]，不如早还家。蜀道之难，难于上青天，侧身西望长咨嗟[㉛]！

[注释]

①此诗当作于李白第一次入长安期间。蜀道难，南朝乐府旧题。《乐府古题要解》云：“《蜀道难》备言铜梁、玉垒（均为蜀中地名）之阻。”②噫吁嚱（xī）：惊叹声，蜀中方言。宋庠《宋景文笔记》卷上：“蜀人见物惊异，辄曰‘噫吁嚱’，李白作《蜀道难》，因用之。”③蚕丛、鱼凫：传说中古代蜀国的两个国君。扬雄《蜀王本纪》曰：“蜀王之先，名蚕丛、柏濩、鱼凫、蒲泽、开明……从开明上到蚕丛，积三万四千岁。”④茫然：模糊不清，极写年代久远。⑤尔来：自蚕丛、鱼凫以来。⑥“不与”句：谓蜀地自古与关中阻绝。秦塞，犹言秦地。塞，山川险阻之处。秦

国自古称四塞之国。⑦太白：山名，秦岭主峰，在今陕西眉县南。冬夏积雪，望之皓然，故名。因位于长安西，诗人立足长安，故云“西当”。鸟道：谓山峦险绝，惟鸟可以飞过，后因以指高险仄迫之小径。⑧横绝：横越。峨眉：山名，在今四川峨眉县西南。⑨“地崩”句：《华阳国志·蜀志》：“周显王二十二年，蜀侯使朝秦，秦惠王数以美女进，蜀王感之，故朝焉。惠王知蜀王好色，许嫁五女于蜀，蜀遣五丁迎之。还到梓潼，见一大蛇入穴中，一人揽其尾掣之，不禁，至五人相助，大呼曳蛇，山崩。时压杀五人及秦五女并将从，而山分为五岭。”⑩天梯：山路石阶高入云际。石栈：在山崖绝壁上凿石架木建成的通道，称为栈道。钩连，衔接。⑪“上有”句：谓蜀山之高，有太阳到此也要迂回而过者。六龙，古代神话，日神御者羲和每天赶着六龙所驾之车，载着日神自东而西。高标，指最高峰。立木为记，其最高部分称为标。⑫“下有”句：谓蜀道山谷水深流急。冲波逆折，激浪冲撞岩石而逆转折回。回川，水流回旋，即旋涡。⑬黄鹤：善高飞之鸟，即黄鹄。鹤、鹄古通用。⑭猱（náo）：猕猴，体小轻捷。度：越。愁攀缘：为攀缘而愁。缘，一作援。⑮青泥：岭名，在今甘肃徽县南，为入蜀要道。《元和郡县志》卷二十五《兴州·长举县》：“青泥岭在县西北五十三里……悬崖万仞，山多云雨，行者屡逢泥淖，故号为青泥岭。”盘盘：山路迂曲。⑯“百步”句：百步九折，山路曲折盘旋。萦，环绕。⑰“扪参（mén shēn）”句：谓山高近天，竟至伸手可触摸参宿，抬脚而过井宿，使人屏气不敢呼吸。扪，摸。历，越过。参、井，皆星宿名。古时将星座的位置与地理区划相对应，并以天象卜地区吉凶，称为分野。参宿是蜀分野，井宿是秦分野。胁息，屏住呼吸。⑱抚膺：以手按压胸口。⑲君：谓入蜀者。李白在长安时有《送友人入蜀》诗，此诗或作于其后，因纳于诗中。西游：成都位于长安西南，故自秦入蜀，可称西游。⑳畏途巉（chán）岩：可怕的路途，峭立的山岩。㉑子规：即杜鹃。相传古蜀君杜宇，号望帝，禅位出奔，死后魂魄化为杜鹃，其声悲切，哀怨动人。㉒凋朱颜：容颜为之衰改。凋，凋谢。㉓连：连绵。去：距离。盈：满。㉔“飞湍（tuān）”句：谓山上的瀑布与山谷的急流发出的巨大声响。飞湍，急流。瀑流，瀑布。喧豗（huī）：哄闹声。㉕“砯（pīng）崖”句：谓水势翻动山石，声如雷鸣，回荡于千岩万壑间。砯，水击岩石声，这里是撞击的意思。㉖剑阁：即剑门关，大、小剑山之间的一条奇险栈道，三国时诸葛亮率众所开，后成为秦蜀间的主要通道，故址位于四川剑阁县西北。峥嵘：山势高峻貌。崔嵬

(wéi):高险崎岖貌。㉗"一夫"四句:语本张载《剑阁铭》:"一夫荷戟,万夫趑趄(zī jū)。形胜之地,非亲勿居。"当关,把守关口。或匪亲,假若不是可靠的人。匪,同"非"。㉘猛虎、长蛇:指据险作乱、残害百姓者,与上文"狼与豺"意同。㉙吮(shǔn):吸。㉚锦城:锦官城之省称,故址在今成都市南。成都以产锦著名,古代曾设官于此,专理其事,故名。后人因用作成都的别名。㉛咨(zī)嗟:叹息。

[评析]

《蜀道难》是李白最具代表性的诗篇之一。据孟棨《本事诗·高逸第三》载,当年贺知章初读此诗,"读未竟,称叹数四",因号李白为"谪仙"。贺知章所以如此,显然在于《蜀道难》所描绘的惊心动魄的形象,给他带来了强烈的震撼与惊异之感。诗中李白以其天纵之才与雄健的笔力,极写蜀道之难之险,展示了蜀道的悠久、深邃、雄奇和神秘。同时又因为将历史与现实,山川与人事,真实描写与想象夸张、神话传说等诸种因素高度地结合起来,从而赋予了蜀道在自然的意义之外更为深刻的历史与人生之寓意。可以说,《蜀道难》是李白以其心力、气魄与才情熔铸而成的一个伟大寓言与象征!一千多年以来,此诗阅者无数,但解人难寻,歧解纷呈。今人多解以指寄寓世路坎坷、功业难成之感慨,虽似胜于旧解,但仍未臻圆通。其所以如此,说到底就在于全诗整体所构成的兴象,给读者留下了丰富的解读与阐释的空间。诗本有难解而妙者,像李商隐《锦瑟》诗,后人便感叹"一篇《锦瑟》解人难",但并不妨碍人们喜爱、欣赏它,甚至正因为"解人难",才更增加了人们阅读的兴味。《蜀道难》亦然!全诗亦真亦幻,惝恍杳冥,变化莫测,读来如天风海涛,惊心触目,摄人魂魄,所以殷璠《河岳英灵集》评李白此诗才有"至于《蜀道难》等篇,可谓奇之又奇,然自骚人以还,鲜有此体调也"之评,将《蜀道难》与瓦棺篆鼎、虚荒诞幻的楚骚联系起来,可谓独具眼力!丹麦文学史家勃兰兑斯在《法国的浪漫派》(《十九世纪文学主流》第五分册)中描述"真正浪漫的禀赋”时，曾有过这样的话：“一种混合着诗人心灵里变化多端的想象的轻快、洒脱、飘逸的幻想，在同一部作品中，将近处和远方、今天和远古、真实存在和虚无缥缈结合在一起，合并了神和人、民间传说和深刻寓言，把它们塑造成为一个伟大的象征的整体——这种真正浪漫的禀赋。”(第 27 页)我们将此言移以评价《蜀道难》真是再恰当不过了！这首诗正是混合了李白“心灵里变化多端的想象的轻快、洒脱、飘逸的幻想”的一首奇诗，体现了他“真正浪漫的禀赋”！在这样的诗面前，我们除了赞叹，还能有什么呢——甚至连赞叹本身都成了多余！

送友人入蜀[①]

见说蚕丛路[②]，崎岖不易行。山从人面起，云傍马头生[③]。芳树笼秦栈[④]，春流绕蜀城[⑤]。升沉应已定[⑥]，不必访君平[⑦]。

[注释]

①此诗是李白开元年间第一次入长安期间所作。友人，不详。②见说：听人说。蚕丛路：蜀道。蚕丛，传说中蜀国的开国先王。见前《蜀道难》诗注。③“山从”二句：就“崎岖”而言。傍，依。④秦栈：以其为自秦入蜀之道，故曰秦栈。栈，山路险绝之处，不容坦行，架木而度，故曰栈道。⑤春流：指岷江。《文选》卷四左思《蜀都赋》：“带二江之双流。”李善注：“江水出岷山，分为二江，经成都南，东流经之，故曰带也。”蜀城：指成都。⑥升沉：谓仕宦之成败。⑦访：一作“问”。君平：严君平，名遵，汉蜀郡人。隐居不仕，常卜筮于成都市，日阅数人，得百钱足自养，则闭肆下帘而授《老子》，博览无不通，著书十余万言。事见《汉书·王贡两龚鲍传》。

[评析]

此诗送友人入蜀，与《蜀道难》为先后之作。较之《蜀道难》寄兴深厚，此诗则意脉清晰。开头两句着笔蜀道，起笔有浑雄之致，而崎岖以“见说”出之，又颇为委婉。三、四两句承“崎岖”而来，总写入蜀之难，一着笔于山，一着笔于云，由静而动，笔致灵动，状奇险之境，而无艰深刻画之态。五、六两句以彩绘之笔触状风景之可赏可乐，与三、四两句正意反复，颇有韵致。结尾二句则就友人入蜀以求功名而言，从反面运用典故，更有警拔之效。这首诗清俊严整，一片神骨而锋芒不露，颇合法度。《唐宋诗醇》是以评云：“此五律正宗也。李梦阳曰：叠景者意必二；阔达者半必细。极得诗家微指。此诗颔联承接次句，语意奇险，五六则秾纤矣。颔联极言蜀道之难，五六又见风景可乐，以慰征夫，此两意也。一结翻案，更饶胜致。”

登太白峰[①]

西上太白峰，夕阳穷登攀[②]。太白与我语[③]，为我开天关[④]。愿乘泠风去[⑤]，直出浮云间。举手可近月，前行若无山。一别武功去[⑥]，何时复更还。

[注释]

①此诗是李白第一次入长安时西游岐、邠途中所作。太白峰，《太平寰宇记》卷三十《关西道·凤翔府·郿县》：“太白山在县东南五十里。辛氏《三秦记》云：太白山在武功县南，去长安三百里。不知高几许，俗云：武功太白，去天三百。”②夕阳：谓山之西坡。《尔雅·释山》：“山西曰夕阳，山东曰朝阳。”穷：尽。穷登攀，即登上顶峰。③太白：谓太白星，即金星。④天关：谓天门，通天之门。⑤泠风：轻妙的和风。《庄子·齐物论》：“泠风则小和。”陆德明《释文》：“泠风，泠泠小风也。”⑥武功：武功山，在陕西武功县南一百里，北与太白山相连。此言武功，仍指太白山，以避重复。

[评析]

此诗登高而作，但与一般登高之作显著不同的是，诗人没有围绕登高去写登高之所见，而是在民谚“武功太白，去天三百”的影响与启发下，“奇语独造”，以奇思逸想写与太白星对语，并驾泠风而远去，直入于浩瀚的云霄之上，以至于“举手可近月，前行若无山”，展示了夐绝的宇宙意识和超越尘俗的胸襟，并从侧面烘托了太白峰势之高。前人评此诗，谓“太白”四句，“非谪仙不能道”，其实这里的关键要体会“太白”一词。在这首诗中，“太白”既是山名，又是星名，同时还是李白的命星，李白出生时，其母便因梦见了太白星从而以“太白”为李白之字。这样，山、星与人奇妙地构成了三位一体！此诗之奇思逸想与奇语独造，就其根本来说，正缘于此。

前有樽酒行二首[①]

春风东来忽相过，金樽渌酒生微波[②]。落花纷纷稍觉多，美人欲醉朱颜酡[③]。青轩桃李能几何[④]？流光欺人忽蹉跎[⑤]。君起舞，日西夕[⑥]。当年意气不肯倾，白发如丝叹何益[⑦]？

［注释］

①此诗当是诗人首次入长安期间所作。前有樽酒行，又名《前有一樽酒》，乐府《杂曲歌辞》旧题，《觞酌》十曲之一。②渌酒：水清曰渌，渌酒即清酒。③朱颜酡（tuó）：《楚辞·招魂》：“美人既醉，朱颜酡些。”王逸注：“言美女饮啖醉饱，则面著赤色而鲜好也。”酡，饮酒而面红。④青轩：谓栏杆，多以竹、木制成，故称青轩。⑤“流光”句：流光，日月之光，因日月运行循环往复，周而复始，给人以永恒不变之感，故谓欺人。⑥西夕，一作将夕。⑦当年：壮年，身强力壮的时期。意气：意志与气概。白发如丝：一作“白首垂丝”。

琴奏龙门之绿桐[①]，玉壶美酒清若空[②]。催弦拂柱与君饮，看朱成碧颜始红[③]。胡姬貌如花，当垆笑春风[④]。笑春风，舞罗衣，君今不醉欲安归？

［注释］

①龙门：山名，在山西河津县与陕西韩城县之间，产桐，可制琴。《文选》卷三十四枚乘《七发》："龙门之桐，高百尺而无枝……使琴挚斫斩以为琴。"李善注："《周礼》曰：龙门之琴瑟。孔安国《尚书传》曰：龙门山在河东之西界。"②清若空：谓美酒清澈透明，盛在玉壶里，与壶一色，宛如空壶。③"看朱"句：看朱成碧，谓醉眼迷离，把红的看成绿的。此句一作"眼白看杯颜色红"。④胡姬：西域少女，见前《少年行二首》诗注。当垆：卖酒。垆，放酒坛的土墩。辛延年《羽林郎》："胡姬年十五，春日独当垆。"

［评析］

前人所作《前有樽酒行》，皆言置酒以祝宾主长寿之意，李白此二诗则变而为当及时行乐之辞。这本是李白诗中常见的主题，但这两首诗却表现得饶有趣味。首先，李白其他表达及时行乐主题的诗，往往基于个人人生失意的现实与心理背景，这两首诗中却并没有"我"，没有诗人个人生活的痕迹与烙印，更多的是从一般意义上吟咏的。其次，也正因为如此，二诗在风格上并不悲慨豪放，而是轻盈曼妙，笔致灵动。不仅第一首中前六句逐句押韵，而且像结尾"当年意气不肯倾，白发如丝叹何益"二句，写来也并不沉重。两首诗中，诗人皆以美人、胡姬烘托，饶有风致，读来故轻快可喜，见出诗人兴致满怀。《唐宋诗醇》评此诗云："即白所云'浮生若梦，为欢几何'之意，写来偏自细致，不是一味豪放，又不是齐梁间卑靡之音，故妙。"此论颇能道出二诗之妙，不过应该补充的是，相对于"浮生若梦，为欢几何"中的沉重来说，此诗并没有否定人生的意味，感情也并不沉重，其轻盈的笔致正缘于此。

送友人①

青山横北郭，白水绕东城②。此地一为别③，孤蓬万里征④。浮云游子意[5]，落日故人情[6]。挥手自兹去[7]，萧萧班马鸣[8]。

［注释］

①此诗作年难考，或谓开元二十六年（738）作于南阳，无据。此诗明人周复俊《全蜀艺文志》题作《送友人内江范崇凯》，明曹学佺《蜀中广记》卷一百一也云："李白'青山横北郭'一首，题云《送友人作》，不知其为何人与何地也。《诗林振秀》题下加'新津作'三字。《资县志》载此首连'见说蚕丛路'一首，俱作《送范金卿还资州作》。金卿即范崇凯，献《花萼楼赋》者（按，卿或为"乡"之误。李白《赠范金乡二首》可证）。《县志》复收白赠崇凯古风一首，或亦有所本也。"按，此说未知何据，或有所本。②"青山"二句：谓青山横亘城外，而白水环绕内城。孟浩然《过故人庄》"青山郭外斜"一句，与此相近。郭，外城曰郭。城，内城曰城。③为别：作别。④孤蓬：蓬蒿秋枯，随风而卷，飘转无定，常以喻身世飘零、远行无依之人。⑤"浮云"句：曹丕《杂诗》："西北有浮云，亭亭如车盖。惜哉时不遇，适与飘风会。吹我东南行，南行至吴会。吴会非我乡，安能久留滞。"后世因以浮云飘飞无定，喻游子飘游四方。⑥"落日"句：落日依山，迟迟而下，故以喻友人惜别之情。⑦兹：此。⑧"萧萧"句：主客之马将分道，而萧萧长鸣，若有离群之感。《诗·小雅·车攻》："萧萧马鸣。"此用其意。萧萧，马鸣声。班马，离群之马。班，别也。

［评析］

这首送别诗写得新颖别致，感情深挚。开头两句点明离别的地点，"青山"对"白水"，"北郭"对"东城"；而且"青"、"白"相间，色彩明丽。"横"着眼于青山之静，"绕"着眼于白水之动，属对工整，甚为巧妙。三、四两句承上，不拘对仗，如行云流水，疏畅自然；"浮云"二句则又对仗工整，并以浮云、落日作比，表达惜别之情。结尾二句，以马在临别时因为离群而萧萧长鸣，衬托别情，有"马犹如此，人何以堪"的意味。不过，此诗并不感伤，而是色调明快，情绪饱满，洋溢着乐观的精神，读来给人气韵生动、萧散自若之感。宜乎《唐宋诗醇》评云："首联整齐，承则流走而下，颈联劲健，结有萧散之致。大匠运斤，自成规矩。"

登新平楼[①]

去国登兹楼[②]，怀归伤暮秋。天长落日远，水净寒波流。秦云起岭树，胡雁飞沙洲。苍苍几万里，目极令人愁[③]。

[注释]

①此诗为李白初入长安寻求机遇未果而西游邠州时所作。新平，即邠州。又为县名，治所在今陕西彬县。新平楼，当指新平城楼。②去国：离开京城。兹楼：即新平楼。王粲《登楼赋》："登兹楼以四望兮，聊暇日以销忧。"③苍苍：茫无边际。目极：犹极目，纵目远望。《楚辞·招魂》："目极千里兮伤春心。"

[评析]

人生失意，乡关邈远，日暮岁晚，三种情境中每一种都会令人难以为怀，而李白创作此诗时，竟同时面对这三种情境。正因如此，我们读此诗，可以感受到其中浓郁的感伤情调。开头两句，就题而发，点明伤怀之意。中间四句，写登楼远眺所见，虽然境界广远，尤其是三、四两句笔致灵动，堪称高妙自然，但仍然掩盖不了一丝凄清、寂寞的意味。结尾二句承上作结，传达出对未来前景的迷茫。整首诗将人生失意与万里怀归之情结合起来，借景抒情，同时将感情置于宏大的背景上加以表现，故虽情调感伤但并不凄婉沉溺，并不给人以逼仄之感。

梁园吟[①]

我浮黄河去京阙[②]，挂席欲进波连山[③]。天长水阔厌远涉，访古始及平台间[④]。平台为客忧思多，对酒遂作《梁园歌》。却忆蓬池阮公咏，因吟渌水扬洪波[⑤]。洪波浩荡迷旧国[⑥]，路远西归安可得！人生达命岂暇愁[⑦]，且饮美酒登高楼。平头奴子摇大扇[⑧]，五月不热疑清秋。玉盘杨梅为君设，吴盐如花皎白雪[⑨]。持盐把酒但饮之，莫学夷齐事高洁[⑩]。昔人豪贵信陵君，今人耕种信陵坟[⑪]。荒城虚照碧山月，古木尽入苍梧云[⑫]。梁王宫阙今安在？枚马先归不相待[⑬]。舞影歌声散渌池[⑭]，空余汴水东流海[⑮]。沉吟此事泪满衣，黄金买醉未能归。连呼五白行六博，分曹赌酒酣驰晖[⑯]。歌且谣[⑰]，意方远，东山高卧时起来，欲济苍生未应晚[⑱]。

［注释］

①此诗题下原注云："一作《梁园醉酒歌》。"诗当是李白开元年间首次入京后离开长安，舟行游大梁时作。梁园，即梁苑，汉梁孝王刘武筑，为游赏与延宾之所，极奢华之至。时文士司马相如、枚乘、邹阳等皆为座上客。故址在今河南开封市南。②浮：舟行水上，故曰浮。去：离开。③挂席：扬帆。波连山：谓风大浪高，势若山峦。④访古：探寻古迹。平台：《元和郡县志》卷八《河南道·宋州·虞城县》："平台，县西四十里。《左传》：宋皇国父为宋平公所筑。汉梁孝王大治宫室，为复道，自宫连属于平台三十余里。与邹、枚、相如之徒并游其上。"⑤"却忆"二句：阮公，三国时魏诗人阮籍。其《咏怀》八十二首之十六云："徘徊蓬池上，还顾望大梁。绿水扬洪波，旷野莽茫茫……岂惜终憔悴，咏言著斯章。"此二句写李白失意后游大梁，因而自然地想起了阮籍。⑥旧国：指长安。⑦达命：犹知命。达，通晓。⑧平头奴子：戴平头巾的奴仆。平头，头巾名。盖奴仆不得戴冠巾，以别于奴主之装束。⑨"吴盐"句：吴地所产之盐，质地洁白如雪，故称。⑩"持盐"二句：谓应及时行乐，不必像伯夷、叔齐那样持高节而自苦。《魏书·崔浩传》："太宗大悦，语至中夜，赐浩御缥醪酒十觚，水精戎盐一两，曰：'朕味卿言，若此盐酒，故与卿同其旨也。'"夷齐，伯夷、叔齐。二人为殷孤竹君之子，父亡，皆不欲继其位，共奔周。武王伐纣，叩马而谏。殷亡，义不食周粟，饿死于首阳山。事见《史记·伯夷列传》。⑪"昔人"二句：意谓功名富贵不可久恃。信陵君，战国时魏国贵族，魏昭王少子，名无忌（？—前 243），封于信陵（今河南宁陵），故号信陵君。以贤闻于天下，喜养士，有食客三千，为战国四君子之一。信

陵坟,《太平寰宇记》卷一《河南道·开封府·浚仪县》:“信陵君墓在县南一十二里。”遗址在今河南开封市。⑫苍梧:山名,即九疑山,在今湖南宁远县。⑬枚马:指枚乘、司马相如,二人游梁事,俱见《汉书》本传。⑭渌池:清澈的水池。⑮汴水:古水名。《元和郡县志》卷七《河南道·宋州》:“州城……春秋为宋国都。汉梁孝王广睢阳城七十里,开汴水。后汴水经州城南。”⑯“连呼”二句:五白、六博,皆古代博戏。唐李翱《五木经》谓:五木之制,上黑下白。掷得五子皆黑,叫卢,最贵;掷得五子皆白,叫白。因欲胜对方,故曰呼五白。六博又称六簙,共十二棋,每人六棋,六黑六白。《楚辞·招魂》:“菎蔽象棋,有六簙些。分曹并进,遒相迫些。成枭而牟,呼五白些。”王夫之《楚辞通释》云:“六簙,博戏十二棋,人得其六。分曹,两人相竞。遒,急也。相迫,互争胜也。此言棋也。枭,博采,两未有伤曰牟。呼五白者,两皆成牟,后呼令成纯彩取胜,此言博也。”驰晖,谓日光飞驰。二句谓酒酣耳热、兴高采烈之际,与同游者博戏赌酒,以娱西驰之日。⑰歌且谣:《诗·魏风·园有桃》:“心之忧兮,我歌且谣。”毛传:“曲合乐曰歌,徒歌曰谣。”且,并且。⑱“东山”二句:用东晋谢安事,表达以后机运来临时仍然追求济苍生的志向。《世说新语·排调》:“谢公在东山,朝命屡降而不动。后出为桓宣武司马,将发新亭,朝士咸出瞻送。高灵时为中丞,亦往相祖。先时,多少饮酒,因倚如醉,戏曰:‘卿屡违朝旨,高卧东山,诸人每相与言:安石不肯出,将如苍生何?今亦苍生将如卿何?’谢笑而不答。”苍生,百姓。

[评析]

这是一首怀古诗。诗中兴感之所由发生的梁园,作为曾经的风流与奢华的象征,自来吟咏多多。不过,这些吟咏,就内容而言,多是在一般意义上,着意于抒发世变沧桑、人物俱非的感慨。李白此诗,虽然就总体而言,并未脱离这一主题,但是向前延伸了一步。诗人从自己怀才不遇的遭遇出发,由对人世变迁的感慨进而否定人生,表达及时行乐的思想。明乎此,我们才能更好地理解诗中吟咏梁园时,何以竟然插入伯夷、叔齐及信陵君等数语,清人王琦即曾云:“作《梁园歌》而忽间以信陵数语,意谓以信陵之贤,名震一世,至今日而墓域且不克保,况梁孝王之贤不及信陵,其歌台舞榭又焉能保其常在乎?此文章衬托法，不是为信陵致慨，乃是为梁王释恨，并自己解愁，以见不如及时行乐之为得也。”也正是因为如此，此诗并不在梁园遗迹与梁王事迹上做文章，而是“以自己为经，偶触此地之事，借作指点慨叹，以发泄我之怀抱，全不专为此地考古迹、发议论起见”（方东树《昭昧詹言》卷十二）。在很大程度上，此诗可视为借怀古以兴怀，抒发人生失意之悲。《唐宋诗醇》谓此诗“怀古之作，慷慨悲歌”，就缘由来说，正缘于诗人现实境遇之所触发。同时，诗以七古为体，酣肆恣放，兴会淋漓，也见出诗人感情之豪迈壮大，固非汲汲于富贵、戚戚于贫贱者所可比，尾句“济苍生”正可为此作注脚！

春日醉起言志[①]

处世若大梦[②]，胡为劳其生[③]？所以终日醉，颓然卧前楹[④]。觉来眄庭前[⑤]，一鸟花间鸣。借问此何时，春风语流莺。感之欲叹息，对酒还自倾。浩歌待明月[⑥]，曲尽已忘情[⑦]。

［注释］

①此诗或为诗人一入长安失意后闲居安陆期间所作，时或在开元二十二年(734)春。②“处世”句：喻人生短暂。大梦，《庄子·齐物论》：“且有大觉，而后知此其大梦也。”③劳其生：谓让人生烦劳。《庄子·大宗师》：“夫大块载我以形，劳我以生，佚我以老，息我以死。”④前楹：厅堂之前柱，此谓前屋。⑤觉：醒。眄(miàn)：斜视。⑥浩歌：放声作歌。⑦忘情：无喜怒哀乐之情。

［评析］

李白醉酒后的诗歌，在感情指向上常偏于颓丧或激愤，因而常否定现实人生，或抒发怀才不遇之感。此诗虽也写醉酒，并表达处世若梦，劳生无益，未若快然以自适的思想，但没有那种失意后的对功名富贵的否定，而是狂放自然，追求达生。从诗中“一鸟花间鸣”、“春风语流莺”等极流丽酣畅的诗句中,我们不难体会诗人心田所充溢的活泼泼的生机与活力。正是如此,此诗读来若信手纵笔而就,并不粘滞。前人或谓此诗为拟陶之作,就其超然旷达而言,诚有其理,不过较之陶诗之平淡朴素,此诗则流易而有放旷之气,自是李白诗之本色!

襄阳歌①

落日欲没岘山西②,倒著接䍦花下迷③。襄阳小儿齐拍手,拦街争唱《白铜鞮》④。傍人借问笑何事,笑杀山公醉似泥⑤。鸬鹚勺⑥,鹦鹉杯⑦,百年三万六千日,一日须倾三百杯。遥看汉水鸭头渌⑧,恰似葡萄初酦醅⑨。此江若变作春酒,垒曲便筑糟丘台⑩。千金骏马换少妾⑪,醉坐雕鞍歌《落梅》⑫。车傍侧挂一壶酒,凤笙龙管行相催⑬。咸阳市中叹黄犬,何如月下倾金罍⑭?君不见晋朝羊公一片古碑材⑮,龟头剥落生莓苔⑯。泪亦不能为之堕,心亦不能为之哀⑰。谁能忧彼身后事,金凫银鸭葬死灰⑱。清风朗月不用一钱买,玉山自倒非人推⑲。舒州勺⑳,力士铛㉑,李白与尔同死生㉒。襄王云雨今安在?江水东流猿夜声㉓。

[注释]

①此诗当是李白开元二十二年(734)游襄阳时所作。或疑此诗为乐府《襄阳曲》,误。襄阳,县名,今湖北襄阳市。②岘(xiàn)山:又名岘首山,在今湖北襄阳南。③著:着,戴。接䍦(lí):一种白色便帽或头巾。西晋时山简任征南将军,镇于襄阳,有政声。性好饮,常游当地豪族习家园池,置酒则醉,名之曰高阳池。时有儿童歌曰:“山公出何许,往至高阳池。日夕倒载归,酩酊无所知。时时能骑马,倒著白接䍦。”事见《晋书·山涛传》附《山简传》。此句及以下四句皆以山简自比。④《白铜鞮(tí)》:南朝梁时襄阳童谣。《隋书·音乐志》:“(梁)武帝之

在雍镇，有童谣云：‘襄阳白铜鞮，反缚扬州儿。’”鞮，同“蹄”。铜鞮，此借指马。⑤山公：指山简，此处为诗人自喻。⑥鸬鹚(lú cí)勺：形似鸬鹚水鸟的长柄酒勺。⑦鹦鹉杯：形似鹦鹉的酒杯。⑧汉水：今称汉江，襄阳在其北岸。鸭头渌：指像鸭头上绿毛般的颜色，此以形容汉水清澈。⑨“恰似”句：谓汉水清澈，如同初酿的葡萄酒。酦醅(pō péi)，再酿而未经过滤的酒。⑩垒：堆叠。曲：酿酒的发酵剂。糟丘台：酒糟堆成的山丘高台。《新序·节士》：“(夏)桀为酒池，足以运舟，糟丘足以望七里。”⑪“千金”句：用曹彰以妾换马事。《独异志》卷中：“魏曹彰，性倜傥，偶逢骏马，爱之，其主所惜也。彰曰：‘余有美妾可换，惟君所选。’马主因指一妓，彰遂换之。”⑫《落梅》：即《梅花落》，古乐府曲名。⑬凤笙：笙形似凤凰，故称凤笙。龙管：箫音似龙吟，故称龙管。催：劝酒曰催。王翰《凉州词》：“欲饮琵琶马上催。”⑭“咸阳”二句：《史记·李斯列传》载，李斯被诬谋反，判腰斩于咸阳市。临刑时谓其子曰：“吾欲与若复牵黄犬，俱出上蔡东门，逐狡兔，岂可得乎?”父子相哭，被夷三族。倾金罍(léi)，犹言干杯。罍，酒器。此二句用李斯事，言富贵不足久恃，与其祸来叹恨，不如对月酌酒，何其自在！⑮羊公：西晋名公羊祜，字叔子。曾出镇襄阳，都督荆州诸军事，负责对吴作战。祜性乐山水，常登临岘山，言咏不倦。卒后，襄阳百姓于其平生在岘山游憩之所，建碑立庙，岁时往祭。望其碑者，莫不流涕。继任者杜预因名之为“堕泪碑”。事见《晋书·羊祜传》。古碑材：即指堕泪碑。⑯“龟头”句：谓岁月久远，堕泪碑刻已剥蚀脱落。龟，古代碑下石座，通常雕作赑屃(bì xì)，形似龟，又称蠵(xī)龟，取其力大而能负重之义。⑰“泪亦”二句：谓往事已矣，不再像当年襄阳百姓那样为之感动堕泪。⑱“谁能”二句：金凫银鸭，《汉书·刘向传》：“上疏曰：‘秦始皇葬于骊山之阿，黄金为凫雁。’”二句谓人不能预知后事，财富最后徒作身后厚葬之用，而不复能享用矣！一本无此二句。⑲玉山自倒：《世说新语·容止》：“嵇叔夜之为人也，岩岩若孤松之独立。其醉也，傀俄若玉山之将崩。”后因以“玉山自倒”形容醉态。⑳舒州勺：舒州产酒器，为贡品。舒州，今安徽潜山县。㉑力士铛(chēng)：《新唐书·韦坚传》：“豫章力士甆，饮器茗、铛、釜。”铛，温酒器。这里，勺、铛，皆代指酒。㉒“李白”句：谓终生与酒为伴。㉓“襄王”二句：宋玉《高唐赋》记楚襄王游高唐，怠而昼寝，梦巫山神女，神女自荐枕席，去而谓襄王曰：“妾在巫山之阳，高丘之阻，旦为朝云，暮为行雨，朝朝暮暮，阳台之下。”后世因以“云雨”指男女欢爱。此泛指声色繁华。襄阳为楚旧地,此故用襄王事。此二句谓往日繁华皆已远逝,唯有江水永在,伴猿声而东流。

[评析]

这首诗题作《襄阳歌》,却不在襄阳的风物人情上做文章,而是借咏襄阳名宦山简、羊祜,表达人生苦短、纵酒为乐的思想。前人论此诗,有“极颓唐之趣”之言,可谓妙论!这种“颓唐之趣”,细言之,主要在三个方面:一是开头第一层次六句对醉态的描写,“倒著接䍦”、“醉似泥”者,皆见出醉后颓放之意态。二是中间第二层次十四句,写醉眼望江及醉酒之乐,进一步渲染醉态,尤其是诗人醉眼望江,视满江春水若春酒,最能传神。诗中以曹彰用妾换马事作点缀,也见出摇曳多姿。三是最后第三层次十四句,用羊祜事,极写富贵之不可久恃,虽有功业而经不起时间之河的冲洗;尤其是“泪亦不能为之堕,心亦不能为之哀”二句,更是极沉郁低回之至!不难想见诗人内心之大悲。不过,此诗虽颓唐而有横放杰出、悲慨沉厚之致,“清风朗月不用一钱买,玉山自倒非人推”二句,尤能见出诗人失意困厄之际不为所屈,精神上竭力自振,力求摆脱痛苦之努力,颓唐中见豪迈。这两句因想象奇特、情致豪迈,自来备受推崇。六一居士欧阳修即云:“‘落日欲没岘山西,倒着接䍦花下迷。襄阳小儿齐拍手,大家齐唱《白铜鞮》’,此常言也。至于‘清风明月不用一钱买,玉山自倒非人推’,然后见太白之横放。所以惊动千古者,固不在此乎?”同时,后世文人也多有化用或翻用此句以入诗文者,像欧阳修《题苏子美沧浪亭》“清风明月本无价,可惜只卖四万钱”,苏轼《前赤壁赋》“江上之清风,与山间之明月,耳得之而为声,目遇之而成色,取之无禁,用之不竭,是造物者之无尽藏也”,等等,虽各有趣,但皆取源或化用“清风”二句。

大堤曲①

汉水临襄阳，花开大堤暖②。佳期大堤下③，泪向南云满④。春风复无情，吹我梦魂散⑤。不见眼中人，天长音信断⑥。

［注释］

①此诗是李白开元二十二年(734)游历襄阳期间所作。大堤曲，乐府《清商曲辞》旧题，本出于《襄阳乐》。《古今乐录》曰："《襄阳乐》者，宋随(一作隋)王诞之所作也。诞始为襄阳郡，元嘉二十六年，仍为雍州刺史，夜闻诸女歌谣，因而作之，所以歌和中有'襄阳来夜乐'之语也。"《大堤曲》，亦出于此。②汉水、襄阳：皆见前《襄阳歌》诗注。大堤：汉水之堤，在襄阳城外，为冶游作乐之地。《襄阳乐》古辞云："朝发襄阳城，暮至大堤宿。大堤诸儿女，花艳惊郎目。"③佳期：男女约会的日期。《楚辞·九歌·湘夫人》："登白薠(fán)兮骋望，与佳期兮夕张。"④南云：陆机《思亲赋》："指南云以寄款，望归风以效诚。"南云、归风本即兴之词，后人因引申为思亲怀乡之意。这里借以表示思君。满：谓泪多也。⑤"春风"二句：古乐府《子夜四时歌·春歌》："春风复多情，吹我罗裳开。"李白此反其意而用之。⑥"不见"二句：何逊《从主移西州寓直斋内霖雨不晴怀郡中游聚》："不见眼中人，空想山南寺。"

［评析］

"江汉之俗，其女好游"。《诗·周南·汉广》即云："汉有游女，不可求思。"宋随王诞官雍州刺史时，也闻女游乐而作《襄阳乐》。此诗即沿袭随王诞《襄阳乐》，以写襄阳风物民情者。诗着笔于游女，并与诗歌传统中的怀人主题结合起来，赋予风情诗以更深的情感意蕴。开头二句，就题而咏，点明时令。"花开"句，不言春而春已在。"佳期"二句中，前一句承上，后一句启下，写游女与情郎相期于大堤之下，然佳期已到而情郎未至，故而泪若云飞。"春风"以下四句写本拟托梦以求通，无奈春风无情，而将梦吹破，终于音信不通，其人难见。

诗人巧意化用古乐府成句，浑然天成。此诗并未过多地在大堤上做文章，描写游女也主要着眼于她怀思念远，故而摆脱了这一乐府旧题所难免的绮靡俗浅之习，更有了神思清远的特点，宜乎《唐宋诗醇》评云："幽秀绝，远俗艳。胡应麟谓白诗，人知其华藻而不知其神骨之清，于此亦见一斑。"

江上吟①

木兰之枻沙棠舟②，玉箫金管坐两头③。美酒樽中置千斛，载妓随波任去留④。仙人有待乘黄鹤⑤，海客无心随白鸥⑥。屈平词赋悬日月⑦，楚王台榭空山丘⑧。兴酣落笔摇五岳，诗成啸傲凌沧洲⑨。功名富贵若长在，汉水亦应西北流⑩。

[注释]

①此诗当是李白开元二十二年(734)游江夏时作。江夏，今湖北武昌。题一作《江上游》。②木兰：木名，又名杜兰，状如楠树。枻(yì)：楫。沙棠：木名。任昉《述异记》卷上："汉成帝尝与赵飞燕游太液池，以沙棠木为舟。其木出昆仑山，人食其实，入水不溺。诗曰：'安得沙棠木，刳以为舟船。'"木兰、沙棠，极言舟楫之华贵，非实指。③玉箫、金管：皆乐器名，此代指乐工。④"美酒"二句：《三国志·吴志·吴主传》注引《吴书》曰："郑泉，字文渊，陈郡人。博学有奇志，而性嗜酒，其闲居每曰：愿得美酒满五百斛船，以四时甘脆置两头，反覆没饮之，惫即住而啖肴膳。酒有斗升减，随即益之，不亦快乎！"郭璞《沙棠赞》："安得沙棠，制为龙舟。泛彼沧海，眇然遐游。聊以逍遥，任波去留。"此二句意本于此。⑤"仙人"句：见前《黄鹤楼送孟浩然之广陵》诗注。⑥海客：海上之人。《列子·黄帝篇》："海上之人，有好沤鸟者，每旦之海上，从沤鸟游。沤鸟之至者百，住而不止。其父曰：'吾闻沤鸟皆从汝游，汝取来，吾玩之。'明日之海上，沤鸟舞而不下也。"沤鸟，即鸥鸟。⑦"屈平"句：屈平，名原，战国时期楚国人。《史记·屈原列传》："《国风》好色而不淫，《小雅》怨诽而不乱。若《离骚》者，可谓兼之矣

……推此志也，虽与日月争光可也。”⑧楚王台榭：谓楚王游憩之处，如章华台、阳云台等。空：徒然。⑨沧洲：隐者所居之处。谢朓《之宣城出新林浦向板桥》："既欢怀禄情，复协沧洲趣。”⑩“功名”二句：以汉水无逆流西北之理，喻功名富贵之不能长在。

［评析］

此诗由江游起兴，表达对功名利禄的蔑视，以及对自然与自由的向往之情。前四句即题着笔，写江上之游，以夸饰的方式，极写游乐之酣畅恣适。中间四句两两衬托对比，“仙人”二句以笃志求仙未必即能冲举升天，反衬不及忘机狎物，自可纵适一时。“屈平”二句以留心著作，传与天光同朽的文章对比于溺志豪华、不过取一时盘游之乐的楚王台榭。四句属对精严，诗意正反相生。结尾四句，紧接着“屈平”二句发挥，同时照应开头江上泛舟。“兴酣”二句，豪迈旷达，笔力雄健，见出诗人兴会飚举、挥毫赋诗时傲岸不羁的精神以及高旷不群的胸襟。“功名富贵若长在，汉水亦应西北流”，从反面作结，笔力尤为遒健。全诗笔力豪宕而章法绵密，见出诗人虽天纵逸才，纵横自如，而未尝不合乎诗之法度也。

江夏别宋之悌[①]

楚水清若空[②]，遥将碧海通[③]。人分千里外，兴在一杯中[④]。谷鸟吟晴日，江猿啸晚风[⑤]。平生不下泪，于此泣无穷。

［注释］

①此诗是李白开元二十二年(734)春在江夏作。宋之悌，初唐诗人宋之问弟，以勇力闻。时由河东节度使左迁朱鸢(在今越南境内)，途经江夏，李白悯其遭遇，赋诗赠行。②楚水：此指汉水，汉水流经江夏，为楚旧地，故云。空：空明无物。③将：与。碧海：此指朱鸢。④千里：指朱鸢远在千里之外。兴：兴致。⑤谷

鸟:溪谷中的鸟。吟:鸣。江猿:谓江岸山林中的猿猴。

[评析]

这是一首送别诗,全诗围绕送别展开,构思精巧,新颖别致。开头两句由近而远,先就眼前写起,点明送别地点,再以楚水遥通碧海暗示友人远谪岭海。三、四两句又反过来由远而近,先写友人将远别千里之外,再回到眼前为友人饯行送别。笔致灵活,妙于变化。尤其是"人分"二句中,"千里"与"一杯"之对,似浅而深,将别后长久的远离与眼前短暂的相聚并置起来,将别离之感及对友人远谪的感喟之情,深刻地传达了出来,含蕴深厚,耐人回味。此二句,虽似从唐初庾抱"悲生万里外,恨起一杯中"而来,与高适"功名万里外,心事一杯中"也颇近似,但比之庾抱悲、恨连用而意涉重复,以及高适之意义沉厚,则李白之千里远别,不言悲却言"兴",既见出洒脱飘逸之致,也有无可奈何的意味,可谓沉敛中有飘逸之致,显然更胜一筹。前人拈出"厚"以论高适这两句诗,而以"逸"归之李白,其实没有体会到李白这两句诗非仅飘逸,而是包含有深沉的感喟在内,这从结尾二句"平生不下泪,于此泣无穷"中可知。这两句不作伪饰,直接描写自己涕泗纵横,率真任情,真挚感人,除了别离之感,显然又融入了诗人对自己身世感受的内容。至于五、六两句,则着笔于写景,以渲染送别的氛围。"谷鸟"句以丽景写哀情,与"江猿"句之哀景形成鲜明反差,更有了复调的意味。总之,此诗篇制虽短,而意味深长,兴味无穷,见出李白不仅长于歌行古体,对于律绝短制,也同样驾驭自如。

送张舍人之江东[1]

张翰江东去,正值秋风时[2]。天清一雁远,海阔孤帆迟。白日行欲暮,沧波杳难期[3]。吴洲如见月[4],千里幸相思。

[注释]

①此诗是诗人开元二十二年(734)秋作。张舍人,名不详。舍人,中书省属官,掌侍奉进奏,参议表章。之,往。②"张翰"二句:张翰,字季鹰,西晋人。《世说新语·识鉴》:"张季鹰辟齐王东曹掾,在洛见秋风起,因思吴中菰菜羹、鲈鱼脍,曰:'人生贵得适意尔,何能羁宦数千里以要名爵!'遂命驾便归。"李白《行路难三首》之三也云:"君不见吴中张翰称达生,秋风忽忆江东行。"此以张翰喻张舍人。③"白日"二句:此二句一作"白日行已晚,欲暮杳难期"。④吴洲:江东三吴之地。

[评析]

这首送别诗,开头两句先用张翰归江东的典故,以张翰比张舍人,非常自然贴切。三、四两句写景,设想张舍人赴江东途中的壮丽景色,展示了寥廓雄浑的境界,极有壮逸之致。五、六两句写友人此赴江东,沧波邈远,难再相逢。结尾两句寄情明月,表达对友人离去后的思念之情。王夫之《唐诗评选》尝云:"读太白诗,乃悟风华不由粉黛……'天清一雁远'与'大江流日夜'、'亭皋木叶下',自挟飞仙之气。"谓此诗空灵清远,不施粉黛而自有风华,信为知言。

春夜洛城闻笛[①]

谁家玉笛暗飞声[②],散入春风满洛城。此夜笛中闻《折柳》[③],何人不起故园情[④]!

[注释]

①此诗当是开元二十三年(735)春所作,李白时在洛阳。洛城,即今洛阳。②玉笛:笛子的美称。暗飞声:因是夜中闻笛,故称。飞,播扬。③《折柳》:乐府横吹曲《折杨柳》,内容多抒写离情。④故园情:怀念故乡之情。

[评析]

德国哲学家黑格尔说过:"音乐的任务就是用它的节奏唤醒人的

内在节奏。”音乐与人的情感在运动形式上具有一致性，因此相对其他文艺形式来说，音乐似乎能直接地作用于人的心灵，更容易引起情感的共鸣，而不需要经由想象完成的转换。这首诗便通过描写笛声，传达了一种人类共有的美好情怀——思念故园。由于这种感情不是建立在诗人自我生活经历与体验的基础之上，避免了抒发自我思乡情怀所自然含有的感伤意味，从而具有了超越诗人自我之情而来的普遍性，诗歌由此获得了浪漫、唯美的意味和抒情效果；尤其是“散入春风满洛城”一句，缥缈空灵，风华流丽，极有韵致，更能见出诗人沐浴着洛城温煦、骀荡的春风，诗意地感知洛城春夜之美，为回荡、弥漫于洛城夜空中的《折杨柳》那春风般细腻柔曼的声音而沉醉的情形。

李白此诗常被用以和杜甫《吹笛》诗相提并论。相对而言，杜甫的《吹笛》诗容纳了较为深广的社会内容，侧重于表现诗人的家国情怀，故有慷慨悲怨之致，这从诗的结尾二句“故园杨柳今摇落，何得愁中却尽生”二句中，自可体会出，而李白此诗则是唯美地表达故园情怀，细腻而单纯，给人以透明、纯美之感。

古风（其十六）[①]

天津三月时[②]，千门桃与李。朝为断肠花[③]，暮逐东流水。前水复后水，古今相续流[④]。新人非旧人，年年桥上游[⑤]。鸡鸣海色动[⑥]，谒帝罗公侯[⑦]。月落西上阳[⑧]，余晖半城楼。衣冠照云日，朝下散皇州[⑨]。鞍马如飞龙[⑩]，黄金络马头[⑪]。行人皆辟易[⑫]，志气横嵩丘[⑬]。入门上高堂，列鼎错珍羞[⑭]。香风引赵舞[⑮]，清管随齐讴[⑯]。七十紫鸳鸯，双双戏庭幽[⑰]。行乐争昼夜，自言度千秋。功成身不退，自古多愆尤[⑱]。黄犬空叹息[⑲]，绿珠成衅仇[⑳]。何如鸱夷子，散发棹扁舟[㉑]。

［注释］

①此诗当作于开元二十二、二十三年(734、735)诗人游历洛阳时。古风,是李白效汉魏古诗而作者,现存共五十九首。②天津:桥名,旧址在今洛阳市旧城西南洛水上。这里借指洛阳。《元和郡县志》卷六《河南道·河南府·河南县》:"天津桥,在县北四里。隋炀帝大业元年初造此桥,以架洛水。"③断肠花:言花色极美,使人不胜思恋。刘希夷《公子行》:"可怜杨柳伤心树,可怜桃李断肠花。"④"前水"二句:以水流之前后相续,喻时间之永恒。⑤"新人"二句:承前两句,喻人世之变迁。⑥海色:晓色。清晨时天色渐由暗转明,似海气蒸腾,故曰"动"。⑦"谒帝"句:此句写朝廷官员早朝。谒,朝见。罗,罗列。⑧西上阳:宫名。《旧唐书·地理志·河南道·东都》:"上阳宫,在宫城之西南隅。"⑨皇州:帝都。唐时以洛阳为东都。⑩飞龙:《晋书·食货志》:"车如流水,马若飞龙。"⑪"黄金"句:以黄金饰马笼头,极言豪奢。⑫辟易:退避。⑬横:盛气横溢。嵩丘:嵩山。⑭"列鼎"句:餐桌上列满了珍馐美食。鼎,古食器。错,错杂。羞,同"馐"。⑮赵舞:春秋战国时期,赵国产美女,故以舞闻名。左思《娇女诗》:"从容好赵舞,延袖像飞翮(hé)。"⑯管:管乐,管音声清,故曰清管。齐讴:春秋战国时期齐国以歌吹闻名。陆机有《齐讴行》,以歌齐地之美。讴,歌。⑰"七十"二句:古代贵族家庭池苑内有蓄养鸳鸯的习惯。古乐府《鸡鸣》:"舍后有方池,池中双鸳鸯。鸳鸯七十二,罗列自成行。"⑱愆(qiān)尤:罪过。⑲"黄犬"句:用秦相李斯事。李斯被诬谋反遭诛,临刑,谓其子曰:"吾欲与若复牵黄犬,出上蔡东门逐狡兔,岂可得乎?"事见《史记·李斯列传》。⑳"绿珠"句:用西晋时石崇事。绿珠,石崇歌妓,美而艳,善吹笛。时赵王司马伦专擅朝政,其嬖臣孙秀垂涎绿珠,求之石崇,崇未许。孙秀遂衔恨而劝赵王伦诛崇。介士到门,绿珠跳楼而死,石崇全家伏诛。衅(xìn),仇隙。㉑"何如"二句:用春秋时范蠡事。鸱(chī)夷子,即范蠡。越灭吴后,范蠡乘扁舟浮于五湖,变易姓名。适齐,为鸱夷子皮。鸱夷,盛酒的皮囊。古代隐士常散发不戴帽,表示不受拘束。

［评析］

汉魏六朝以来,即有不少作品以长安、洛阳一类名都为背景,着力描写上层贵族煊赫豪奢的生活,借以反衬寒士之寂寥,表达对现实的批判,像左思《咏史》("济济京城内"一首)等即是。初唐时期,卢照邻的《长安古意》与骆宾王的《帝京篇》也是这类作品，堪称代表。二诗分别以七古、五古为体式，采取赋的手法，以寒士口吻，铺排京城豪贵的奢华生活，寄托士之不遇于时的愤慨与寂寥。李白此诗也将笔墨集中于权贵的豪奢生活，从权贵的煊赫声势、珍馐佳肴及夜夜笙歌三个方面加以铺排，极力夸饰、渲染。不过与此前同类作品不同的是，诗人以天津桥为立足点，将阅尽历史沧桑之变的天津桥作为见证者，构思富有巧意，也很深刻。同时，诗人最后将诗旨归结到了"功成身不退，自古多愆尤"上，而非揭露上层贵族的腐败生活、表达个人的愤郁不平上，抽离了关于自我生活个别性、具体性的描写，也没有以寒士代言者的口吻寄言。相对而言，此诗更像是诗人作为阅尽历史沧桑之变的智慧老人，对沉迷于荣华富贵之梦的人所发出的箴言。诗歌所总结的"功成身退"思想，虽然带有明哲保身的消极意味，但不可否认，体现了诗人对历史悲剧性的深刻体认！另外，李白诗中每有表达以"功成身退"为人生理想者，与本诗中"功成身退"作为经验教训总结之义自是不同，应注意区别。

太原早秋[①]

岁落众芳歇[②]，时当大火流[③]。霜威出塞早[④]，云色渡河秋。梦绕边城月，心飞故国楼。思归若汾水[⑤]，无日不悠悠。

［注释］

①此诗作于开元二十三年(735)。太原，秦汉古郡名。唐武德年间改置并州，开元十一年，又改为太原府。②"岁落"句：谓秋天草木凋零。岁落，犹言岁晚。③大火：星名。《诗·豳风·七月》："七月流火。"毛传："火，大火也。流，下也。"大火星为二十八宿之一，每年阴历五月位置最高，六月以后就偏西而下行。"流"即指大火星西移。④"霜威"句：谓北方边塞地区秋天来得早。霜威，即霜。

因霜能杀物,故曰威。⑤汾水:源出山西宁武县管涔山,南流经太原,又西南至河津县入黄河。

[评析]

此诗乃诗人感秋怀归而作。诗的前四句围绕“早秋”展开。“岁落”二句着笔于“早”,“霜威”二句着笔于“秋”,写塞上秋景,境界寥廓壮大,笔力劲健,饱满有力,颇能状塞上特异之景象。后四句主要写“感秋”,抒发思归之情,感而不悲,洒落自然。“梦绕”、“心飞”笔致柔婉细腻。“思归”二句又进一步借水喻情,以流水之悠悠无尽,喻归情之绵长不绝。整首诗章法浑成,格调高逸,而又词气森秀,意味醇厚。

古风(其二十七)①

燕赵有秀色②,绮楼青云端③。眉目艳皎月④,一笑倾城欢⑤。常恐碧草晚,坐泣秋风寒⑥。纤手怨玉琴⑦,清晨起长叹。焉得偶君子⑧,共乘双飞鸾。

[注释]

①此诗或当是诗人开元二十三年(735)初游太原时所作。②“燕赵”句:《古诗十九首》其九:“燕赵多佳人,美者颜如玉。”秀色,美色。③绮楼:谓楼阁华美。青云端:谓楼阁高耸,连乎青云。④“眉目”句:李白《越女词五首》其一“眉目艳星月”,与此近似。⑤倾城:全城。倾,尽也。李延年:“北方有佳人,绝世而独立。一顾倾人城,再顾倾人国。”⑥“常恐”二句:谓担心美貌如同春草凋零于秋风一样不能久住。⑦怨玉琴:谓弹琴以抒发幽怨之情。⑧偶:配婚。

[评析]

这是一首具有闺怨旨趣的诗,着意塑造了燕赵美人的形象。开头四句正面描写燕赵美人的美貌,并以绮楼、星月以烘托,更见风致。

“常恐”以下四句从美人之心理与情态入手，抒发其自伤的怀抱。结尾两句则表达偶于君子，共与婉娈的愿望。此诗写得婉转旖旎，殊有情致，颇能传美人风神。或谓此诗运用比兴手法，以美人自喻，抒发期于用世的愿望，可备一说。

赠孟浩然[①]

吾爱孟夫子[②]，风流天下闻[③]。红颜弃轩冕，白首卧松云[④]。醉月频中圣[⑤]，迷花不事君[⑥]。高山安可仰[⑦]，徒此揖清芬[⑧]。

[注释]

①此诗是李白开元年间游历襄阳时所作，时或在开元二十七年(739)。孟浩然，见前《黄鹤楼送孟浩然之广陵》诗注。②夫子：古代对有才德之望的中年以上男子的尊称。③风流：旷达潇洒的风度。④“红颜”二句：谓孟浩然年少时已绝意仕进，晚年仍隐居山林，遂其初志。红颜，青春年少。轩冕，车与冠，皆仕宦者所用，这里代指官爵。卧松云，隐居山林。⑤醉月：月下醉酒。中(zhòng)圣：犹言中酒，醉酒。《三国志·魏志·徐邈传》载，汉末魏初，曹操主政，酒禁甚严。当时人讳言“酒”字，把清酒称为圣人，浊酒称为贤人。尚书郎徐邈不顾禁令，私饮至于沉醉，对人称“中圣人”。后世因以“中圣”或“中圣人”称酒醉。⑥迷花：迷恋丘壑花草。不事君：《易·蛊卦》：“不事王侯，高尚其事。”⑦“高山”句：《诗·小雅·车舝》：“高山仰止，景行行止。”此以仰望高山喻对孟浩然的景仰。⑧“徒此”句：谓只能以此对其高洁德行表示敬意。揖，拱手作礼。清芬，喻德行高洁。

[评析]

孟浩然是盛唐诗坛上年辈较长、地位较高的诗人。他一生未仕，以隐逸为志，赢得了当时及后世普遍的赞誉。晚唐时张祜《题孟处士宅》即云：“高才何必贵，下位不妨贤。孟简虽持节，襄阳属浩然。”一句“襄阳属浩然”，写出了他的不朽！和孟浩然相比，李白年辈稍晚，对这位诗坛前辈甚为景仰，此诗即表达了这种感情。诗的开头两句，开宗明义，直接表达爱敬之意，然后申以所以景仰之由。中间四句，以赋的手法，铺展伸足首联二句之意，借松云、山月、繁花为主体的隐逸环境的描写，塑造孟浩然不慕荣利、志在山林的高士形象，也是以极简括的笔力，对其一生志行之概括。结尾二句，呼应开头，进一步表达对孟浩然的仰慕之情。值得留意的是，此诗虽表达爱敬与仰慕孟浩然，但并无追随之意，这其中隐约传递了李白当时虽向往隐逸，却仍执著于现实人生的价值取向。

岘山怀古①

访古登岘首②，凭高眺襄中③。天清远峰出，水落寒沙空。弄珠见游女④，醉酒怀山公⑤。感叹发秋兴，长松鸣夜风。

［注释］

①此诗或为开元二十七年（739）游襄阳时作。岘山，在湖北襄阳县南，见前《襄阳歌》诗注。②访古：谓探寻古迹。岘首：岘山之巅。③襄中：襄阳。④“弄珠”句：《文选》卷四张衡《南都赋》：“游女弄珠于汉皋之曲。”李善注：“《韩诗外传》曰：郑交甫将南适楚，遵彼汉皋台下，乃遇二女，佩两珠，大如荆鸡之卵。”⑤山公：山简。见前《襄阳歌》诗注。

［评析］

此诗虽题作《岘山怀古》，但并未围绕岘山做文章，重点也不在于怀古。一个显而易见的事实是，诗人并未从与岘山关系密切的有关羊祜“堕泪碑”的故事来写，诗中与“怀古”稍有关联的也只是“弄珠”二句而已。从诗中所描写的情形看，倒是题作《秋日登岘山》更为切当。此诗主要着力的是登岘山的所见及所感。开头两句点明题旨。三、四两句写远眺所见，境界高远开阔，善于摹状秋色，堪称名句。

五、六两句，进一步由远望转写缅怀历史。结尾两句因往事非与旧迹荒而动秋兴，以至于松风夜鸣，耿耿不寐。这种秋日感怀就是全诗着意传达的旨意，全诗境界高朗，颇有“清水出芙蓉，天然去雕饰”之美。

行路难三首[①]

金樽清酒斗十千[②]，玉盘珍羞直万钱[③]。停杯投箸不能食，拔剑四顾心茫然[④]。欲渡黄河冰塞川，将登太行雪满山[⑤]。闲来垂钓碧溪上，忽复乘舟梦日边[⑥]。行路难，行路难，多歧[⑦]路，今安在？长风破浪会有时[⑧]，直挂云帆济沧海[⑨]。

[注释]

①这三首诗或非一时一地之作。其一、其二大抵是初入长安失意后所作，第三首题一作《古兴》，或谓其内容与其一、其二不类，归为天宝三载(744)李白去朝前所作，并无实据。按，三诗本一组同题之作，故仍并列之。《行路难》，乐府《杂曲歌辞》旧题，备言世路艰难及离别悲伤之意。②清酒：酒以清为美，指美酒。③羞：同“馐”。珍羞，谓珍贵菜肴。直：同“值”。④“停杯”二句：鲍照《拟行路难》：“对案不能食，拔剑击柱长叹息。”此化用其意。投箸(zhù)，放下筷子。⑤“欲渡”二句：喻世路艰难，事与愿违。鲍照《舞鹤赋》：“冰塞长河，雪满群山。”此化用其意。满山，原本作“暗天”，据他本改。⑥“闲来”二句：传说吕尚未遇周文王时，曾在磻溪(今陕西宝鸡市东南)垂钓；伊尹遇见商汤之前，曾梦见乘船自日月旁边经过。二句合用典故，旨在表达人生遇合变幻莫测，且归隐以待时运。⑦岐：同“歧”。多歧路，许多条道路。⑧长风破浪：《宋书·宗悫(què)传》：“叔父炳高尚不仕。悫少年时，炳问其志，悫曰：‘愿乘长风，破万里浪。’”⑨云帆：船帆高悬，如入云端，故云。

大道如青天，我独不得出。羞逐长安社中儿[①]，赤鸡白狗赌梨栗[②]。弹剑作歌奏苦声[③]，曳裾王门不称情[④]。淮阴市井笑韩信[⑤]，汉朝公卿忌贾生[⑥]。君不见昔时燕家重郭隗，拥彗折节无嫌猜，剧辛乐毅感恩分，输肝剖胆效英才[⑦]。昭王白骨萦蔓草，谁人更扫黄金台[⑧]？行路难，归去来。

[注释]

①“羞逐”句：羞于与长安市井里巷少年为伍。逐，追随。社中儿，市井少年。社，里社、里巷。②“赤鸡”句：谓斗鸡走狗一类的赌博游戏。赌梨栗，以梨栗为赌注。③“弹剑”句：战国时士人冯驩（huān），在孟尝君门下做食客，屡次弹剑作歌，慨叹生活中种种不如意之事。事见《史记·孟尝君列传》。④“曳裾”句：谓奔走于权贵之门卑躬屈膝，心中痛苦。曳裾，以手拖着衣襟。《汉书·邹阳传》：邹阳《上吴王书》：“饰固陋之心，则何王之门不可曳长裾乎？”裾，外衣之前襟。称情，称心。⑤“淮阴”句：韩信，汉初淮阴人。早年曾受市井少年侮辱，被逼从其胯下匍匐而过，市人时皆取笑之。事见《史记·淮阴侯列传》。⑥“汉朝”句：贾生，即贾谊。汉初洛阳人，年十八以能诵诗属书闻于郡中，有“治平为天下第一”之誉，文帝闻而召为博士。因主张更易汉初法度，为朝中权臣所谗，出为长沙王太傅，年三十三而卒。⑦“君不见”四句：战国时，燕昭王于齐国破燕之后即位，为雪先王之耻，欲招贤士以共国。郭隗对昭王说：“昔有人君以五百金买得千里马之骨，人闻其不惜重金求良马，不足一年而得千里马者三。今君诚欲致士，先从吾始，贤于吾者，自然不远千里而至矣。”昭王便非常尊重郭隗，为其筑宫室，并师事之。又筑高台，置黄金于其上，招天下贤士。其后，乐毅自魏至燕，邹衍自齐而至，剧辛自赵而至，士争而赴燕者遂络绎不绝。事见《战国策·燕策》。拥彗（huì），《史记·孟子荀卿列传》：“（邹衍）如燕，燕昭王拥彗先驱。”司马贞《索隐》：“彗，帚也。谓为之扫地，以衣袂拥帚而却行，恐尘埃之及长者，所以为敬也。”折节，屈己下人。恩分，恩情、情分。⑧“谁人”句：意谓还有谁像昭王那样礼贤下士呢！黄金台，昭王筑台，置以黄金，以延天下之士。故址在今河北易水东南十八里。

有耳莫洗颍川水[①]，有口莫食首阳蕨[②]。含光混世贵无名[③]，何用孤高比云月？吾观自古贤达人，功成不退皆殒身[④]。子胥既弃吴江上[⑤]，屈原终投湘水滨[⑥]。陆机雄才岂自保[⑦]？李斯税驾苦不早[⑧]。华亭鹤唳讵可闻，上蔡苍鹰何足道！君不见吴中张翰称达生，秋风忽忆江东行[⑨]。且乐生前一杯酒，何须身后千载名！

［注释］

①"有耳"句：用许由事。传说尧让天下，许由不受而逃，遁耕于颍水之阳，箕山之下。尧又召为九州长，许由不欲闻之，乃洗耳于颍水之滨。其友巢父牵犊欲饮之，见而问之，许由释其故。巢父曰："子若处高岸深谷，人道不通，谁能见子？子故浮游，欲闻求其名誉，污吾犊口。"乃牵至上流饮之。事见皇甫谧《高士传》。②"有口"句：用伯夷、叔齐事。《史记·伯夷列传》："武王已平殷乱，天下宗周，而伯夷、叔齐耻之，义不食周粟，隐于首阳山，采薇而食之……遂饿死于首阳山。"司马贞《索隐》："薇，蕨也。"③"含光"句：含光混世，敛藏锋芒，随世俯仰。含光，藏光。贵无名，《晋书·阮籍传》："老篇爰植，孔教提衡。各存其趣，道贵无名。"④殒身：丧生。⑤"子胥"句：用伍子胥事。伍子胥，春秋时吴国大臣。因遭奸佞谗毁，吴王乃赐剑，使自刎死。又取子胥尸，盛以鸱夷革，浮之江中。事见《史记·伍子胥列传》。⑥"屈原"句：屈原，战国时楚人，为楚怀王左徒，后遭谗而被疏。顷襄王时又黜放江南，长期行吟于湘水流域，最后怀石自沉于汨罗江。见《史记·屈原贾生列传》。投，贬徙。⑦"陆机"句：陆机，西晋时吴人，少有异才，文章冠世。后事成都王颖，参大将军军事，官平原内史。颖与河间王颙起兵讨长沙王乂，机为后将军、河北大都督。及战而败，遭人谗谮，为颖所系。机叹曰："华亭鹤唳，岂可复闻乎？"遂被害于军中。事见《晋书·陆机传》。《世说新语·尤悔》引刘孝标注："《八王故事》曰：华亭，吴由拳县郊外墅也，有清泉茂林。吴平后，陆机兄弟共游于此十余年。"⑧"李斯"句：李斯，上蔡人，秦始皇丞相。曾叹息云："夫斯乃上蔡布衣，闾巷之黔首，上不知其驽下，遂擢至此。当今人臣之位无居臣上者，可谓富贵极矣。物极则衰，吾未知所税驾也！"后因赵高谗言而被杀。临刑时，谓其子曰："吾欲与若复牵黄犬，俱出上蔡东门，逐狡兔，岂可得乎？"见《史记·李斯列传》。税驾，犹解驾，言休息也。上蔡，在今河南上蔡西南。⑨"君不见"二句：用西晋张翰事。见前《秋下荆门》诗注。

［评析］

按一般理解，这三首诗中第一、二首所写与《行路难》题旨相合，而第三首则否定功名，强调含光混世、及时行乐，似乖于题旨。这种理解也并不恰当。其实，第三首完全可以是因为追求功名失意，而从反面否定功名以发泄其愤郁不平之气。这在李白许多作品中皆可见出此意，此诗也可以作如是观，其与前两首仍然可以是统一的，而不是矛盾的。因此，在没有其他依据的情况下，我们仍然应将这三首诗作为一个整体来看。

从大的方面来说，三诗中第一首题旨与表现手法皆出于鲍照《拟行路难》，但后出转精，青胜于蓝。鲍照原作以“对案不能食，拔剑击柱长叹息”开头，李白则先以“金樽”二句铺垫，使之与“停杯投箸不能食”之间造成强烈的反差；同时，诗人使用停、投、拔、顾四个连续的动作，以行为、情态表现内心的压抑、苦闷，比之鲍照诗中“拔”与“击”意涉重复，并将“拔剑击柱”归为叹息，要深刻、强烈得多，也更为完整。“欲渡”二句，虽源于鲍照“冰塞长河，雪满群山”，但将鲍照原作中单纯写景的句子，改造为表达世路艰难、事与愿违之意，则更非原句所能及。结尾几句借用典故发愿终将乘风破浪，一展宏图，境界开阔壮大，情致豪迈，一扫此前的愤郁与悲慨。相对第一首侧重表现世路艰难来说，第二首主要表达怀才未遇的强烈愤慨。诗人先以“大道如青天，我独不得出”二句开篇，以豪语写悲感，突兀有力，振起全诗。然后从自身的现实境遇出发，表达“曳裾王门”的屈辱，并以韩信、贾谊的遭遇进一步渲染、烘托。最后称颂当年燕昭王礼贤下士，着意造成今古的强烈反差与对比，从而使生不逢时的激愤之情，抒发得更为强烈。比较第一首主要从一般意义上泛言，此诗从现实境遇出发，并进一步借咏古以抒怀，感情因而更为深沉。如果说前一首尚有明朗与壮大的意味，此诗则全然抒发愤慨激越之情了。第三首诗承第二首而来，感情又有进一步发展，由愤慨进一步转为愤郁，从中见出诗人之忧愤积年，感愤深切。正是如此，此诗情调阴郁深沉，诗人非唯否定功名，甚至连高士之退隐也一并否定了，这种带有鲜明自我否定色彩的及时行乐思想，说到底是功名难求之后的愤激之言！

诗中列举伍子胥、屈原、陆机、李斯等人的悲剧,用意并不在于宣扬功成身退,而是旨在传达不应为功名牵累、羁绊,乃至丧生。所以此诗并非写全身隐退,而是表达醉酒当歌、及时行乐的主题。总体来说,三首诗感情上由高到低,见出一脉相承、发展变化的轨迹。

在艺术形式与表现上,三首诗皆以七古为体,融叙述、议论、抒情为一体,出今入古,纵横变化,句式上也长短错综、如缚龙蛇。与此相应,诗中感情也抑扬顿挫,虽失意之声,也气概轩昂,慷慨激切,正是如此,此三诗皆悲而能壮,有极强的感染力。

长相思[①]

长相思,在长安[②]。络纬秋啼金井栏[③],微霜凄凄簟色寒[④]。孤灯不明思欲绝,卷帷望月空长叹,美人如花隔云端。上有青冥之长天[⑤],下有渌水之波澜[⑥]。天长路远魂飞苦,梦魂不到关山难[⑦]。长相思,摧心肝。

[注释]

①此诗或作于诗人开元年间初入长安后。长相思,乐府《杂曲歌辞》旧题,语出《古诗十九首》"上言长相思,下言久别离"。②在长安:指所相思的人在长安。③络纬:昆虫名,即莎鸣,俗称纺织娘。金:饰词,谓雕饰精美。井栏:井上栏杆。④簟(diàn):竹席。⑤青冥:青而深邃难测,可径指青天。⑥渌:水清。⑦"梦魂"句:谓与所思之人天涯远隔,梦魂难到。

[评析]

作为乐府旧题,《长相思》多写思妇之怨,李白此诗拟之却别有寓意。整首诗以单句"美人如花隔云端"为界,自然地分为两个层次。第一层着意描写幽栖者的相思之情。借助于秋声、夜色等环境气氛的层层渲染,以及幽栖之人的情态描写,表现其孤独寂寞之情。第二层由“隔云端”展开，通过描写天地漫漫、关山重重，表达上下求索之苦。全诗反复抒写的看似只是男女相思之情，但“美人如花隔云端”一句，很自然地令人联想到自《离骚》以来古典诗歌中香草美人的比兴传统，加之“长安”这个特定的地点，更暗示诗歌有托寓政治之意。如此说来，此诗当是以男女相思之情托寓贤者穷蹇不遇之苦闷。诗之妙处在于并不说破，而是含蓄蕴藉，旖旎多致，可谓辞清意婉，妙于言情。宜乎清人王夫之《唐诗评选》赞云：“题中偏不欲显，象外偏令有余，一以为风度，一以为淋漓。乌呼，观止矣。”

与从侄杭州刺史良游天竺寺[①]

挂席凌蓬丘[②]，观涛憩樟楼[③]。三山动逸兴[④]，五马同遨游[⑤]。天竺森在眼，松门飒惊秋[⑥]。览云测变化，弄水穷清幽。叠嶂隔遥海，当轩写归流。诗成傲云月[⑦]，佳趣满吴洲[⑧]。

［注释］

①此诗是开元二十七年(739)在杭州所作。李良，开元末至天宝初年尝官杭州刺史。天竺寺，在杭州府城西十五里，有上中下三寺，此指下天竺寺。②蓬丘：蓬莱山。③樟楼：即樟亭，为观钱塘江潮之胜处。《咸淳临安志》卷五十五：“樟亭驿，晏元献公《舆地志》云：在钱塘县旧治之南五里，今为浙江亭。”李白《送王屋山人魏万还王屋》诗云：“挥手杭越间，樟亭望潮还。”④三山：道教以为海上有蓬莱、方丈、瀛洲三仙山。逸兴：豪迈放逸的情致。⑤五马：《逸礼·王度记》：“天子驾六，诸侯驾五，卿驾四，大夫三，士二，庶一。”此以五马代指刺史李良。⑥松门：自西湖入天竺寺路，夹道皆古松，其地名曰九里松，由松门而进。⑦“诗成”句：李白《江上吟》也有“诗成笑傲凌沧洲”的诗句，与此同义。⑧佳趣：清雅的情趣。吴洲：江东三吴之地。见前《送张舍人之江东》诗注。

［评析］

李白对越中山水充满了向往，一生凡五游越中。此诗是第二次游越中期间所作，虽题作《与从侄杭州刺史良游天竺寺》，但并未局限于天竺寺。诗的前四句，写与李良乘船同游，在樟楼上放眼观潮。中间六句才移笔于游天竺寺，然而在描写时也是从大处着笔，未作细致描写。结尾二句则抒发超凡清雅的情怀。此诗最大的特点，在于诗歌虽多律调，但意象飞动流走，并不粘皮带骨，见出诗人逸兴遄飞，情致满怀。

嘲鲁儒①

鲁叟谈五经，白发死章句②。问以经济策③，茫如坠烟雾④。足著远游履⑤，首戴方头巾⑥。缓步从直道，未行先起尘⑦。秦家丞相府，不重褒衣人⑧。君非叔孙通⑨，与我本殊伦⑩。时事且未达，归耕汶水滨⑪。

[注释]

①此诗当是开元二十七年(739)李白初由安陆移家东鲁时作。鲁儒，鲁地的儒生。鲁，今山东曲阜一带。②叟：老者。五经：儒家五部经典，即《诗》、《书》、《礼》、《易》、《春秋》。汉武帝建元五年(前136)立五经博士，始有此称。死章句：死于章句之下。章句，即章句之学，汉儒治经的主要方法，以分章析句来解读经义。③经济策：治理国家的策略。经济，经世济民。④"茫如"句：谓一无所知，茫然如坠烟雾之中。⑤远游履：履名。汉时人所着的一种鞋子，形制未详。曹植《洛神赋》："践远游之文履，曳雾绡之轻裾。"⑥方头巾：一作方山巾，原为汉代宗庙祭祀时乐舞者所服，后成为儒者所戴之冠，即方山冠，以五色丝扎成，方正而高。二句谓鲁儒衣着仿古。⑦"缓步"二句：谓鲁儒行态拘谨。从直道，不曲行。先起尘，长裾曳地。⑧"秦家"二句：秦相李斯不重儒生，曾建议秦始皇焚书。褒衣，宽袍，古代儒生的装束。《汉书·隽不疑传》："褒衣博带，盛服至门上谒。"颜师古注："褒，大裾也。言著褒大之衣，广博之带也。"⑨叔孙通：汉初薛县(今山东薛城)人，曾为秦博士。西汉建立，率儒生改革前代礼制，为刘邦制定朝

仪。《史记·刘敬叔孙通列传》:“叔孙通使征鲁诸生三十余人。鲁有两生不肯行,曰:‘公所事者且十主,皆面谀以得亲贵。今天下初定,死者未葬,伤者未起,又欲起礼乐。礼乐所由起,积德百年而后可兴也。吾不忍为公所为。公所为不合古,吾不行。公往矣,无污我。’叔孙通笑曰:‘若真鄙儒也,不知时变。’”⑩殊伦:非同类之人。⑪“时事”二句:自谓如叔孙通一样通于时变,只是因为时运尚未达,故暂且归耕汶水之滨。时事,时机条件。汶水,今名大汶河,济水支流,源出山东莱芜市北。

[评析]

李白初至东鲁时,曾遭遇当地儒生的嘲笑和蔑视,这反映在他的《五月东鲁行答汶上翁》一诗中。诗中有云:“顾余不及仕,学剑来山东。举鞭访前途,获笑汶上翁。下愚忽壮士,未足论穷通。”这首《嘲鲁儒》可视为李白对此事的回应。题中“鲁儒”,指的即是汶上翁一类的儒生。在《答汶上翁》中,李白偏于自抒怀抱,表达“终然不受赏,羞与时人同”的追求,对于汶上翁,仅以“下愚”二句及之,并未将笔墨锋芒移向对方。这体现出李白初受嘲笑时,急于自我表白,纠正对方误解自己的情形。此诗作为《答汶上翁》的“续作”则不同,诗中李白仅以“时事且未达,归耕汶水滨”二句自写,更多地将笔墨放在了鲁儒身上。诗人用调侃的笔调,漫画似的笔法,将鲁儒老死章句、酸腐守旧、不通时变的形象,刻画得形容逼肖,栩栩如生。不过,虽然如此,诗中笔墨并不尖锐辛辣,必欲极尽嘲讽而后快,或流于泄私愤,而是意有保留,并未过多地在其迂阔鄙琐上着笔。前人或谓此诗“以儒为戏”、“嘲诮太过”,并正言“儒不可轻”,其实是对此诗或李白的误解。此诗并非以儒为戏或轻视儒者,他嘲讽的只是鄙儒、迂儒,而非笼统地非儒。否则,对于李白诗文中多以“儒”或“小儒”自称,便难以理解了。

鲁东门泛舟二首[①](选一)

日落沙明天倒开[②],波摇石动水萦回[③]。轻舟泛月寻溪转[④],疑是山阴雪后来[⑤]。

[注释]

①此诗当是开元二十八年(740)前后在兖州所作。原作二首,此为第一首。鲁东门,或作东鲁门。《明一统志》卷二十三:"东鲁门在兖州府城东。"东鲁,指今山东兖州、曲阜一带。②倒开:倒映。③"波摇"句:谓水流宛转,波光粼粼,山石倒影,随波摇曳。萦回,曲折、宛转。④泛月:月下泛舟,故云。寻:沿着。⑤"疑是"句:《世说新语·任诞》:"王子猷居山阴,夜大雪,眠觉,开室,命酌酒,四望皎然。因起彷徨,咏左思《招隐诗》,忽忆戴安道。时戴在剡,即便夜乘小船就之。经宿方至,造门不前而返。人问其故,王曰:'吾本乘兴而行,兴尽而返,何必见戴?'"后二句谓月下泛舟,其景恍如王子猷(徽之)夜雪访戴。山阴,今浙江绍兴。

[评析]

这首诗描写诗人月下泛舟,表达清雅超俗的情致。诗之开头两句着眼于景,重在突出水流之澄澈明净,为后两句描写月下泛舟作铺垫。前人谓为"写景奇绝,又炼得入细净,所以妙"。后两句着眼于泛舟,重点在于突出月夜之光明皎洁。诗用王子猷夜雪访戴的典故,正在于山阴夜雪所展示的江南晶莹秀美之境有似于眼前的光明皎洁,从中既见出李白泛舟时情致之超逸豪迈,也见出他对明朗光洁之境的向往与追求。盖夜雪访戴一典,突出体现的是魏晋名士率性任真、风流放诞的人格追求,李白取而用之,就中也有以名士自任或钦慕魏晋名士流风余韵之微意在焉!需要指出的是,李白诗中"夜雪访戴"一典,运用颇为频繁,据统计,共达十八次之多。应该说,这并不是偶然的，其中体现的不仅是诗歌创作技巧层面的意义，而是反映了诗人与魏晋名士之间精神上的联系。

客中作[①]

兰陵美酒郁金香[②]，玉碗盛来琥珀光[③]。但使主人能醉客，不知何处是他乡。

［注释］

①此诗当作于开元二十八年(740)。诗题一作《客中行》。②兰陵：唐时沂州之丞县，在沂州西一百八十里。后魏置兰陵郡，隋废郡为兰陵县，唐高祖武德四年(621)改为丞县，故址在今山东枣庄市南。郁金：香草名，产于西域，状似芙蓉，芳香酷烈，用以浸酒，酒味芬芳。③"玉碗"句：琥珀，松柏树脂之化石，色黄褐或红褐。此言酒色如琥珀。

［评析］

临风写志，对酒抒怀，这种人生快意之事，常见于李白的诗中。不过对于李白来说，这种快意，常常不是人生得意时的恣心所欲，而是饱含了诗人辞亲远游、追求人生理想时的甘苦与冷暖在内。这首诗即是如此！诗看似以轻快的笔调描写兰陵美酒，抒发诗人豪迈洒脱的情怀，实际上也流露了浓重的客中之思的意味。诗的前两句着笔于兰陵美酒，先以郁金香喻兰陵美酒之芬芳馥郁，再以琥珀光喻兰陵美酒之色泽清亮。诗人不吝以绮丽华美的语言赞美兰陵美酒，似见出情致之饱满，但后两句则笔锋陡转，由兰陵美酒转而写客中之感。虽然"但使主人能醉客，不知何处是他乡"，也有豪迈旷达之致，但更多的是诗人以旷达之词，抒写客怀，"客中作"的题目，便暗示了此意。总之，此诗"借酒以遣客怀"，于旷达豪迈之致中寓客中之感，感情深婉，耐人寻味。

留别鲁颂[①]

谁道太山高，下却鲁连节[②]。谁云秦军众，摧却鲁连舌[③]。独立天地间，清风洒兰雪[④]。夫子还倜傥，攻文继前烈[⑤]。错落石上松，无为秋霜折[⑥]。赠言镂宝刀，千岁庶不灭[⑦]。

[注释]

①此诗题又作《别鲁颂》，当是李白开元二十九年（741）在东鲁所作。鲁颂，事迹未详。②"谁道"二句：鲁连，即鲁仲连，战国时齐人，好为奇谋，为人排患释难解纷乱而无所取。事见《史记·鲁仲连列传》。这二句谓泰山虽高，却不及鲁仲连之品节。下却，低于。③"谁云"二句：用鲁仲连于秦军围赵之际，游说赵平原君与魏将军辛垣衍，卒使秦军退兵而解赵之急难事。此二句言秦军虽众，却挫于鲁仲连三寸之舌。摧却，挫于。④兰雪：喻志行高洁。萧悫《冬至应教》："折冰开荔色，除雪出兰栽。"⑤"夫子"二句：谓鲁颂风流俊爽，专心习文，上继祖先。还，更。攻文，专事于文。前烈，祖先。这里指鲁仲连。⑥"错落"二句：勉励鲁颂能像山石上的劲松那样，不为秋风寒霜所摧折。错落，交杂纷乱貌。⑦赠言：别时勉励之言。镂：镌刻。庶：或许。

[评析]

此诗为"留别鲁颂"而作，重点却在吟咏鲁仲连事迹的前一部分。诗人连续使用反衬手法，称颂鲁仲连义不帝秦、为人排患释难之节义；又以"独立天地间，清风洒兰雪"两句，正面抒发对鲁仲连的景仰之情。这一部分，就本意而言，虽或是为后一部分作铺垫，但实际却有完整自足的独立意义；也就是说，李白并非仅仅从诗之用事或铺垫的意义上吟咏鲁仲连的。熟悉李白诗的人都知道，鲁仲连和姜太公、诸葛亮、谢安等，是李白诗中出现频率最高的历史人物。不过，与其他三人皆由隐而仕、致身卿相不同，鲁仲连一生则并未入仕。作为一个历史人物，他投影于历史者，最主要的就在于"终然不受赏，羞与时人同”中所体现的蝉蜕富贵、浑脱声利的崇高气节、品格。李白之心仪于鲁仲连者，也正在于此！我们从“独立天地间，清风洒兰雪”中，不难体会到他对鲁仲连迥然超俗、独立天地的精神气节的由衷礼赞。盖物之至馨者，莫如兰；物之至洁者，莫如雪。故李白以“兰雪”况鲁仲连之志行，亦已至矣，无以加矣！也可见出李白高洁的怀抱和追求。这二句诗，独立地看，也堪称是李白拾得的“天壤间生成好句”，虽谓之与天地同其久长者可也！正是如此，后人颇激赏此两句。元代张雨云：“谪仙有妙语，清风洒兰雪。”（《兰雪斋为金坛王敬赋》）明代胡奎也云：“开元供奉李谪仙，神交倜傥知仲连。一歌清风洒兰雪，读之使我神飘然。”（《题兰雪轩》）等，皆其例，还有不少人甚至以“兰雪”为其斋、轩、堂之号，从中也可见出这两句诗不朽之艺术生命。

南陵别儿童入京[①]

白酒新熟山中归[②]，黄鸡啄黍秋正肥[③]。呼童烹鸡酌白酒，儿女歌笑牵人衣。高歌取醉欲自慰，起舞落日争光辉。游说万乘苦不早[④]，著鞭跨马涉远道。会稽愚妇轻买臣[⑤]，余亦辞家西入秦[⑥]。仰天大笑出门去，我辈岂是蓬蒿人[⑦]！

［注释］

①此诗是天宝元年（742）秋自东鲁入京时作。南陵，在今山东兖州城东。旧说以为安徽南陵，误。儿童，女儿平阳及儿子伯禽。李白《寄东鲁二稚子》：“娇女字平阳，折花倚桃边。折花不见我，泪下如流泉。小儿名伯禽，与姊亦齐肩。”诗题一作《古意》。②“白酒”句：米酒的清白色度，不是现在的烧酒。山中，指泰山，一说指徂徕山。③黍：北方黏性黄小米。④游说（shuì）：战国时策士游走各国，向各诸侯国君陈说形势，提出政治、军事、外交等方面应采取的措施，以获取禄位，谓之游说。万乘（shèng）：指皇帝。周制，天子有兵车万辆，故以万乘

代指天子。一车四马为一乘。苦:恨。⑤"会稽"句:《汉书·朱买臣传》:朱买臣,会稽郡人。家贫,好读书,薪樵自食。好担束薪而诵书,其妻劝止不听,羞以求去。买臣笑曰:"我年五十当富贵,今已四十余矣。女苦日久,待我富贵报女功。"其妻怒曰:"如公等,终饿死沟中耳,何能富贵?"遂离去。后买臣得汉武帝信用,为会稽太守,其妻愧而自缢死。⑥秦:指长安。长安旧属秦,故云。⑦蓬蒿人:贫士。《庄子·让王》记子贡访原宪,见宪居蓬蒿中。

[评析]

古人论诗有主"直致"者,强调语虽冲口而出却有意满情足、颇见风致之效果。以"直致"论李白此诗,即十分恰当。这首诗李白着力表达入京的快意之情,诗人毫不掩饰内心的得意和对功名的渴望。比之那些遮遮掩掩、藏头露尾而不免虚伪的人来说,这更能见出李白真率、自然的性情。或有视此为李白的"庸俗一面"者,其实这是对古人的苛责,缺少了一份"了解之同情"。盖李白自"仗剑去国,辞亲远游"以后,为实现"济苍生"、"安社稷"的人生理想历经种种挫折,饱尝困厄失意之苦。如今否极而泰来,人生理想曙光乍现,诗人怎么会不喜形于色,以至于载笑载言、且歌且舞呢!与杜甫《闻官军收河南河北》诗中在所表达的喜悦之情背后却深藏着泪水不同的是,同为"生平第一快诗",李白此诗传达的则是一种单纯的快乐和喜悦,无论是"呼童烹鸡酌白酒"与"儿女歌笑牵人衣"的生活化的描写,还是诗人的"高歌取醉"与起舞争辉,处处都洋溢着欢快与喜悦的氛围,没有丝毫对过去经历的感伤,过去的曲折对于诗人来说,似乎从未发生过一样,或者在今天的得意面前,都已显得微不足道了。正是如此,诗人的这份得意与快乐才显得富有感染力。或许李白在这里并不崇高,但是却很真实!如果我们读李白其他的诗歌而可能将他拔高了的话,那么这首诗传达给我们的便是一个真实率性的李白。

日出入行[①]

日出东方隈[②]，似从地底来。历天又复入西海[③]，六龙所舍安在哉[④]？其始与终古不息，人非元气[⑤]，安得与之久徘徊？草不谢荣于春风，木不怨落于秋天[⑥]。谁挥鞭策驱四运[⑦]？万物兴歇皆自然[⑧]。羲和[⑨]，羲和，汝奚汩没于荒淫之波[⑩]？鲁阳何德，驻景挥戈[⑪]？逆道违天，矫诬实多[⑫]。吾将囊括大块，浩然与溟涬同科[⑬]！

［注释］

①这首诗作年难定，不过从诗中明朗的风格来看，或是诗人天宝元年(742)待诏翰林前夕于长安所作，因系于此。日出入行，乐府《相和歌辞》旧题，题作《日出入》。②隈(wēi)：隅，角落。③“历天”句：此句一本作“历天又入海”。④六龙：日御，见前《蜀道难》诗注。舍：住宿之地。⑤元气：天地未分时混一之气。《论衡·谈天》：“元气未分，浑沌为一。”⑥“草不谢”二句：《庄子·大宗师》郭象注：“圣人之在天下，暖焉若阳春之自和，故蒙泽者不谢；凄乎若秋霜之自降，故凋落者不怨。”此化用其意。⑦四运：春夏秋冬四时。⑧兴歇：谓荣与落。⑨羲和：神话中的日神御者，见前《蜀道难》诗注。⑩汩没：埋没。荒淫之波：谓大海。荒淫，广阔浩瀚。⑪“鲁阳”二句：鲁阳，神话中的大力士。《淮南子·览冥训》：“鲁阳公与韩搆难，战酣，日暮，援戈而㧑之，日为之反三舍。”驻，停留。⑫“逆道”二句：逆道违天，谓背逆自然的规律。矫诬，欺诈诬罔。李白不相信鲁阳驻景的传说，认为是欺人之谈。⑬“吾将”二句：囊括，包罗。大块，天地、自然。《庄子·齐物论》：“夫大块噫气，其名为风。”浩然，广大貌。溟涬(míng xìng)：犹涬溟，元气也。同科，同类。二句谓顺从自然，与天地元气混而为一。

［评析］

《日出入行》作为乐府旧题，原写太阳出入无穷，人命独短，故幻想成仙而升天。李白此诗则反其意而拟之。诗人以自然平和的态度，将日出日落与四时变化皆看作是自然本身的规律，不独对于草木的繁荣、万物的兴盛保持一份欣然的态度，对于草木之凋落与万物的衰歇，也同样态度平易，并不悲戚，体现出委顺造化的心态。作为诗人，李白具有“苞举宇内，总揽万物”的“赋家之心”，超越于天地万物之上，此诗最能见出诗人的这种超越胸怀与精神，最能体现诗人着意塑造的“天地与我并生”、“万物与我为一”的自我形象。诗歌虽着意表达委顺造化的思想，但不是一味说理，而是融情、事、理于一体，理中寓情，情中见理；同时又频频地引用神话传说，从而赋予诗歌以浪漫飘逸的精神。另外，杂言的语言形式，也使得诗歌灵活自如，读来给人轻快活泼的感觉。

宫中行乐词八首①（选一）

柳色黄金嫩，梨花白雪香②。玉楼巢翡翠③，珠殿锁鸳鸯。选妓随雕辇④，征歌出洞房⑤。宫中谁第一？飞燕在昭阳⑥。

[注释]

①此诗是天宝二年（743）春作，李白时待诏翰林。宫中行乐词，据《乐府遗声》，行乐四十八曲中有其曲。《乐府诗集》录于《近代曲辞》。共八首，此选其中第二首。诗题下有注云：“奉诏作五言。”敦煌残卷《唐诗选》，选录八首中前三首，题作《宫中三章》，下署作者“皇帝侍文李白”。②“柳色”二句：清人王琦谓此二句为阴铿诗句，李白全用之。按，宋人姚宽《西溪丛语》、王明清《挥麈录》已有此论，或即王琦所本。此二句现存阴铿诗中未见，或已佚。③翡翠：翠鸟形似燕，赤而雄曰翡，青而雌曰翠。④妓：宫廷中善歌舞之乐女。雕辇：绘有浮雕、彩绘的车。⑤征歌：征召歌妓。洞房：深邃之室，谓深宫。洞，深也。⑥“宫中”二句：汉成帝赵皇后，本长安宫人，学歌舞，体轻腰弱，善行步进退，号曰飞燕，与女弟昭仪并色如红玉，为当时第一。事见《汉书·外戚传》及《西京杂记》。昭阳，宫殿名。《三辅黄图》：“成帝赵皇后居昭阳殿，有女弟俱为婕妤。”杜甫《哀江头》：“昭阳殿里第一人，同辇随君侍君侧。”与此同用此典。

[评析]

关于《宫中行乐词八首》的创作，孟棨《本事诗·高逸》有以下记载：明皇"尝因宫人行乐，谓高力士曰：'对此良辰美景，岂可独以声伎为娱？倘时得逸才词人吟咏之，可以夸耀于后。'遂命召白。时宁王邀白饮酒，已醉。既至，拜舞颓然。上知其薄声律，谓非所长，命为《宫中行乐》五言律诗十首。白顿首曰：'宁王赐臣酒，今已醉。倘陛下赐臣无畏，始可尽臣薄技。'上曰：'可。'即遣二内臣掖扶之，命研墨濡笔以授之，又令二人张朱丝栏于其前。白取笔抒思，略不停辍，十篇立就，更无加点。笔迹遒利，凤跱(zhì)龙拏。律度对属，无不精绝"。今按，《本事诗》所载虽或与史实稍有出入，比如宁王已卒于开元二十九年(741)，史书记载非常明确，不可能在李白待诏翰林期间邀其饮酒。不过，尽管如此，孟棨所记大体上仍然是可信的。整组诗以连章体的形式，分别截取宫中行乐的某一侧面，虽无关乎世道，然而多清艳可赏，别有韵味。就此诗而言，描写春暖之际，花木禽鸟遍乎宫掖，极游观之美，又选妓征歌以相娱。诗的前六句，皆侈言行乐；结尾二句点出赵飞燕，以喻杨妃。整首诗纯用浓笔，如"黄金嫩"、"玉楼"、"翡翠"、"珠殿"、"雕辇"等，但能气韵天然，于秾丽中别余神韵，避免繁缛冗排之弊，见出李白天才纵轶，无施不可之笔力与才情，史家所谓"取笔抒思，略不停辍"，良非虚语！

清平调词三首[①]

云想衣裳花想容[②]，春风拂槛露华浓[③]。若非群玉山头见，会向瑶台月下逢[④]。

[注释]

①此诗是天宝二年(743)春李白供奉翰林时作。《清平调》，唐世新曲，始

作于李白。《乐府诗集》卷八十列于《近代曲辞》。②“云想”句：以美人喻花，谓由云而想起了美人的衣裳，由花而想起了美人的容颜。“云”或云作“叶”，误。③“春风”句：谓牡丹受春风露珠之滋润而娇艳欲滴。槛，栏杆。露华，露珠。④群玉山：传说中的仙山。《穆天子传》卷二：“癸巳，至于群玉之山。”郭璞注：“即《山海经》玉山，西王母所居者。”会，当。瑶台，传说中的神仙居处。《楚辞·离骚》：“望瑶台之偃蹇兮，见有娀(sōng)之佚女。”王逸注：“有娀，国名。佚，美也。谓帝喾之妃，契母简狄也。”二句谓牡丹之美若仙子，非世间女子所比，不是群玉山的仙子，就是瑶台有娀氏佚女。

一枝红艳露凝香[①]，云雨巫山枉断肠[②]。借问汉宫谁得似？可怜飞燕倚新妆[③]。

[注释]

①红艳：谓红色牡丹。②“云雨”句：云雨巫山，宋玉《高唐赋》谓楚王游高唐，梦一女子前来幽会，自称巫山神女。临去，谓楚王曰：“妾在巫山之阳，高丘之阻，旦为朝云，暮为行雨。朝朝暮暮，阳台之下。”此句谓巫山神女比之牡丹尚有未及，故枉自断肠。③“借问”二句：谓若问汉宫无数美女中，谁最堪比牡丹娇艳，只有倚着新妆的赵飞燕了。借问，若问。可怜，可爱。飞燕，汉成帝皇后赵飞燕，以美貌著称，见前《宫中行乐词八首》诗注。

名花倾国两相欢[①]，长得君王带笑看。解释春风无限恨[②]，沉香亭北倚阑干[③]。

[注释]

①倾国：指杨贵妃。《汉书·孝武李夫人传》：李延年歌曰：“北方有佳人，绝世而独立。一顾倾人城，再顾倾人国。宁不知倾城与倾国，佳人难再得。”后遂以“倾国”或“倾城”喻绝世佳人，这里指杨妃。②“解释”句：谓君王赏名花，对妃子，纵然有无限春愁，也可以消解。解释，消解。春风无限恨，犹言无限春愁。③沉香亭：在兴庆宫龙池东，是明皇、杨妃赏花处。因以沉香木建，故名。

[评析]

这组诗是李白供奉翰林期间所作，关于其本事，韦叡《松窗杂录》

有较细记载，大意是说：天宝（原作开元，误）中，禁中初重牡丹，得红、紫、浅红、纯白四本，玄宗移而植于兴庆池东沉香亭。牡丹盛开时，召杨妃趁月观赏。梨园子弟欲歌以旧乐，玄宗曰："赏名花，对妃子，焉用旧乐词为？"遂命李龟年持金花笺，宣赐李白进《清平调辞》三章。李白时宿醉尚未解，仍援笔立就。玄宗命梨园子弟调抚丝竹，促李龟年歌之，并自调玉笛以倚曲。杨妃则手持玻璃七宝杯，酌西凉葡萄美酒，听曲赏月，笑领歌意。李白自此以后，益受玄宗宠信。

从《松窗杂录》所载可知，这组诗是玄宗召杨妃月下赏花时，因兴致高涨，而宣赐李白进诗的。"赏名花，对妃子，焉用旧乐词为"，既是李白创作这组诗的动因，也同时规定了这组诗创作的方向。因此，可以视"赏名花，对妃子"为此组诗创作的纲领。由于对诗人处理花与美人之间的关系在认识上存有偏差，对于这组诗诗旨的理解，自来众说纷纭，莫衷一是。不过，尽管如此，说这组诗是"合花与人言之"是没有问题的，考虑到组诗创作的具体情境以及君臣关系的属性，可以这样理解三首诗的内容：第一首是以花比美人，主要是咏美人。第二首是以美人比花，而以花为主。第三首则立足明皇"赏名花，对妃子"，花与美人兼咏，并归结到颂圣，体现宫廷应制诗的创作特点。可以说，鲜花、美人与明皇，构成了这组诗创作的全部要素。

本来宫廷中的应制诗，尤其是临时承命而作者，因为在创作上受到很大制约，通常难有佳作。但李白此三章诗则不然，虽曰"语语浓艳，字字奇葩"，却能艳而不俗，写出风神韵度，可谓艳而能清。其所以如此，在于诗人将花与人完全地融在一起，虽有偏重而难以分辨；加之将神话传说和历史典故融入诗中，故而笔致超忽缥缈，读来可谓风流旖旎，有绝世风神。李白自此而益受明皇器重，可谓良有以也！

塞下曲六首[①]（选一）

五月天山雪[②]，无花只有寒。笛中闻《折柳》[③]，春色未曾看。

晓战随金鼓④,宵眠抱玉鞍⑤。愿将腰下剑,直为斩楼兰⑥。

[注释]

①此诗或为天宝二年(743)李白待诏翰林时所作。塞下曲,出于汉乐府《出塞》、《入塞》曲。《乐府诗集》卷九十二列于《新乐府辞》,内容多写边塞征戍生活。原作六首,此为第一首。②天山:《元和郡县志·陇右道·伊州》:"一名白山,一名折(一说析)罗漫山,在州北一百二十里。春夏有雪……匈奴谓之天山,过之皆下马拜。"在今新疆哈密、吐鲁番以北。③"笛中"句:暗示边塞天气寒冷,无柳可折。《折柳》,《折杨柳》曲,见《春夜洛城闻笛》诗注。④金鼓:金属乐器,即钲,因形似鼓,故名。《汉书·司马相如传》:"摐金鼓,吹鸣籁。"颜师古注曰:"金鼓谓钲也。"⑤玉鞍:以玉石雕饰的马鞍。⑥"愿将"二句:楼兰,汉代西域国名,在今新疆罗布泊西。此指楼兰国王。据《汉书·傅介子传》,西汉昭帝时,楼兰国王屡次遮杀通西域的汉使,介子受大将军霍光之命赴楼兰,设计杀之。此用其事。

[评析]

从军边塞,在沙场上立功扬名,是初盛唐时期许多文人的追求与梦想。所谓"宁为百夫长,胜作一书生"、"功名只向马上取,真是英雄一丈夫"等感情豪迈的诗句,正是这种书生意气的最好写照。李白一生虽未有过从军边塞的经历,但这一时代的主旋律在他的作品中也时有回响,《塞下曲六首》便堪称其中有代表性的作品。就此诗而言,主要表现边塞将士不畏苦寒、保家卫国的情怀。诗的前四句着眼于边地苦寒,暗示将士生活环境之艰苦。五、六两句写将士紧张、单调的军旅生涯,一"战"一"眠"写尽此义,有很强的概括性;"抱"字则突出了军旅前线生活特有的紧张、艰苦的特点。结尾二句,歌颂将士保家卫国、立功边塞的精神。诗人利用衬托的手法,将将士的报国情怀放置于苦寒、紧张的背景下,更见出了这种精神的崇高,带有苦难中的崇高的意味。

形式上这首诗也别开生面,虽为五律,却突破五律常式,以前四句起,五、六两句承,而将转合在结尾两句内完成,给人以节奏紧凑、短促有力之感,既有力地烘托了气氛,也与诗歌前所表现的将士紧张的军旅生活相吻合。前人谓此诗“神韵超元,气概闳逸”,究其原因,正在于此。

关山月[1]

明月出天山[2],苍茫云海间[3]。长风几万里,吹度玉门关[4]。汉下白登道[5],胡窥青海湾[6]。由来征战地,不见有人还。戍客望边色[7],思归多苦颜。高楼当此夜[8],叹息未应闲[9]。

[注释]

①此诗当为李白天宝二年(743)待诏翰林期间所作。关山月,乐府《横吹曲辞》旧题。《乐府古题要解》卷下:“关山月,皆言伤离别也。”此诗李白拟之以伤征戍。②天山:见前《塞下曲》诗注。这里应是泛指西部边疆的山峦。③云海:云涛似海,故称云海。④玉门关:故址在今甘肃敦煌西。见前《子夜吴歌》诗注。⑤下:谓出兵。白登:山名。在今山西大同东北。汉高祖刘邦征匈奴时,尝被围于此。⑥青海湾:即今青海湖,原为吐谷浑所居,唐高宗时为吐蕃所据,为唐与吐蕃交战频繁之地。白登、青海湖相距甚远,盖以概言征战之地,非实指。⑦戍客:守边的将士。⑧高楼:借指内地楼中伫望征人的思妇。⑨闲:停歇。

[评析]

《关山月》是一首乐府旧题,前人吟咏颇多,梁代徐陵《关山月二首》之一便云:“关山三五月,客子忆秦川。思妇高楼上,当窗应未眠。星旗映疏勒,云阵上祁连。战气今如此,从军复几年。”李白这首诗即显然承继此诗而来,但相比之下,又比徐诗有很大的提高。主要表现在:诗人将征人思妇之情置于边塞大漠宏阔的背景之下,以刚衬柔,刚柔并济。开头四句分别以明月、天山、长风、玉门关等宏大的意象,描绘了一幅雄关万里图,境界雄奇辽阔,骨力遒上,气盖一世。同时,在描写思情时,先以胡汉双方经年不停的战争及其残酷性作铺垫,再分别从征士与思妇两个角度，揭示战争所造成的痛苦，笔致又更为细腻。整首诗从边塞写到战争，又由战争写到人，写人时则又落实到抒发征人与思妇的思情，一方面意脉流转自然谐畅，浑然无迹，同时又很好地实现了这一乐府旧题题旨的要求。正是诗人将征人思妇之情置于宏阔的边塞大漠与无可避免的战争的背景之下，此诗才得以超越一般的闺怨诗单纯地描写离情所容易造成的逼仄之感，从而带给人更为广远、沉静的思索，明人胡应麟论此诗有“雄浑之中，多少闲雅”之评，即道出了这一点。

长门怨①

天回北斗挂西楼②，金屋无人萤火流③。月光欲到长门殿，别作深宫一段愁。

[注释]

①此诗或当作于天宝二年(743)待诏翰林期间。长门怨，乐府《相和歌辞》旧题。《乐府古题要解》卷下：“《长门怨》，为汉武帝陈皇后作也。后，长公主嫖女，字阿娇。及卫子夫得幸，后退居长门宫，愁闷悲思。闻司马相如工文章，奉黄金百斤，令为解愁之词。相如作《长门赋》，帝见而伤之，复得亲幸者数年。后人因其赋为《长门怨》焉。”②“天回”句：古人根据初昏时北斗七星的勺柄所指方向以定季节。勺柄指东为春，指南为夏，指西为秋，指北为冬。挂西楼，即勺柄已转向西，谓时令已入秋。一说勺柄每夜由东向西转，故谓“挂西楼”指夜已深。③“金屋”句：武帝当年为藏阿娇所作金屋已经草长萤飞，意谓陈皇后已失宠。金屋，汉武帝幼时，其姑馆陶长公主抱置膝上，问曰：“儿欲得妇否?”指左右长御百余人，皆云不用。指其女阿娇，问好否，帝笑对曰：“好！若得阿娇作妇，当作金屋贮之。”长公主大悦。事见《汉武故事》。

桂殿长愁不记春①，黄金四屋起秋尘②。夜悬明镜青天上，独照长门宫里人[③]。

[注释]

①桂殿：即桂宫，此指长门宫。《西京杂记》卷二："武帝为七宝床、杂宝案、厕宝屏风、列宝帐，设于桂宫。"②黄金四屋：谓金屋四壁。起秋尘：喻宠衰矣。鲍照《代陈思王京洛篇》："但惧秋尘起，盛爱逐衰蓬。"③"夜悬"二句：司马相如《长门赋》："悬明月以自照兮，徂清夜于洞房。"李白此化用其意。明镜，谓明月。

[评析]

这两首诗为宫怨诗，咏陈皇后事。在构思立意上，注重运用映衬烘托的手法，表现在：一、诗人并未从陈皇后着笔，而是侧重于描写环境、景物，尤其是抓住原本无情的明月，着意刻画寂寞冷清的氛围，借以烘托陈皇后失宠后内心的愁怨。二、以金屋衬长门，借昔日的宠爱反衬今日之宠衰。通首皆不言怨，而怨在言外，妙在意兴深婉，含蓄蕴藉，令人回味无尽。前人评二诗有云："两绝俊快之极，正俱以眼前意妙。但取皆'金屋'、'长门'相形，又俱月景，稍犯重。"按，二诗语意看似犯重，其实妙有变化。比如，第一首以愁作结，第二首则以愁始；第一首着眼于秋，侧重于表现特定时刻之愁怨，第二首则言自春至秋，侧重表现的则是愁怨之长、之久；第一首主要写景，虽景中含人，但重在景，第二首主要写人，虽也有景，但以景衬人。因此两首诗实各有侧重，合而观之，更能相得益彰。

玉阶怨[①]

玉阶生白露，夜久侵罗袜[②]。却下水精帘[③]，玲珑望秋月[④]。

[注释]

①此诗或为天宝二年(743)秋诗人待诏翰林期间所作。玉阶怨，乐府《相和歌辞·楚调曲》旧题，与《婕妤怨》、《长信怨》等皆是专写"宫怨"的乐曲。班

婕妤为赵飞燕所谮，退处东宫，作《自悼赋》，有云："华殿尘兮玉阶苔。"谢朓取以作《玉阶怨》，李白此诗则拟谢而作。②侵：浸湿。罗袜：丝罗制的袜子。曹植《洛神赋》："凌波微步，罗袜生尘。"③却：还、仍。水精帘：以水晶制成的帘子。水精，即水晶。④玲珑：谓明月在水晶帘的映衬下晶光闪耀。

[评析]

这首五言小诗，写宫女的寂寞幽怨。诗的高妙之处在于，虽然题作怨，却无一字言怨，而是通过环境与人物情态、行为的描写，以展示人物心理。诗的首句先写时令与环境，为人物设置活动背景。次句由景及人，以"罗袜"暗示人物的仪态、身份，有人有神。"侵"字既暗示宫女待时之久，也传递出贴体切肤之寒意，不说人而已见人之幽怨如诉。三、两四句以"却下"领起，承接上句，写主人公因为夜寒露冷，不得已而入室，但并不就去睡，而是放下水晶帘，隔帘望月。这里，"却下"二字，以虚字传神，看似不经意，实则传达出无限幽怨，暗示主人公夜夜不寐，在无望的等待中等待，可谓深于怨者。整首诗通体玲珑剔透、晶莹明澈，淡淡写来，传神空际，含蓄蕴藉，回味无尽。《唐宋诗醇》是以评云："妙写幽情，于无字处得之。'玉颜不及寒鸦色，犹带昭阳日影来'，不免露却色相。"可谓知言；正是如此，此诗就本意而言，虽仍属宫怨诗，但诗人着力展示的晶莹剔透的境界，则赋予了此诗超越其本意的内涵，更具有了一种对光明、皎洁与美好品质的追求之意。

玉壶吟①

烈士击玉壶，壮心惜暮年②。三杯拂剑舞秋月，忽然高咏涕泗涟③。凤凰初下紫泥诏④，谒帝称觞登御筵⑤。揄扬九重万乘主⑥，谑浪赤墀青琐贤⑦。朝天数换飞龙马⑧，敕赐珊瑚白玉鞭。世人不识东方朔，大隐金门是谪仙[9]。西施宜笑复宜颦，丑女效之徒累身[10]。君王虽爱蛾眉好[11]，无奈宫中妒杀人。

［注释］

①此诗当是天宝二年(743)秋，李白待诏翰林期间所作。②“烈士”二句：《世说新语·豪爽》：“王处仲每酒后辄咏‘老骥伏枥，志在千里。烈士暮年，壮心不已’，以如意打唾壶，壶口尽缺。”烈士，有壮志与节气之人。此是李白自谓。③“三杯”二句：一本作“三杯拂剑舞，秋月忽高悬。”④“凤凰”句：《初学记》卷三十引《邺中记》载，后赵武帝“石季龙与皇后在(戏马)观上，有诏书，五色纸，著凤口中。凤既衔诏，侍人放数百丈绯绳，辘轳回转，凤凰飞下，谓之凤诏。凤凰以木作之，五色漆画，脚皆用金”。后世因以皇帝下的诏书为凤凰诏，或凤诏。紫泥，紫色的泥，用以封诏书。《元和郡县志》卷三十九陇右道武州：“武都有紫水，泥亦紫。汉朝紫玺书用紫泥，即此水之泥也。”⑤称觞：举杯。⑥揄扬：犹言赞美、宣扬。九重：天子之门。宋玉《九辩》：“君之门以九重。”万乘主：谓天子。《孟子·梁惠王上》：“万乘之国，弑其君者，必千乘之家。”赵岐注：“万乘，兵车万乘，谓天子也。”周制，天子地方千里，能出兵车万乘，故以万乘指天子。⑦谑(xuè)浪：戏谑。《诗·邶风·终风》：“谑浪笑敖，中心是悼。”郑笺：“言戏谑不敬。”赤墀(chí)：天子宫殿前的台阶与地面皆以丹漆涂之，故名。青琐：皇帝宫殿的门雕刻成连锁文，涂以青色叫青琐。“赤墀青琐贤”，指臣僚。⑧飞龙马：供奉翰林所乘。李白《答杜秀才五松山见赠》：“敕赐飞龙二天马，黄金络头白玉鞍。”⑨“世人”二句：用西汉东方朔事。东方朔，汉武帝近臣。《史记·滑稽列传》：“武帝时，齐人有东方生名朔……酒酣，据地歌曰：‘陆沉于俗，避世金马门。宫殿中可以避世全身，何必深山之中，蒿庐之下?’金马门者，宦署门也。门傍有铜马，故谓之曰金马门。”又《汉武故事》载，西王母种桃，三千年一结子，东方朔尝三过偷之，失王母意，因受罚谪来人间，然原心无恶，寻当得还。世因以东方朔为谪仙人。李白尝受贺知章“谪仙”之称，此因以东方朔自比。⑩“西施”二句：《庄子·天运篇》：“西施病心而颦其里，其里之丑人见而美之，归亦捧心而颦其里。其里之富人见之，坚闭门而不出，贫人见之，挈妻子而去之走。”二句以西施自况。⑪蛾眉：代称美女。

[评析]

这首诗为李白自己的写照。诗人自述知遇始末,表达遭佞人谗毁的慷慨激愤之情。诗歌采取倒叙的手法,开头四句着眼于情态描写,从"击"、"拂剑"及"高咏"等一连串的动作中,不难想见诗人感情的慷慨激越。中间八句,回顾受明皇知遇而待诏翰林及侍游明皇的过程,感叹不为人识,徒被视为寻常之人耳。最后四句写遭遇奸佞谗谮,道出开头感情强烈愤激的原因。诗在感情基调上,以受知遇时的明朗俊快比衬失意后的悲慨愤懑,二者互相衬托,对照鲜明,有力地表现了受人谗毁后内心慷慨激烈之情。"揄扬九重万乘主,谑浪赤墀青琐贤"二句,自来被作为李白傲视权贵、平交王侯的名句,为后世所称。

沐浴子[1]

沐芳莫弹冠,浴兰莫振衣[2]。处世忌太洁,至人贵藏晖[3]。沧浪有钓叟,吾与尔同归[4]。

[注释]

①此诗用《楚辞·渔父》事,或作于行将去朝之际。沐浴子,乐府《杂曲歌辞》旧题,为梁陈间曲。古辞云:"澡身经兰汜,濯发傃芳洲。折荣聊踯躅,攀桂且淹留。"李白拟而作此诗。②"沐芳"二句:芳、兰,香草也。指物而言曰兰,指气而言曰芳。《楚辞·九歌·云中君》:"浴兰汤兮沐芳。"弹冠、振衣,谓去尘秽也。《楚辞·渔父》:"新沐者必弹冠,新浴者必振衣。"此反用《楚辞》意。③至:原本作"志",据他本改。至人,超凡脱俗、达到忘我境界之人。《庄子·齐物论》:"至人神矣!……乘云气,骑日月,而游乎四海之外。死生无变于己,而况利害之端乎!"藏晖:谓掩其锋芒,与世无争。④"沧浪"二句:《楚辞·渔父》:"渔父莞尔而笑,鼓枻而去,乃歌曰:'沧浪之水清兮,可以濯我缨。沧浪之水浊兮,

可以濯我足。'遂去,不复与言。"二句反用其意,谓将听渔父之劝,改易处世态度,混迹于世俗之中。

［评析］

这首诗就旨趣而言,与《行路难三首》之三相近,只是没有归于及时行乐,而是归于潜晖敛迹,随俗而处。首二句言性本芳洁,然而沐芳浴兰,并不载扬其芬。三、四两句承上而来,进一步表达处世以和光同尘为贵,而忌太洁。最后两句表示随俗俯仰,与渔父同归。诗取《楚辞·渔父》篇,而反意用之。以李白傲岸不屈的精神气节,这里却表达相反的旨趣,不仅见出诗人涉世之久而敛其英气,更主要的是深刻传达了诗人愤激失望的情绪。明人唐汝询《唐诗解》曾就此感叹:"吁夫！以太白之傲,非所谓百炼钢耶?何遽为绕指柔也?哀哉!"应该说,这并不是以李白的意志为转移的。此诗作为近古歌辞,古淡有味,耐人咀嚼,也发人深省。

设辟邪伎鼓吹雉子班曲辞①

辟邪伎作鼓吹惊②,雉子班之奏曲成。喔咿振迅欲飞鸣③。扇锦翼④,雄风生,双雌同饮啄,趫悍谁能争⑤?乍向草中耿介死⑥,不求黄金笼下生。天地至广大,何惜遂物情⑦?善卷让天子⑧,务光亦逃名⑨。所贵旷士怀⑩,朗然合太清⑪。

［注释］

①此诗当是诗人天宝二年(743)待诏翰林期间所作。《乐府诗集》卷一八《鼓吹曲辞》于《雉子班》引《古今乐录》曰:"梁三朝乐第四十一,设辟邪伎鼓吹作雉子班曲引去来。"设,扮演。辟邪,传说中的神兽,能辟御妖邪,除凶去恶。辟邪伎,即乐工假扮辟邪神兽之形而舞。雉子班,汉鼓吹铙歌十八曲之一。《乐府诗集》卷十六《鼓吹曲辞》于《雉子班》题下又云:"宋何承天有《雉子游原泽

篇》，则言避世之士，抗志清霄，视卿相功名犹冰炭之不相入也。”李白此诗即拟何氏而作。雉子，即野鸡。雉子班，或作雉子斑，误。曲辞，乐工所歌之辞。②作：演出。③喔咿：禽鸟鸣声。振迅：疾速奋起。④锦翼：谓雉子的翅膀色彩斑斓。⑤趫(qiáo)悍：勇捷。以上七句描写雉子班演奏的情形。⑥乍：宁可。耿介：不屈。《礼记·檀弓》孔颖达疏：“雉性耿介，被人所获，必自屈折其头而死。”⑦惜：吝。遂物情：顺从物性。嵇康《养生论》：“情不系于所欲，故能审贵贱而通物情。物情顺通，故大道无违。”⑧善卷：古代隐士。《庄子·让王》：“舜以天下让善卷，善卷曰：‘余立于宇宙之中，冬日衣皮毛，夏日衣葛絺；春耕种，形足以劳动；秋收敛，身足以休食；日出而作，日入而息，逍遥于天地之间而心意自得，吾何以天下为哉？悲夫，子之不知余也！’遂不受。于是去而入深山，莫知其处。”⑨务光：《庄子·让王》：“汤遂与伊尹谋伐桀，克之……又(以天下)让务光曰：‘知者谋之，武者遂之，仁者居之，古之道也。吾子胡不立乎？’务光辞曰：‘废上，非义也；杀民，非仁也；人犯其难，我享其利，非廉也。吾闻之曰：非其义者，不受其禄，无道之世，不践其土。况尊我乎！吾不忍久见也。’乃负石而自沉于庐水。”逃名：逃避声名而不居。⑩旷士：旷达之士。鲍照《放歌行》：“小人自龌龊，安知旷士怀！”⑪太清：天道，自然。

[评析]

这首诗应是李白待诏翰林期间，在宫廷目睹乐工表演雉子班后，有感于雉子耿介之性而作的。诗歌借咏雉子，抒发了顺遂万物的超然情怀。诗在吟咏雉子时，着力以“振迅”、“飞鸣”、“雄风”、“趫悍”等词语，塑造雉子健捷迅猛、强悍有力的形象；又以“乍向草中耿介死，不求黄金笼下生”写其性之耿介。这二句，自来被视为“豪侠语，千古有生气”，虽为咏物，但联系诗人平交王侯的傲岸气节，也可以说其中有托物以喻志，借以表达不为富贵、名利所屈的独立人格的深意在焉！辞气颇为慷慨激烈，见出诗人内心之激越不平。结尾六句，由雉子的耿介到旷达之士朗然洁白，不以功名富贵挠其胸怀，从物性自然的哲学高度，表达各遂其性、冥合太清的怀抱与追求，从而具有了更高的思想境界，也体现了诗人高旷的性情。

翰林读书言怀呈集贤院内诸学士[①]

晨趋紫禁中，夕待金门诏[②]。观书散遗帙[③]，探古穷至妙。片言苟会心[④]，掩卷忽而笑。青蝇易相点，白雪难同调[⑤]。本是疏散人，屡贻褊促诮[⑥]。云天属清朗[⑦]，林壑忆游眺。或时清风来，闲倚栏下啸。严光桐庐溪[⑧]，谢客临海峤[⑨]。功成谢人君，从此一投钓[⑩]。

［注释］

①此诗作于天宝二年(743)待诏翰林期间。翰林，指翰林院。《新唐书·百官志》："翰林院者，待诏之所也。……玄宗初，置翰林待诏，以张说、陆坚、张九龄等为之，掌四方表疏批答、应和文章。既而又以中书务剧，文书多壅滞，乃选文学之士，号翰林供奉，与集贤院学士分掌制诏书敕。开元二十六年，又改翰林供奉为学士，别置学士院，专掌内命。"李白时即为翰林学士，但未授他官。集贤，集贤殿书院，隶中书省，中有学士、直学士。②"晨趋"二句：写待诏翰林生活。紫禁，天子之宫。紫谓紫微，宫门设禁，故以禁称之。金门，金马门，代指朝廷。③遗帙(zhì)：前代之书。帙，书衣。④苟：如果。会心：谓与心相契。⑤"青蝇"二句：青蝇，苍蝇的一种，《诗·小雅·青蝇》："营营青蝇，止于樊。岂弟君子，无信谗言。"孔颖达《正义》曰："此虫污白使黑，污黑使白，乃变乱白黑，不可近之。"白雪，宋玉《对楚王问》："客有歌于郢中者，其始曰《下里巴人》，国中属而和者数千人；其为《阳阿薤露》，国中属而和者数百人；其为《阳春白雪》，国中属而和者不过数十人。……是其曲弥高，其和弥寡。"二句谓在朝中遭谗言，寡相知者。⑥"屡贻"句：谓己不与人同流合污，多次招致狭隘之讥。贻，招致。褊(biǎn)促，狭隘。⑦属：适值，恰逢。⑧"严光"句：严光，字子陵，会稽余姚人，少有高名，与光武帝同游学。光武即位后，变易姓名，隐身不现。帝遣使以聘，三反而后至。帝即日幸其馆，光卧眠不应，良久乃曰："昔唐尧著德，巢父洗耳。士故有志，何至相迫乎？"除谏议大夫，不屈，还耕于富春山，后人名其钓处为严陵濑。

事见《后汉书·严光传》。桐庐，睦州属县。《舆地志》："桐庐县南有严子陵垂钓处。"桐庐溪，指桐庐县富春江上游。⑨"谢客"句：谢客，谢灵运，小名客儿。有《登临海峤》诗。此用其事。⑩"功成"二句：谓功成身退，隐于江海。谢，辞别。人君，一作"人间"，以作"人君"为胜。

[评析]

此诗表达诗人与时流不谐的志趣和怀抱，流露出精神上的孤独寂寞之感。开头两句领起，点题"翰林"。"观书"以下四句，承"待"字而下，写心期古人，精神上独与古圣贤相往来，见出诗人高迈超俗的襟怀。"青蝇"四句，看似另起一意，实则"青蝇"句以衬"白雪"，而"白雪"前接"探古"、"会心"，下接"疏散"，进一步强调正由于内清外狂、不谐时流，才为青蝇所"点"。"云天"四句，则又顺接"疏散"，由天朗云清发兴，抒发向往林壑清风之情，伸足前意。结尾四句，也是看似另转一意，引出古人，实际是接"林壑忆"而来，表示要踵迹前贤，在功成之后退身江海的愿望。总体来看，此诗诗人着意表现的是个人乖于时流的志趣怀抱，反映了诗人待诏翰林期间内心深处的孤寂之感，也见出诗人耿介峻直，不屈己折节的志尚。全诗意脉连贯流畅，同时在句式上又多用偶句，从而形成了端谨整饬、直而不肆的风格特点。

忆东山二首①(选一)

不向东山久，蔷薇几度花。白云还自散，明月落谁家。

[注释]

①此诗作于天宝三载(744)春，李白待诏翰林期间。原为两首，这里选其中的第一首。东山，施宿《会稽志》卷九："东山，在(上虞)县西南四十五里，晋太傅谢安所居也。一名谢安山，岿然特立于众峰间，拱揖蔽亏，如鸾鹤飞舞。其巅

有谢公调马路，白云、明月二堂址。千嶂林立，下视沧海，天水相接，盖绝景也。下山出微径，为国庆寺，乃太傅之故宅。傍有蔷薇洞，俗传太傅携妓女游宴之所。”

［评析］

古人云：“地以境而胜，境因人而著。”大抵宇宙间名区奥壤，往往得天地清淑之气之所钟。虽然，必得至人高士为之增重，而后始有以显其灵者。东山即是如此！在谢安之前，东山之名未彰，因为谢安的隐居，才声名藉甚！李白一生崇仰谢安，因此“东山”在李白的诗文中出现频率很高！仔细分析可以发现，这一语典在李白诗文中，主要有以下两方面的意思：一是谢安携妓隐居之义，二是谢安不负苍生之期、终应时而起之义。像“东山高卧时起来，欲济苍生未应晚”（《梁园吟》）、“但用东山谢安石，为君谈笑静胡沙”（《永王东巡歌十一首》之二）、“尝高谢太傅，携妓东山门”（《书情赠蔡舍人雄》）、“安石在东山，无心济天下。一起振横流，功成复萧洒”（《赠常侍御》）、“携妓东山去，春光半道催”（《送侄良携二妓赴会稽戏有此赠》）、“君携东山妓，我咏北门诗”（《宣城送刘副使入秦》）等皆是如此。李白从这两方面应用此典，一是借以塑造自我脱略世俗、潇洒旷达的形象，二是借以寄托“安社稷”、“济苍生”的人生理想。不过，这首诗中的东山却不同，诗人通过描写东山之景，传达的却是对东山的怀念之情。“白云还自散，明月落谁家”两句，向往之中有辜负了白云、明月的愧疚之义，传递出诗人待诏翰林期间，因受人谗毁，不仅壮志未酬、怀抱未展，甚至于逐渐受到明皇疏远的境遇，故而精神上甚为寂寞。我们从“久”、“几度”中，皆可体会此义。李阳冰在《草堂集序》中说：“丑正同列，害能成谤，帝疏用之。公乃浪迹纵酒以自昏秽，咏歌之际，屡称东山。”正可为此诗作注脚！从这个意义上，我们可以视此诗为李白表达志节怀抱的“归去来辞”。

艺术上，此诗最大的特点在于，诗人笔下之景与东山关联密切，蔷薇、白云和明月皆非泛意而咏，而是与东山紧密相关，而另一方面又极为自然随意，看不出丝毫的拘束之态。同时，诗歌虽短小而意味隽永，令人回味不尽。

送贺宾客归越[1]

镜湖流水漾清波[2]，狂客归舟逸兴多[3]。山阴道士如相见，应写黄庭换白鹅[4]。

［注释］

①此诗作于天宝三载(744)春待诏翰林期间。贺宾客，即贺知章，据《旧唐书·贺知章传》，知章少以文词知名，工书能诗。中宗神龙年间，与吴越文士包融、张旭、张若虚俱以文词名扬上京，合称“吴中四士”。性狂放，晚年尤放诞，无复拘检，自号“四明狂客”。尝官秘书监、太子宾客等职。天宝三载，因病恍惚，数日而寤，乃上疏请度为道士，求还乡里，玄宗诏许之，还乡未久而卒。此诗敦煌残卷题作《阴盘驿送贺监归越》，阴盘驿在今陕西临潼县东。据此可知，贺知章归越时，李白曾送至阴盘驿，并作此诗赠别。②镜湖：《元和郡县志》卷二十七江南道越州：“镜湖，后汉永和五年，太守冯臻创立，在会稽、山阴两县界……周回三百一十里，溉田九千顷。”因明净如镜，故名。《旧唐书·贺知章传》：“有诏赐镜湖剡川一曲。”③逸兴：超逸豪放的兴致。④“山阴”二句：用王羲之以书换鹅事。《太平御览》卷二三八引何法盛《晋中兴书》：“山阴有道士养群鹅，羲之意甚悦。道士云：‘为写《黄庭经》，当举群相赠。’乃为写讫，笼鹅而去。”按，《黄庭经》为道家书，贺知章善书好道，故此以王羲之比贺知章。

［评析］

贺知章对于李白有知遇之恩，李白天宝元年秋得以待诏翰林，便与贺知章密切相关，正是如此，在贺知章告老还乡时，李白才一直送至阴盘驿，并作此诗以赠之。此诗写法上新颖别致，不在送别上做文章，而是悬想贺知章归越后的散逸生活。前两句紧扣“诏赐镜湖剡川一曲”，写其归越后放舟于清波荡漾的镜湖，游目骋怀，挥洒情致。后两句则从诏许贺知章为道士出发，并以王羲之比同样工于书法的贺知章，自然贴切，又诙谐幽默，颇合于贺知章纵诞任情之风。总之，由于送、行双方皆脱略世俗，豪迈不羁，故此诗能不由畦径，整首诗读来轻快自然，清新俊逸，饶有风致。

月下独酌四首[①]（选一）

花间一壶酒，独酌无相亲。举杯邀明月，对影成三人[②]。月既不解饮[③]，影徒随我身[④]。暂伴月将影[⑤]，行乐须及春[⑥]。我歌月徘徊[⑦]，我舞影凌乱。醒时同交欢[⑧]，醉后各分散。永结无情游[⑨]，相期邈云汉[⑩]。

［注释］

①此诗是李白待诏翰林后期所作，当为天宝三载（744）春作。酌，斟酒，饮酒。原作四首，此为第一首。②三人：指月、李白自己和影。③既：本。解：懂得。④徒：空，徒然。⑤将：与。⑥及：趁着。⑦月徘徊：月随人移，游移未进，故云。庾信《聘齐秋晚馆中饮酒》：“无因侍清夜，同此月徘徊。”⑧交欢：一起欢乐。⑨无情：谓月、影本为无情之物。又，《庄子·德充符》有忘情者，谓泯是非、得失与物我，超然于万物之上的精神状态。此合二意而用。⑩期：约。邈：远。云汉：银河。水势盛而称汉，银河在天而广阔，故称云汉。这里指天上仙境。

［评析］

古今论者皆谓此诗本于陶渊明《杂诗》“挥杯劝孤影”，此固有其理。不过，要说对此诗影响更大的，恐怕应属庾信《聘齐秋晚馆中饮酒》。由题目可知，此诗是庾信出使北齐时所作。作为天子近臣，在风清月朗之夜，诗人身处异国，无由陪侍夜赏，因作此诗。诗中“无因侍清夜，同此月徘徊”二句即表达身处北齐对南朝天子的眷恋。而这两句诗正可以为李白此诗作注脚！盖李白待诏翰林后期，因遭人谗毁，"此地曾经为近臣"的诗人日渐受到玄宗的疏远。这首诗即反映了他当时失意苦闷的精神状态。不仅诗中"我歌月徘徊"一句取自"同此月徘徊"，甚至整首诗皆从庾信"无因侍清夜，同此月徘徊"二句生发而来。只是相对于庾信较为温情的眷恋而言，李白因已失去了玄宗的宠信，故而所表现的孤独愁苦中，不免有一丝凄凉之意，这从"我歌月徘徊，我舞影凌乱。醒时同交欢，醉后各分散"中可以分明体会到。然而，李白的伟大恰在于身处逆境时，不是沉湎于痛苦之中，而是始终在寻觅摆脱、超越痛苦的途径，体现出一种超迈旷达、永不屈服的精神人格。这首诗即是如此。诗中"举杯邀明月，对影成三人"二句，作为奇想，一方面见出诗人内心的孤独，但同时也见出诗人欲以破除愁绝、驱遣孤独的努力；尤其是结尾二句"永结无情游，相期邈云汉"，更是以超越的胸襟，欲结游云汉，告别尘俗，永远摆脱俗累。《唐宋诗醇》评此诗云："千古奇趣，从眼前得之。尔时情景，虽复潦倒，终不胜其旷达。"可谓精辟之论！

白云歌送刘十六归山[①]

楚山秦山皆白云[②]，白云处处长随君。长随君，君入楚山里，云亦随君渡湘水[③]。湘水上，女罗衣[④]，白云堪卧君早归[⑤]。

[注释]

①此诗是天宝二年、三载(743、744)李白待诏翰林期间所作。刘十六，名不详。②楚山秦山：泛言楚地、秦地之山。③湘水：湘江。《元和郡县志·岭南道·桂州·全义县》："湘水出县东南八十里阳朔山，下经零陵郡西十里。阳朔山即零陵山也。其初则觞为之舟，至洞庭，日月若出入其中。"④女罗：罗，也作萝，即松萝，附生于松树之上。《楚辞·九歌·山鬼》："若有人兮山之阿，被薜荔

兮带女罗。”朱熹曰：“言其被服之芳者，自明其志行之洁也。”⑤白云堪卧：谓隐居山林。李白《驾去温泉宫后赠杨山人》诗也云：“待吾尽节报明主，然后相携卧白云。”

［评析］

“白云”在古代诗歌意象体系中，与隐逸有密切关联。南朝时陶弘景曾隐居于句曲山，齐高帝诏问他：“山中何所有？”陶以诗作答曰：“山中何所有？岭上多白云。只可自怡悦，不堪持寄君。”自此白云与隐逸便结下了渊源。本诗写送刘十六归山，并不着意表达离别时难以为怀的别情，而是围绕“白云”意象，以“白云”寄托情怀。全诗将白云与行者自秦归楚的行程结合起来，借白云衬托隐者，写白云与隐者形影相随，赋予白云以隐逸之象征的意味。使人从白云舒卷自如、洁白无瑕、随风飘浮的形象中，自然想见隐者行为之洒脱自在与志行之芳洁高尚。诗中白云与隐者已然完全交融，白云即隐者，隐者即白云，达到了风神潇洒、清空高妙的境界。在句式上，诗歌多用顶真手法，使诗歌具有复沓歌咏的民歌风味，增加了诗的音乐美感。全诗随手而写，自然流逸，具有空灵清远的韵致。《唐宋诗醇》是以赞云：“吐语如转丸珠，又如白云卷舒，清风与归，画家逸品。”

灞陵行送别[①]

送君灞陵亭，灞水流浩浩[②]。上有无花之古树，下有伤心之春草[③]。我向秦人问路岐[④]，云是王粲南登之古道[⑤]。古道连绵走西京[⑥]，紫阙落日浮云生[⑦]，正当今夕断肠处，骊歌愁绝不忍听[⑧]。

［注释］

①此诗当是天宝三载(744)春在长安所作。灞陵，即白鹿原，在霸上。因汉文帝陵寝在此，故称灞陵，在今西安市东。②灞水：也称霸水，出蓝田山，为渭

水支流，流经长安东南。上有灞桥，为由京城通向东南的交通要道，故建有驿亭，称灞陵亭。唐人常在此送别。③春草：江淹《别赋》："春草碧色，春水渌波，送君南浦，伤如之何？"④秦人：长安古属秦国，故称当地人为秦人。路岐：歧路，岔道。⑤王粲：字仲宣，建安七子之一。东汉末年，西京扰乱，遂南往荆州依刘表，作有《七哀》诗，有句云："南登灞陵岸，回首望长安。"⑥走：奔向。西京：长安。《旧唐书·地理志》："天宝元年，以京师为西京。"⑦紫阙：古以天子应紫微星座，故称宫禁为紫阙、紫禁。此代指宫城。⑧骊歌：别离之歌。逸诗有《骊驹》之篇，有云："骊驹在门，仆夫俱存；骊驹在路，仆夫整驾。"后世因以"骊歌"为别离之歌。骊，黑色泛黄的马。

[评析]

此诗作为一首送别诗，在体式上较为特别，除了在开头点出了送别的对象——"君"之外，诗中并没有关于"君"的任何背景性介绍和描写。从结果来说，这就使得"君"的形象在诗中被大大地弱化、虚化了，反过来则强化了抒情主体即诗人自我抒情的色彩，有人因此认为此诗是诗人虚设送、行双方的拟送诗、自送诗。也正因为如此，诗人超越了一般送别诗的范畴，从自我的立场出发，借助描写浩浩灞水、西京古道、暮霭紫阙，以及无花古树、伤心春草等意象，展示出广阔的时空背景和境界，使诗之旨意从历史和现实多方向地向纵深拓展，给人深刻的世事浩茫的感受。同时在表现手法上，虚设主客问答的形式，把乐府诗的表现手法融入到歌行的创作中，也赋予了诗歌古朴浑厚的意味。

古风（其三十九）①

登高望四海，天地何漫漫②。霜被群物秋，风飘大荒寒③。荣华东流水，万事皆波澜④。白日掩徂晖⑤，浮云无定端⑥。梧桐巢燕雀，枳棘栖鸳鸾[7]。且复归去来[8]，剑歌《行路难》[9]。

［注释］

①此诗或作于天宝三载(744)秋，时李白离开长安未久。②漫漫：无际涯。③被：覆盖。群物：万物。大荒：广野。④“荣华”二句：谓荣华易逝，如流水之一去不返，世事难料，如波澜之起伏无常。按，此诗以下八句，一本自第四句后作“杀气落乔木，浮云蔽层峦。孤凤鸣天霓，遗声何辛酸。游人悲旧国，抚心亦盘桓。倚剑歌所思，曲终涕洄澜”。⑤徂(cú)晖：落日余晖。徂，往。⑥无定端：往来飘忽不确定。二句以“白日”喻君王，“浮云”自喻，表达无所适从之意。⑦“梧桐”二句：鸳鸾本栖于梧桐，燕雀只配做巢于枳棘，现在情况正相反。喻是非颠倒，贤人在野而佞人用事。枳(zhǐ)棘，带棘刺的杂树。⑧归去来：陶渊明因不堪奉迎权势的官场生活而辞官归隐，作《归去来兮辞》以明其志。此表示将学习陶渊明。⑨剑歌：弹剑而歌。战国时，齐人冯驩尝为孟尝君门客，初不为所重，曾数度弹剑而歌，慨叹生活之不如意。事见《史记·孟尝君列传》。《行路难》：乐府曲名，见前《行路难三首》诗注。

［评析］

古人云：“登高能赋，可以为大夫。”古往今来，奇伟不凡之士往往皆喜登高，登高赋辞由此往往成为人的胸襟和怀抱的量鉴。李白诗集中多有登高而作的诗篇，这首诗也是如此。诗写登高远望所见及所感，表达人生失意之慨。开头四句总写远望所见，着力展示秋野荒寒高远之境，逗出悲秋之意。中间四句，由悲秋转而表达对荣华富贵的否定。结尾四句则由不合理的政治现实，表达世路艰难之意。“且复归去来，剑歌《行路难》”二句，颇堪玩味，虽然有效陶归隐之意，但归结为“剑歌《行路难》”，见出与陶主动归隐之不同，显然包含有更多不得已的意思在内。不过，尽管如此，我们从中又并未见诗人慷慨激愤之意，可谓耐人寻味，深得古诗遗韵。

把酒问月[1]

青天有月来几时[2]？我今停杯一问之。人攀明月不可得，月行却与人相随。皎如飞镜临丹阙[3],绿烟灭尽清辉发[4]。但见宵从海上来[5],宁知晓向云间没？白兔捣药秋复春[6],姮娥孤栖与谁邻[7]？今人不见古时月,今月曾经照古人。古人今人若流水,共看明月皆如此。唯愿当歌对酒时[8],月光长照金樽里。

[注释]

①此诗或当作于天宝三载(744)。诗题下原注云:"故人贾淳令予问之。"②来几时:"几时来"的倒装。③丹阙:赤色宫门。④绿烟:云、云翳。清辉:月光皎洁,故曰清。⑤宵:夜。⑥白兔捣药:古代神话月宫有捣药兔。傅玄《拟天问》:"月中何有？白兔捣药。"⑦姮娥:《淮南子·览冥训》:"羿请不死之药于西王母,姮娥窃以奔月。"汉代因避文帝刘恒讳而改为嫦娥。⑧当歌对酒:曹操《短歌行》:"对酒当歌,人生几何?"

[评析]

悠悠万世,万世悠悠。从杞人忧天,到屈原问天,自古以来,历代贤哲从未停止过对宇宙、人生的追问与思索。作为志趣宏远的天才诗人,李白比之常人对宇宙人生更是抱有强烈的好奇感和探究的欲望。在这首诗中,他继承屈原问天的精神,把酒问月,叩问宇宙真谛!诗以倒装句式起头,开篇即劈空而问,恰如奇峰突起,极有气势！自第三句至第十句,从日常对明月的感知出发,继而描写亘古以来月升月落、春去秋来、循环不已的过程。最后六句,由明月之亘古不变对比人生之短暂易逝,表达及时行乐的思想。此诗诗人应故人之请而问月,虽似带有应酬甚或游戏的意味,但在游戏的表象下,仍然体现了李白强烈的生命意识。诗人将有限的人生置于无限的宇宙背景之下,见出深刻的人生之思。而及时行乐的思想,虽似消极,但反映了诗人在政治失意后的现实境况,是诗人排遣失意苦闷的方式!

在艺术上,此诗设想奇绝,落于天外,见出诗人酒后兴致高涨,意兴遄飞,兴会淋漓之才情。同时,诗又潜气内传,脉络贯通,有吞吐回环、抑扬顿挫之致。古人论此诗时,谓其"圆活自在,笔端有舌",可谓深得其理！

将进酒[①]

君不见黄河之水天上来，奔流到海不复回[②]。君不见高堂明镜悲白发，朝如青丝暮成雪[③]。人生得意须尽欢[④]，莫使金樽空对月。天生我材必有用，千金散尽还复来[⑤]。烹羊宰牛且为乐[⑥]，会须一饮三百杯[⑦]。岑夫子[⑧]、丹丘生[⑨]，进酒君莫停[⑩]。与君歌一曲，请君为我倾耳听。钟鼓馔玉不足贵[⑪]，但愿长醉不用醒。古来圣贤皆寂寞[⑫]，唯有饮者留其名。陈王昔时宴平乐，斗酒十千恣欢谑[⑬]。主人何为言少钱，径须沽取对君酌[⑭]。五花马[⑮]，千金裘，呼儿将出换美酒[⑯]，与尔同销万古愁[⑰]。

［注释］

①此诗题一作《惜空樽酒》，当是李白天宝三载(744)作于梁宋、东鲁一带。《将进酒》，乐府《鼓吹曲辞·汉铙歌》旧题，以饮酒放歌为言。②“君不见黄河”二句：兴起下文岁月易逝，人生易老的意思。天上来，黄河源出昆仑，其地极高，故云。③“君不见高堂”二句：谓于高堂明镜之中，照见白发而生悲。④得意：兴致好的时候。⑤“千金”句：谓仗义疏财。李白《上安州裴长史书》云：“曩昔东游维扬，不逾一年，散金三十余万。有落魄公子，悉皆济之。”复来，再来。⑥且为乐：姑且作乐。⑦会须：该当。⑧岑夫子：岑勋，南阳人。李白有《酬岑勋见寻就元丹丘对酒相待以诗见招》诗，可参看。⑨丹丘生：即元丹丘，道徒，为李白交往甚密之好友。⑩此句或作“将进酒，杯莫停”。⑪钟鼓馔玉：本指富贵者钟鸣鼎食之宴，这里代指功名富贵。钟鼓，富贵者之宴乐。馔玉，谓馔之珍美如玉。⑫寂寞：谓不为世用，不为人知。⑬“陈王”二句：曹植尝受封为陈王，其《名都篇》有云：“归来宴平乐，美酒斗十千。”平乐，观名。《三辅黄图》载，汉明帝取飞廉并铜马，置之洛阳门西门外，为平乐观。斗十千，一斗酒值十千钱，极言酒之清美。恣，尽情。⑭“径须”句：谓即使斗酒价值十千，也毫不吝惜，只管买取与君

畅饮。径须,只管。沽,买。⑮五花马:一种名贵的马,因毛色斑驳多彩而得名。⑯将:拿。⑰尔:指岑勋、元丹丘。万古愁:极言愁之深广,接前“古来圣贤皆寂寞”一句。

[评析]

李白能饮、好饮,且也善饮,“酒仙”之名,当之而无愧!其饮酒诗虽姿态横生,其趣各异,然皆能见其纵放任真、狂放不羁之个性与精神,这首《将进酒》更是如此。诗分三层,第一层自开头“君不见”至“会须一饮三百杯”,立足人生,谓生命苦短,唯当以快乐为原则。第二层自“岑夫子”至“唯有饮者留其名”,立足历史,谓圣贤寂寞,未若以饮酒为得也。最后八句作为第三层,绾结前面二层,谓既然人生苦短与圣贤寂寞皆无以克服,唯有以酒为快乐、销愁之具。这里,无论是主动地追求快乐,还是被动地销愁解忧,酒都显然成为了实现目的的唯一途径。由此可以看出,这首诗实质上揭示了李白对人生悲剧性的体悟。这种悲剧性,就内涵而言,虽然也有诗人对个体存在的有限性的体认的因素,但更多的则是来自于对历史的总结,对古来贤哲命运的反思。正是如此,我们读此诗,感受到的不是深入骨髓且无力自振的悲哀或悲凉,而是按捺不住的愤激、悲慨与狂放,这其中隐然传递了诗人对现实强烈批判的精神。同时,由于诗人并非立足于自我之穷达、屈伸,而是放眼历史,就贤哲之全体而言,这既赋予了此诗以更为普遍和深广的意义,也为这种愤激、悲慨与狂放注入了沉厚持久的力量。正是如此,此诗笔酣墨饱,畅快淋漓,如大河奔注,气象雄浑,既滔滔滚滚,又迂回曲折,极抑扬吞吐之妙,形成运舒缓于迅疾之中、张弛有度的节奏特征,体现在语言形式上,便是长短不一,伸缩自如,虽以七言为主,但杂以三、五、十言的句式,极参差错综之致,典型地体现了李白诗歌兴会淋漓、才气纵横的创作特征。

鸣皋歌送岑征君[1]

若有人兮思鸣皋[2],阻积雪兮心烦劳[3]。洪河凌竞不可以径度[4],冰龙鳞兮难容舠[5]。邈仙山之峻极兮[6],闻天籁之嘈嘈[7]。霜崖缟皓以合沓兮[8],若长风扇海涌沧溟之波涛[9]。玄猿绿罴[10],舔舕岌危[11],咆柯振石,骇胆栗魄,群呼而相号,峰峥嵘以路绝,挂星辰于岩嶅[12]。送君之归兮,动鸣皋之新作。交鼓吹兮弹丝,觞清泠之池阁[13]。君不行兮何待?若返顾之黄鹤[14]。扫梁园之群英[15],振大雅于东洛[16]。巾征轩兮历阻折[17],寻幽居兮越巇崿[18],盘白石兮坐素月[19],琴松风兮寂万壑[20]。望不见兮心氛氲[21],萝冥冥兮霰纷纷[22]。水横洞以下渌[23],波小声而上闻。虎啸谷而生风,龙藏溪而吐云[24]。冥鹤清唳,饥鼯嚬呻[25]。块独处此幽默兮[26],愀空山而愁人[27]。鸡聚族以争食,凤孤飞而无邻。蝘蜓嘲龙,鱼目混珍。嫫母衣锦,西施负薪[28]。若使巢由桎梏于轩冕兮,亦奚异乎夔龙蹩躠于风尘[29]。哭何苦而救楚[30],笑何夸而却秦[31]。吾诚不能学二子沽名矫节以耀世兮[32],固将弃天地而遗身。白鸥兮飞来[33],长与君兮相亲。

［注释］

①此诗当作于天宝三载(744)游梁宋期间。鸣皋,又作明皋,山名,取自《诗·小雅·鹤鸣》:"鹤鸣于九皋。"《元和郡县志·河南府·陆浑县》:"明皋山,在县东北十五里。"岑征君,即岑勋。李白有《酬岑勋见寻就元丹丘对酒相待以诗见招》。征君,也称征士,古称朝廷征聘而不就者。此诗题下有注云:"时梁园三尺雪,在清泠池作。"《元和郡县志》卷七《河南道·宋州·宋城县》:"清泠池,在县东南十里。"②若有人:《楚辞·九歌·山鬼》:"若有人兮山之阿。"若,语气词。若有人,指岑征君。③烦劳:烦恼伤身。④洪河:指黄河。洪,大。凌竞:《汉书·扬雄传》引《甘泉赋》:"驰阊阖而入凌竞。"颜师古注:"入凌竞者,言寒凉战

栗之处也。”径:径直。⑤冰龙鳞:言冰有锯齿,参差如鳞。舠(dāo):小船形如刀,字本作刀。《诗·卫风·河广》:“谁谓河广?曾不容刀。”郑笺:“小船曰刀。”⑥峻极:高大,犹言“骏极”。《诗·大雅·崧高》:“骏极于天。”毛传:“骏,大。极,至也。”⑦天籁:空中因风气作声,不假物而成者。《庄子·齐物论》:“子游曰:‘地籁则众窍是已,人籁则比竹是已,敢问天籁。’”⑧缟皓:洁白貌。合沓:重叠。谢朓《游敬亭山》:“兹山亘百里,合沓与云齐。”⑨沧溟:海。⑩玄猿:《文选》卷八司马相如《上林赋》:“玄猿素雌。”李善注:“玄猿,猿之雄者,玄色也。”玄,赤黑色,后多用以指黑色。绿罴:《西京杂记》卷二:“熊罴毛有绿光,皆长二尺者,真白金。”⑪舔啖(tàn):吐舌貌。岌(jí)危:一作“崟(yín)岌”,谓山峰高危。⑫岩嶅(áo):《文选》卷一二木华《海赋》:“戛岩嶅,偃高涛。”李善注引《尔雅》曰:“山多小石曰嶅。”⑬觞,饮酒。清泠之池阁:即清泠池,在梁园内。⑭黄鹤:庾信《别周尚书弘正》:“黄鹄一返顾,徘徊应怆然。”⑮“扫梁”句:谓岑征君之诗才一扫枚、马辈之诗赋。群英,指司马相如、枚乘等游于梁园者,见前《梁园吟》诗题注。⑯大雅:诗之正声。⑰巾征轩:用帷幔蒙车以为车衣。征轩,远行的车。⑱巘崿(yǎn è):山崖。谢灵运《晚出西射堂》:“连嶂叠巘崿,青翠杳深沉。”⑲“盘白”句:谓盘膝白石,坐于皎月之下。⑳松风:即《风入松》,琴曲名。㉑氛氲:喻心绪缭乱。陈子昂《入东阳峡》:“仙山不可见,遥思坐氛氲。”㉒霰(xiàn):雪天或下雪前所降的白色小冰粒。㉓横洞:犹鸿洞,水势汹涌貌。㉔“虎啸”二句:古人以虎为阴精,而居于阳,依木长啸,二气相感,故能运风。龙为阳精,以潜为阴,幽灵上通,二物相扶,故能兴云。东方朔《七谏·谬谏》:“虎啸而谷风至兮,龙举而景云往。”㉕“冥鹤”二句:谢朓《游敬亭山》:“独鹤方朝唳,饥鼯此夜啼。”唳(lì),鹤鸣。鼯(wú):飞鼠,一名夷田,似蝙蝠。嚬(pín)呻,像人一样皱眉呻吟。㉖块:孤独。幽默:沉寂无声。㉗愀(qiǎo):忧惧貌。㉘“鸡聚”六句:谓朝中奸佞当道,美丑颠倒,贤与不肖易位。蝘(yǎn)蜓:又名(石)龙子,蜥蜴之属。《荀子·佹(guǐ)诗》:“螭龙为蝘蜓,鸱枭为凤凰。”嫫(mó)母:传说中的丑妇。㉙“若使”二句:巢由,巢父、许由,尧时隐者。见前《行路难三首》之三诗注。桎梏,刑具。《礼记·月令》郑玄注:“桎梏,今械也。在手曰梏,在足曰桎。”轩冕,指富贵爵位。奚,何。夔龙,舜时二贤臣,夔为乐官,龙为谏官。蹩躠(bié xiè):跛行用力貌。《庄子·马蹄篇》:“蹩躠为仁,踶跂为义。”成疏:“蹩躠,用力之貌。”二句谓巢父、许由志在隐居，夔龙志在行道济时。若使巢父、许由羁身于轩冕之中，无异于弃夔龙于风尘之内，皆不适其志也。㉚“哭何”句：用申包胥救楚事。《左传》定公四年：“吴入郢，申包胥如秦乞师，立依于庭墙而哭，日夜不绝声，勺饮不入口，七日，秦师乃出。”㉛“笑何”句：用鲁仲连救赵事。见前《留别鲁颂》诗注。㉜矫节：矫揉造作以示高节。耀世：炫耀于世人。㉝白鸥：见前《江上吟》诗注。

［评析］

这是一首骚体诗，借送岑征君归隐，以发衰世之慨。全诗意脉清晰而连贯，自然地形成三个层次。自开头至“挂星辰于岩嶅”，作为第一层，就送别时梁园大雪着笔，极写天寒地冻、冰雪漫野，河不可逾，山不能陟，为下文作铺垫。自“送君之归兮”到“愀空山而愁人”是第二层，先是称赞岑征君诗才足以扫梁园群英、振大雅于东洛，竟不求布名于当世，而决计归隐，然后再着笔于其归隐鸣皋之后清冷孤寂的幽居环境，仍然为下文第三层作铺垫。自“鸡聚族以争食”至结尾是第三层，诗人才正面揭示岑征君义无反顾地归隐鸣皋，乃是由于举世浇漓，大道沦没，以致真伪混淆，妍媸失所，加之不愿沽名取誉，只有弃世遗身，与白鸥相亲矣。这一层，是全诗之重点，言辞激切，而锋芒毕露，见出诗人政治失意之后内心强烈的愤懑情绪，具有鲜明的批判现实精神。

在艺术上，此诗格调高逸，步越汉魏而取径楚骚，“学楚骚而长短疾徐，纵横驰骤，又复变化其体”（沈德潜《唐诗别裁》），深得楚骚之神髓。尤其是诗人长于掉弄，善造奇怪，像诗中“玄猿绿罴”以下七句及“望不见兮”以下十句，皆凌虚径度，忽然撇出诞幻之境，有惊心夺目之效，最能见出诗人之天才佚荡。

西岳云台歌送丹丘子[①]

西岳峥嵘何壮哉！黄河如丝天际来[②]。黄河万里触山动，盘涡毂转秦地雷[3]。荣光休气纷五彩[4]，千年一清圣人在[5]。巨灵咆哮擘两山[6]，洪波喷流射东海。三峰却立如欲摧[7]，翠崖丹谷高掌开[8]。白帝金精运元气，石作莲花云作台[9]。云台阁道连窈冥[10]，中有不死丹丘生。明星玉女备洒扫[11]，麻姑搔背指爪轻[12]。我皇手把天地户[13]，丹丘谈天与天语[14]。九重出入生光辉[15]，东求蓬莱复西归[16]。玉浆倘惠故人饮[17]，骑二茅龙上天飞[18]。

[注释]

①此诗当作于天宝四载(745)。西岳，华山，亦名太华山，在今陕西华阴县南。云台，在华山东北，四面陡绝，双峰峭拔，为华山诸峰最秀，因状如云中楼台，故名。丹丘子，即元丹丘，见前《将进酒》诗注。②"黄河"句：言登华岳峰顶所见黄河之状。天际，天边。③"盘涡"句：谓黄河水势湍急，回旋而下，声如巨雷。盘涡，漩涡。毂转，旋转。毂，车轮的中心部分。秦地，华山属旧秦，故称。④"荣光"句：《初学记》卷六《河》："《尚书中候》曰：'荣光出河，休气四塞。'"荣光，五彩。休，美。⑤"千年"句：《拾遗记》卷一："黄河千年一清，至圣之君以为大瑞。"⑥"巨灵"句：《文选》卷二张衡《西京赋》薛综注："华山对河东首阳山，黄河流于二山之间。古语云，此本一山，当河，河水过之而曲行，河之神以手擘开其上，以足踏离其下，中分为二，以通河流。手足之迹，于今尚在。"巨灵，河神。擘，以手划开。⑦"三峰"句：三峰，《明一统志》卷三十二："《白虎通》云，西方太阴用事，万物生华，故曰华山。是山削成，四方高五千仞，有芙蓉、明星、玉女三峰。"李白《江上答崔宣成》诗也云："太华三芙蓉，明星玉女峰。"却立，退避。摧，此句谓黄河水流激荡，惊天动地，以致三峰退立，势若欲摧。⑧翠崖：青翠的山崖。丹谷：绚丽的山谷。高掌：华山东北有仙人掌，岩壁黑色，石膏自纹中流出，凝结成痕，黄白相间，远望之见其大者五岐如指，好奇者遂传为巨灵劈山之掌迹。⑨"白帝"二句：白帝金精，《洞天记》："华山，名太极总仙之天，即少昊为白帝，治西岳。"少昊一曰金天氏。玄宗先天二年(713)封华岳神为金天王。元气，天地未分之前的混沌之气。二句意谓华岳之美，乃神人所创造。⑩窈冥：幽远的天空。⑪明星玉女：华岳上的仙女。《集仙录》："明星玉女者，居华山，服玉浆，白日升天。"备：充任。⑫"麻姑"句：麻姑，传说中的仙女，指甲细长如鸟爪。二句谓元

丹丘为仙家者流，到华岳有明星玉女为其洒扫，麻姑为之搔背去痒。⑬天地户：天地的门户，此喻指玄宗统治天下。⑭“丹丘”句：谓元丹丘得道成仙，故所言皆仙家事。谈天，战国齐人邹衍善于论辩宇宙之事，齐人称其谈天衍。事见《史记·孟子荀卿列传》。⑮九重：天子之门。见前《玉壶吟》诗注。元丹丘天宝初曾由玉真公主荐举入京，任大昭成观威仪。⑯“东求”句：谓元丹丘东来求仙，今又西归。蓬莱，传说中的海上仙山。⑰玉浆：仙人所饮。惠：以物分人曰惠。故人：这里是诗人自指。⑱“骑二”句：《列仙传》载，汉中卜师呼子先，寿百余岁。有仙人持二茅狗来，子先与一酒家老妪得而骑之，狗变而为龙，子先遂升天成仙。此句表示愿意追随元丹丘求仙。

［评析］

此诗本为送别诗，不过诗歌给我们印象更深的，倒不是本应着力的描写友人的部分，而是前一部分关于山川景物的描写。诗人“笼天地于形内”，以全景式的笔触，描绘黄河奔腾咆哮时震撼人心的壮观气象，赞颂了造化无穷的生命伟力！李白“一生好入名山游”，创作了大量描写山水的诗篇。他描写山水的最大特点之一，是极少对山川作静态的描绘，而是在“天行健，君子以自强不息”的古代哲学思想影响下，着力于展示造化无与伦比的力量与永不凋谢的生机、活力，这首诗即是如此。此诗描写黄河来从天际滚滚而下，“触”、“毂转”、“咆哮”、“擘”等字眼，皆传递出黄河裹挟、冲决一切的磅礴气势，与其另一首诗《公无渡河》中“黄河西来决昆仑，咆哮万里触龙门”二句一样带给人强烈的震撼！这种效果与诗人在描写黄河时，心凌万物，超越具象与写实，运用夸张与想象手法是联系在一起的；正是如此，作者笔下的景物才带有一种狂野的、无可阻遏的崇高特征，诗歌的境界因此而雄伟壮阔。李白《赠裴十四》中“黄河落天走东海，万里写入胸怀间”二句，便颇可为此诗作注脚！同时，在描写华岳时，诗人又更多地融入与华岳有关的神话传说，既赋予华岳以亦真亦幻、神奇缥缈的特征，也顺理成章地为后一部分写友人学仙华岳作了铺垫。

古风(其八)[①]

庄周梦胡蝶,胡蝶为庄周[②]。一体更变易,万事良悠悠[③]。乃知蓬莱水,复作清浅流[④]。青门种瓜人,旧日东陵侯[⑤]。富贵固如此,营营何所求[⑥]?

[注释]

①此诗或当作于天宝四载(745)。题一作《咏怀》。②"庄周"二句:《庄子·齐物论》:"昔者庄周梦为胡蝶,栩栩然胡蝶也,自喻适志与!不知周也。俄然觉,则蘧蘧然周也。不知周之梦为胡蝶与?胡蝶之梦为周与?周与胡蝶,则必有分矣。此之谓物化。"③"一体"二句:承前二句,谓一体之间尚有变易,天地万物自然更是变易无尽。悠悠,众多貌。④"乃知"二句:言世事变迁如沧海桑田。葛洪《神仙传》卷三:"麻姑自说云:接待以来,已见东海三为桑田。向到蓬莱,水又浅于往昔会时略半也,岂将复还为陵陆乎?"⑤"青门"二句:青门,汉长安城东南门,因门色青而名。《史记·萧相国世家》:"召平者,故秦东陵侯。秦破,为布衣,贫,种瓜于长安城东,瓜美,故世俗谓之'东陵瓜'。"⑥营营:忙碌貌。

[评析]

李白有不少诗否定功名富贵之了无意义,像"功名富贵若常在,汉水也应西北流"、"钟鼓馔玉不足贵,但愿常醉不复醒"等皆是。此诗作为"达生者之辞",虽也否定富贵荣华,却有其特殊性:一是诗人并未将个人的自我生活融入到诗中,诗中甚至没有任何一句关涉到诗人个人的生活。这虽然不能说诗中对功名的否定非由个人失意之遭遇所感发,但应该说至少避免了诗人基于个人人生失意而否定富贵荣华时给人造成的褊狭之感,从而带有了超出个人主观偏向的客观意义。二是诗人从事物变化的哲学角度出发看待功名富贵,揭示其流转无常,这就赋予了诗歌以深刻的哲理意蕴!总之,此诗抽离个人身世的个别性、具体性描写，直接从事物变化的哲学立场出发，使诗歌具有了深刻的思想内涵。另一方面，诗旨虽有哲理意蕴，但措辞自然，并不深奥，借用韩愈的诗，可以说是“文如翻水成，初不用意为”，从中可以见出李白驾驭语言的高超艺术。

拟古十二首[①]（选二）

长绳难系日[②]，自古共悲辛。黄金高北斗[③]，不惜买阳春。石火无留光[④]，还如世中人。即事已如梦，后来我谁身[⑤]？提壶莫辞贫，取酒会四邻。仙人殊恍惚[⑥]，未若醉中真。

［注释］

①拟古：即拟古诗，所拟主要是汉魏古诗。前人多有此体，常借拟古以抒情。此组诗共十二首，非一地一时之作。这里所选者为其中第三、九首。此二诗或当为天宝四载（745）所作。②系日：傅玄《九曲歌》：“岁暮景迈群光绝，安得长绳系白日。”③高北斗：谓黄金多，堆则高比北斗。白居易《劝酒》诗云：“身后堆金拄北斗，不如生前一樽酒。”与此近似，或受李白此诗之启发。④“石火”二句：谓人生如电光石火，极为短暂。石火，敲石所发的火花，闪现极短。刘勰《新论》：“人之短生，犹如石火，炯然以过。”⑤我谁身：谓人既死而身即亡，后来不复有我之身。⑥恍惚：渺茫不真之状。

生者为过客[①]，死者为归人[②]。天地一逆旅[③]，同悲万古尘。月兔空捣药[④]，扶桑已成薪[⑤]。白骨寂无言，青松岂知春？前后更叹息，浮荣何足珍[⑥]！

［注释］

①“生者”句：意谓人生短暂。过客，《古诗》：“人生天地间，忽如远行客。”②“死者”句：《列子·天瑞》：“古者谓死人为归人。夫言死人为归人，则生人为行人矣。”③逆旅：客舍。《左传》僖公二年：“今虢为不道，保于逆旅。”杜预注：

“逆旅,客舍也。”孔颖达《正义》曰:“逆,迎也,旅,客也,迎止宾客之处也。”④捣药:古代神话传说月宫有兔捣药,见前《把酒问月》诗注。⑤扶桑:古神木名。《楚辞·九歌·东君》:“暾(tūn)将出兮东方,照吾槛兮扶桑。”王逸注:“言东方有扶桑之木,其高万仞。日出,下浴于汤谷,上拂其扶桑,爰始而登,照曜四方,日以扶桑为舍槛。”李白《登高邱而望远海》中“三山流安在,扶桑半摧折”与此近似。薪:柴火。⑥更:更代。浮荣:言荣华之不久也。

[评析]

这两首诗所拟的分别是《古诗十九首》中《生年不满百》和《去者日以疏》二首。不过,二诗体虽仿古,意却自运,应该理解为李白是借拟古抒发自己的感情。这两首诗皆感叹日月迫促,年命有尽,而在趣味上又各有其致。前者由人生苦短转而强调宜及时行乐,后者极写时间的永恒,以反衬人生的短暂,最终归于否定荣华之了无意义。二诗在艺术表现上的一个共同特点在于,想象奇警,匠心独具。像前诗中“石火”二句,从常理说,应该说世人如石火,诗人这里反以石火如世人,颇见思致之奇;“后来我谁身”一句,巧不累理,也堪称奇句。后诗中“月兔空捣药,扶桑已成薪”二句,着一“空”字,一反神话原有的动人内容,给人新鲜奇异之感;而“扶桑已成薪”更是一扫传统的瑰玮形象,与李贺“几回天上葬神仙”(《官街鼓》)、“王母桃花千遍红,彭祖巫咸几回死”(《浩歌》)思致相近。“白骨”二句,也是生新诡谲,见出诗人感受的强烈,让人印象深刻。正是如此,日月迫促、人生苦短这一古诗中常见的主题,才在李白这里被表现得更为深刻!

沙丘城下寄杜甫[①]

我来竟何事[②]?高卧沙丘城[③]。城边有古树,日夕连秋声。鲁酒不可醉,齐歌空复情[④]。思君若汶水,浩荡寄南征[⑤]。

［注释］

①这首诗是李白天宝四载（745）在东鲁所作。沙丘，兖州治城瑕丘。清《兖州府志》："沙丘在东门外二里。"杜甫（712—770），字子美，巩县（今河南巩义市）人，唐代著名诗人。天宝三载春，与李白初识于洛阳，后同游梁宋。次年又聚于东鲁，秋日别。此诗作于别后未久，杜甫时在洛阳。②竟何事：谓无所事事。③高卧：闲居。《晋书·陶潜传》："尝言夏月虚闲，高卧北窗之下，清风飒至，自谓羲皇上人。"④"鲁酒"二句：鲁酒，《庄子·胠箧》："鲁酒薄而邯郸围。"不可醉，言鲁酒味薄，不能使自己醉而忘怀。齐歌，即齐讴。见前《古风》（其十六）诗注。空复情，谢朓《同谢谘议铜爵台》："芳襟染泪迹，婵媛空复情。"二句言"高卧沙丘"，精神上甚为孤寂落寞，虽鲁酒、齐讴而无以驱遣。⑤"思君"二句：君，指杜甫。汶水，即大汶河，流经兖州瑕丘县北，西南而行，入大野泽，与杜甫去向同，故云南征。

［评析］

李白与杜甫的交往与友情，是文学史上的一段佳话。闻一多先生当年曾将二人在洛阳的首次会面，比作天上同时并现的太阳和月亮，认为这是文学史上值得大书特书的事情。而他们之间的交往以及由此而诞生的诸多诗篇，更是弥足珍贵的精神遗产。李白现存诗中可以确认为杜甫而作的仅二首，此诗即其中之一。

诗描写与杜甫分别后的思念之情。全诗八句，分为两个层次：前六句作为第一层次，诗人自写，着笔于自己的生活、周围环境及心情。"我来"二句，劈空而来，引而未发。三、四两句由秋色而秋声，进一步以环境渲染，"连"字见出秋意之无边。五、六两句，写欲驱遣闲居之无聊而未得，从而逼出作为第二层次的结尾二句，直接表达对杜甫的思念之情，"浩荡"见出思情之绵长与深厚。李白诗中多有以水喻情者，比之"仍怜故乡水，万里送行舟"、"请君试问东流水，别意与之谁短长"、"孤帆远影碧空尽，唯见长江天际流"等，"思君若汶水，浩荡寄南征"二句，则更见感情之沉厚。另外，此诗采取五古体制，散中有对，古中有律。这种章法与句式，更能见出诗人深厚真淳的感情，即前人“散淡有真情”之谓也。

秋日鲁郡尧祠亭上宴别杜补阙范侍御[①]

我觉秋兴逸，谁云秋兴悲[②]？山将落日去，水与晴空宜[③]。鲁酒白玉壶，送行驻金羁[④]。歇鞍憩古木，解带挂横枝。歌鼓川上亭，曲度神飚吹[⑤]。云归碧海夕，雁没青天时。相失各万里，茫然空尔思[⑥]。

［注释］

①此诗天宝五载(746)作于鲁中。鲁郡，即兖州。《旧唐书·地理志》：“天宝元年，改兖州为鲁郡。”尧祠，在兖州瑕丘县东南七里。杜补阙、范侍御，名不详。补阙，门下省属官，掌供奉讽谏。侍御，御史台属官殿中侍御史、侍御史及监察御史之省称，此所指不详。②秋兴：秋景触发的兴致。逸：超逸、闲放。秋兴悲：潘岳《秋兴赋》：“善乎宋玉之言曰：‘悲哉秋之为气也！萧瑟兮草木摇落而变衰。憀栗兮若在远行，登山临水送将归。’”按，宋玉此言见《九辩》，此反用其意。③“山将”二句：谓西山带走了落日，水与晴空一色相宜。将，带。④金羁：代指马。曹植《白马篇》：“白马饰金羁。”⑤“曲度”二句：谓乐声随风而飞扬。曲度，曲调、旋律。神飚，疾风。一本无“歌鼓”二句，而增入“南歌忆郢客，东啸见齐姬。清波忽澹荡，白雪纷逶迤。一隔范杜游，此欢各弃遗”三韵。⑥尔思：思尔，尔指杜补阙、范侍御。《诗·卫风·竹竿》：“岂不尔思？远莫致之。”

［评析］

自宋玉《九辩》以后，中国古代诗歌就出现了悲秋的主题。但在李白笔下，这一主题却较为鲜见。他受古代“天行健”哲学观念的影响，认为“草荣于春风”与“木落于秋天”都是万物兴歇的自然体现。正是如此，李白描写秋的作品，仍然注重表现造化的无穷生机与活力，从而抒发豪迈旷达的情怀。我们读“长风万里送秋雁，对此可以酣高楼”(《宣州谢脁楼饯别校书叔云》)、“试发清秋兴，因为吴会吟”

(《送曲十少府》)等都可感受到这一点,而这首诗更是如此。诗一开头就以反问的语气,明确宣称"我觉秋兴逸,谁云秋兴悲",为全诗奠定了豪迈超旷的感情基调。而结尾四句虽看似就送别而言,其实也只是点明题旨,作者更着意表现的是"云归碧海夕,雁没青天时"以及"相失各万里"所体现的宇宙浩渺、广大无尽之义,而不是抒发别情。而在表现"秋兴"时,诗歌主要从秋天绚烂澄澈的秋景和驻马酣饮及川亭歌鼓等方面着笔。"山将"二句,写山水情性悠悠杳然,可谓善状秋色。一个"宜"字,既写出了水天一色,也见出诗人情致之超逸、闲放。而驻马酣饮与歌鼓川亭,更是直接表现诗人豪迈壮大的情怀。总之,此诗逸兴遄飞,飘然而来,戛然而止,如鹏翔远逝,格调高逸,正见出李白之本色!

梦游天姥吟留别[1]

海客谈瀛洲[2],烟涛微茫信难求[3]。越人语天姥,云霓明灭或可睹[4]。天姥连天向天横,势拔五岳掩赤城[5]。天台四万八千丈[6],对此欲倒东南倾。

我欲因之梦吴越,一夜飞度镜湖月[7]。湖月照我影,送我至剡溪[8]。谢公宿处今尚在[9],渌水荡漾清猿啼。脚著谢公屐[10],身登青云梯[11]。半壁见海日[12],空中闻天鸡[13]。千岩万转路不定,迷花倚石忽已暝[14]。熊咆龙吟殷岩泉[15],栗深林兮惊层巅[16]。云青青兮欲雨,水澹澹兮生烟[17]。列缺霹雳[18],丘峦崩摧[19]。洞天石扇[20],訇然中开[21]。青冥浩荡不见底[22],日月照耀金银台[23]。霓为衣兮风为马,云之君兮纷纷而来下[24]。虎鼓瑟兮鸾回车[25],仙之人兮列如麻。忽魂悸以魄动[26],恍惊起而长嗟[27]。惟觉时之枕席,失向来之烟霞[28]。

世间行乐亦如此，古来万事东流水㉙。别君去兮何时还㉚？且放白鹿青崖间㉛，须行即骑访名山。安能摧眉折腰事权贵㉜，使我不得开心颜！

[注释]

①此诗是天宝五载(746)李白自鲁赴越时所作。天姥(mǔ)，道教名山，号称第十六福地，在今浙江新昌县境内。因传说登者闻天姥歌谣之响而得名。天姥，即神话中的西王母。此诗题一作《别东鲁诸公》。②海客：海上之人。见前《江上吟》诗注。瀛洲：传说海上有三仙山：蓬莱、方丈、瀛洲。③烟涛：海涛翻卷，望如云烟。微茫：隐约，若隐若现。信：诚然。④云霓：云霞彩虹。古人以虹为雄，霓为雌。⑤拔：超。五岳：为东岳泰山、南岳衡山、西岳华山、北岳恒山、中岳嵩山。掩：盖。赤城：山名。《元和郡县志·江南道·台州》："赤城山在(台州唐兴)县北六里，实为东南之名山。"因土色皆赤，状似云霞，故名。⑥天台：山名。在今浙江天台县北。陶弘景《真诰》：山高一万八千丈，周围八百里，山有八重，四面如一，当斗牛之分，上应台宿，故曰天台。⑦镜湖：见前《送贺宾客归越》诗注。⑧剡溪：曹娥江上游，在剡县(今浙江嵊州)。⑨谢公：谢灵运。尝官会稽太守，遍游越中山水。其《登临海峤》诗云："暝投剡中宿，明登天姥岑。"⑩谢公屐(jī)：谢灵运创制的登山木拖鞋，屐底装有活动的齿，上山则去掉前齿，下山则去掉后齿。见《宋书·谢灵运传》。⑪青云梯：山路石阶高入云端，故云。谢灵运《登石门最高顶》："惜无同怀客，共登青云梯。"⑫半壁：半山腰。海日：海上日出。⑬天鸡：《述异记》卷下："东南有桃都山，上有大树，名曰桃都，枝相去三千里。上有天鸡，日初出照此木，天鸡则鸣，天下鸡皆随之鸣。"⑭迷花倚石：使人着迷的山花和鼓斜坎坷的山石。⑮殷：震。⑯"栗深林"句：承上句，谓熊咆龙吟使深林为之战栗，使层巅为之惊恐。层巅，谓重峦叠嶂。⑰澹澹：水波荡漾。⑱列缺霹雳：谓电闪雷鸣。列缺，闪电。霹雳，雷声。⑲崩摧：崩裂倒塌。⑳洞天：道教称神仙所居洞府为洞天，意谓洞中别有天地。石扇：一作石扉，石门。㉑訇(hōng)然：大声。㉒青冥：青天。冥，幽远。浩荡：邈远广大貌。㉓金银台：神仙所居宫阙。郭璞《游仙诗》："神仙排云出，但见金银台。"㉔云之君：《楚辞》有《云中君》，谓云神，这里泛指神仙。㉕虎鼓瑟：张衡《西京赋》："白虎鼓瑟。"鸾：凤鸟的一种。回车：回转其车。㉖悸：心惊。㉗怳(huǎng)：恍然。㉘向来：

谓梦时。烟霞:谓梦游时所见一切。㉙东流水:喻一去不复返。㉚君:指东鲁友人。㉛白鹿:神仙所乘。㉜摧眉折腰:低眉弯腰。折腰,用陶渊明不为五斗米折腰而去官事。

[评析]

这是李白七古的压卷之作。诗托言于梦游,以洞天奇幻之景梦后顿失而悟及世间行乐亦如同梦幻,故当辞别人间,遍游名山以终天年。全诗以梦为线索,贯穿全篇。起八句以瀛洲、天台之反衬,及越人之所谈,为梦游张本。而中间一节则细写"梦游天姥"的过程,为诗的主体部分。诗人以惊人的笔力与丰富的想象,展示了一幅神奇瑰丽的画卷,惝恍迷离而又汹涌奔踔,如天风海涛,雄奇壮伟,震撼人心,最能见出诗人兴会淋漓、非学所及的才情。最后七句则写梦醒觉悟,表达求仙远游之意。全诗虽诗致奇幻迷离,但意脉清晰,"因语而梦,因梦而悟,因悟而别,节次相生,丝毫不乱"。

李白的游仙诗每有境界清华而明朗者,这首诗则不是,诗人梦境中的"云之君兮纷纷而来下"的场景虽也有华丽明朗的一面,但"清猿啼"、"千岩万转"、"熊咆龙吟"、"列缺霹雳,丘峦崩摧"、"青冥浩荡不见底"等描写,分明赋予了梦境以阴暗、冷郁的浓重色调,从而呈现出明与暗交织与冲突的情形。站在梦是现实意识的反映这一角度看,这显然曲折地反映了诗人的现实境遇。正是如此,我们从诗中可以感受到,在诗人对光明的追求中,伴随有一种焦躁不安以及为世所弃的愤郁不平,结尾看似突兀的二句,更是这种情绪的最好写照。前人有"盖此篇即屈子《远游》之旨"(陈沆《诗比兴笺》)之论,将此诗与《楚辞》联系起来,可谓深中肯綮!

经下邳圯桥怀张子房[①]

子房未虎啸,破产不为家。沧海得壮士,椎秦博浪沙。报韩虽不成,天地皆振动。潜匿游下邳,岂曰非智勇[②]。我来圯桥上,怀古钦英风。唯见碧流水,曾无黄石公[③]。叹息此人去,萧条徐泗空[④]。

[注释]

①此诗当是天宝六载(747)李白自东鲁南下会稽途经下邳时所作。下邳(pī),县名,属河南道泗州(临淮郡),在陈州之东,故城在今江苏邳州南。圯(yí)桥,楚人称桥曰圯,"圯"后无须加"桥"。圯桥,在下邳郊沂水上。张子房,张良,字子房,辅佐刘邦建立西汉,以功受封为留侯。②"子房"八句:吟咏张良事。据《史记·留侯世家》,张良,其先韩人,五世相韩。秦灭韩,良年少未宦事韩。韩破,良家僮三百人,弟死不葬,悉以家财求客刺秦王,为韩报仇。良尝见仓海君,得力士,为铁锥重百二十斤。始皇东游,良与客狙击始皇于博浪沙中,误中副车。始皇大怒,大索天下,求贼甚急。良乃更名姓,亡匿下邳。天下为之振动。虎啸,喻英杰得时奋起,四方风从,如风虎相感。博浪沙,阳武(今河南原阳县)南地名。③黄石公:传说中的仙人,张良少时遇于下邳圯桥上,得其所传《太公兵法》。后张良得黄石祠之,故曰黄石公。④"叹息"二句:感叹世无黄石公,徒令今日之圯桥冷落空寂,隐然自比张良。此人,指黄石公。徐泗,即徐州、泗州,属下邳之地。

[评析]

此诗是诗人经下邳圯桥时,因缅怀张良而作的一首怀古诗,借以抒发自我的怀抱与追求。诗分前后两层,前八句为第一层,隐括张良早期椎秦报韩的事迹,着意展示张良豪侠仗义的英雄形象。八句而四用"未虎啸"、"不为"、"虽不成"、"岂曰"等否定、转折句式,文势矫健有力,风骨遒上,人物形象也因此更为饱满,也更能体现诗人对张良由衷的钦慕与赞美之情。后六句中,"我来"二句连接前后两层,写自己来到圯桥,从而自然地过渡到第二层,表达怀古之情。或谓后六句可以独立成诗,表面看是如此,但如果没有前一部分着力写豪侠仗义的事迹以宾衬主作铺垫,诗歌就不会如此虎虎有声势。实际上,此诗不单纯是怀古,而有借怀古以抒怀之意。前一部分明写张良,暗有引以自比之意。宜乎前人论此诗时，有这样的评价："奇杰，似与古人把臂披豁，不徒为嘘唏凭吊之辞！"

酬崔侍御[1]

严陵不从万乘游，归卧空山钓碧流[2]。自是客星辞帝座[3]，元非太白醉扬州[4]。

［注释］

①此诗当是天宝六载(747)在金陵所作。崔侍御，崔成甫，倜傥有才名，曾官校书郎、陕县尉。其摄监察御史无考。天宝五载，以事被贬湘阴。次年，访李白于金陵，作《赠李十二》以赠，诗云："我是潇湘放逐臣，君辞明主汉江滨。天外常求太白老，金陵捉得酒仙人。"李白此诗即作以酬之。②"严陵"二句：言严子陵事。见前《翰林读书言怀呈集贤院内诸学士》诗注。此以严光事喻己辞阙还山。万乘，谓天子。见前《玉壶吟》诗注。③客星：《后汉书·严光传》载，光武帝尝与严子陵论道旧故，相对累日，因共偃卧，光以足加帝腹上。次日，太史奏客星犯御座甚急，帝笑曰："朕故人严子陵共卧耳。"④元：即原。扬州：此指金陵。《元和郡县志·江南道·润州·上元县》："扬州故理，在县东百步……吴长沙桓王孙策定江东，置扬州于建业，其州廨王敦及王导所创也……及隋平陈，又于石城置蒋州，移扬州于江北之江都焉。"

［评析］

天宝三载受谗毁而被迫离朝，对于李白来说，是人生的重大挫折。正因为如此，诗人长时间地处于压抑状态下，无法释怀，不少诗歌都在对待诏翰林的回顾中，流露出深长的痛苦和愤郁之情。而这首诗同样回顾待诏翰林的经历，用严子陵事，并借以自比，表现的则是超然旷达的情怀，完全没有了愤郁之感。这种由愤郁而转为超旷，就根源来说，其转机正在于崔成甫的赠诗！崔在赠诗中一面说李白离开朝廷，乃主动地"辞明主"，一面又称李白为"酒仙"，对李白的这种态度与评价，就影响而言，虽不及贺知章当年的“谪仙人”之称，却足以重新唤起李白因为失意而遭致压抑的自信了。事实上，李白这首酬和诗也正是从崔诗的两个方面展开的，诗中“不从”即以应“辞”也，“客星辞帝座”，也是以应“酒仙”的；同时，崔成甫并没有因为自身“潇湘放逐臣”的遭遇，而在赠诗中流露出丝毫的悲愤之情，相反倒是隐然可以体会出他以曾黜放湖湘的屈原、贾谊自比的豪迈情怀，应该说这种达观的态度对李白也是一种提振和激励，使他重又恢复原有的自信，从而得以表现超旷的情怀。

登金陵凤凰台[①]

凤凰台上凤凰游，凤去台空江自流[②]。吴宫花草埋幽径[③]，晋代衣冠成古丘[④]。三山半落青天外[⑤]，一水中分白鹭洲[⑥]。总为浮云能蔽日，长安不见使人愁[⑦]。

[注释]

①此诗约是天宝六载(747)李白游历金陵时作。金陵，今江苏南京。凤凰台，相传南朝宋元嘉十六年(439)，有三鸟翔集山间，文采五色，状如孔雀，音声谐和，众鸟和而附之，时人谓之凤凰，因起台于山，谓之凤凰台。②江：长江。③吴宫：三国时，吴国都城在金陵。④“晋代”句：东晋也建都金陵。衣冠，指士族缙绅。冠为礼帽，士大夫衣冠有礼制规定，故代以指。成古丘，谓人已死而徒留古坟。⑤三山：在金陵西南长江东岸，以有三峰得名。长江从西南来，此山突出江中，当其要冲。陆游《入蜀记》：“三山，自石头(城)及凤凰台望之，杳杳有无中耳。及过其下，则距金陵才五十余里。”⑥一水：一作“二水”。白鹭洲：古代长江中的小洲，因多聚白鹭而得名。在今南京水西门外。后因江流西移，洲与陆地相连。⑦“总为”二句：浮云，喻奸佞。陆贾《新语·慎微》：“邪臣之蔽贤，犹浮云之障日月也。”二句喻皇帝为奸佞所围，诗人报国无门，故心情沉重。

［评析］

关于此诗的创作，历史上有这样的传说：崔颢题诗黄鹤楼，李白过而有“眼前有景道不得，崔颢题诗在上头”之句。后李白至金陵，因作《凤凰台》诗以拟之。这种说法虽未可尽信，但李白此诗确然有仿崔颢并与之角胜的用意，这一点从开头两句也从传说写起以及结尾以“使人愁”作结便可看出。正是如此，围绕这两首诗，后世论议颇多。比较起来，《唐宋诗醇》的评价较为中肯：“崔诗直举胸臆，气体高浑；白诗寓目山河，别有怀抱。其言皆从心而发，即景而成，意像偶同，胜境各擅。”其实说来，崔颢的《黄鹤楼》即黄鹤而入诗，非仅起兴，又转入写景，借以抒发日暮乡关之思；李白此诗虽也由凤凰的传说写起，但非咏凤凰，而是借以起兴，旨在咏史怀古，并通过兼写景物，表达心系魏阙之意。崔诗结句虽有愁绪而仍有缥缈浪漫之致，李白则因着意咏史怀古而感慨更深。比之崔诗，李白此诗具有更深的历史和现实意义。因此，二者情致本自不同，诚所谓“胜境各擅”也！

劳劳亭[1]

天下伤心处，劳劳送客亭[2]。春风知别苦，不遣柳条青[3]。

［注释］

①此诗作年难定，或以为天宝六载（747）李白游历金陵时作，无确据，姑系于此。劳劳亭，又名临沧观，三国吴筑，位于金陵城南十五里，古送别之所。②“天下”二句：意谓天下之大，其中最令人伤心之处，莫过于劳劳亭了。劳劳，忧愁伤感貌。《玉台新咏》卷一《古诗为焦仲卿妻作》：“举手长劳劳，二情同依依。”③“春风”二句：古代春天送别，有折柳赠行的习俗。遣，让。

［评析］

这是一首咏物小诗。诗的前两句即题而咏，极言天下之大，唯劳劳亭为伤心之所,“劳劳”与“伤心”乃同义反复,将伤心意更增进了一层。就意义而言,这两句与屈原“悲莫悲兮生别离”以及江淹“黯然销魂者,唯别而已”相同。后二句不再就劳劳亭而咏,而是转就“伤心”生发,另翻新意,赋物见情,以拟人的手法,将因为已入春而柳条尚未发绿所造成的时令与物色的反差,解释成春风因为理解人世间的离别之苦,才不让柳条发绿,以免临别时折柳以赠,又增别情。这两句作意新奇,以巧思见长,自来备受推崇,有人即评云:“无中生有,千古绝调也。”所谓“无中生有”,颇能揭示诗人的艺术匠心。

横江词六首[①]

人言横江好,侬道横江恶[②]。一风三日吹倒山[③],白浪高于瓦官阁[④]。

[注释]

①这首诗或作于天宝六载(747)。《横江词》,为李白自制乐府新辞。横江,亦名横江浦,与采石矶相夹的一段江面,古为要津。在今安徽当涂县北三十里。②侬:吴人自称。③此句一本作“猛风吹倒天门山”。④瓦官阁:又名昇元阁,南朝梁时建。在金陵瓦官寺中。

海潮南去过寻阳[①],牛渚由来险马当[②]。横江欲渡风波恶,一水牵愁万里长。

[注释]

①“海潮”句:旧传海潮回涌长江,至浔阳而回。寻阳,即浔阳。南,浔阳位于横江西南,故云。②牛渚:即采石矶,以矶形似牛而得名,与横江浦隔江相对。牛渚潮急,历来有“牛渚春潮”景观。马当:山名,在今江西彭泽县西北,形似马,横枕大江。

横江西望阻西秦[①],汉水东连扬子津[②]。白浪如山那可渡?狂风愁杀峭帆人[③]。

[注释]

①阻西秦:指横江浪高,阻挡住视线,望不到长安。西秦,此指长安。②汉水:源出汉中之嶓冢(bō zhǒng)山,至汉口与长江合流,东至扬州为扬子江。扬子津:在今江都县南长江边,自古为江滨要津。津,渡口。③峭帆:船帆高峻。

海神来过恶风回[①],浪打天门石壁开[②]。浙江八月何如此?涛似连山喷雪来[③]。

[注释]

①海神:《博物志》载,武王闻妇人夜哭,询之,答曰:吾是东海神女,嫁于西海神童,西归,行必有大风雨。②天门:山名,见前《望天门山》诗注。③"浙江"二句:浙江,即钱塘江。钱塘江以潮水闻名,而以八月十五为最。《钱塘候潮图》称,常潮远观数百里,若素练横江,稍近见潮头高数丈,卷云拥雪,混混沌沌,声如雷鼓。连山喷雪,谓白浪如山势连绵,滚滚而来,状如喷雪。二句以钱塘潮比衬,意即横江潮水若八月钱塘海潮波涛滚滚,似雪喷涌。

横江馆前津吏迎[①],向余东指海云生[②]。郎今欲渡缘何事?如此风波不可行[③]。

[注释]

①横江馆:渡口馆驿,在采石矶。津吏:管理渡口的小吏。②海云生:预示风涛将至。③"郎今"二句:梁简文帝《乌栖曲》:"采莲渡头拟黄河,郎今欲渡畏风波。"此化用其意。郎,犹言官人,对一般男子的尊称。

月晕天风雾不开[①],海鲸东蹙百川回[②]。惊波一起三山动[③],公无渡河归去来[④]。

[注释]

①月晕:古人以月晕为起风征候。②"海鲸"句:木华《海赋》:"鱼则横海之

鲸……嗡波则洪涟踧蹜（cù sù），吹涝则百川倒流。”蹙（cù），迫促。此句言因海鲸迫促，搅动海浪，使百川东回。③三山：见前《登金陵凤凰台》诗注。或谓指传说中的海上仙山蓬莱、瀛洲、方丈。④公无渡河：古乐府《相和歌辞》有《公无渡河》，传为津卒霍里子高妻丽玉所作，写一白发狂夫披发欲渡，其妻止而未果，遂溺死。其妻援箜篌歌曰：“公无渡河，公无渡河，渡河而死，将奈公何！”此用其意。

［评析］

这六首诗，是连章乐府组诗，乃诗人一时之所作。全诗极写横江风波凶险，寄慨世路险恶、欲往而无从之意。整组诗在章法上具有鲜明的特点：首先，结构严谨整饬。第一首领起，总写横江风波之险，中间四首分而言之，以赋法铺陈，分别从南、西、北、东四个方向着笔，写舟济之难。第六首化用《公无渡河》诗意归结全组旨意，并呼应篇首。其次，整组诗中，每首诗的后两句多极言风波险恶，而前两句皆含指示方向的地名，这与张衡《四愁诗》分别从四个方向慨叹欲行受阻、表达伤时之感，有明显的相似性，显然受到了《四愁诗》的影响。只是比较而言，李白这组诗并未像《四愁诗》那样采用第一人称的叙述方式，虽然诗中有“余”字，似表示作者自己，但是诗人借津吏劝阻，淡化了“余”字第一人称之意，加之整组诗采用乐府体制，故而寄慨虽深而意兴深婉，含蕴深广。

另外，这组诗李白还注重吸取吴地民歌的营养，具有鲜明的民歌风味，体现在：一、语言明白如话，通俗浅易，诗中虽也有化用前人语意者，但不着痕迹，并未影响诗歌整体上直白如话的特点。像“一风三日吹倒山”一句，乃民歌中常见的夸饰手段。二、引方言入诗，如“侬”、“郎”等皆为吴地方言，诗人引入诗中，赋予诗歌鲜明的吴地民歌的风味。总之，此诗诗人将传统乐府诗的比兴寄托与描写江南风物结合起来，在赋予诗歌以深厚情感内涵的同时，也使得诗歌具有了鲜明的江南民歌风味。

古风(其十一)[①]

松柏本孤直,难为桃李颜[②]。昭昭严子陵[③],垂钓沧波间。身将客星隐[④],心与浮云闲。长揖万乘君[⑤],还归富春山[⑥]。清风洒六合[⑦],邈然不可攀[⑧]。使我长叹息,冥栖岩石间[⑨]。

[注释]

①此诗作年难定,疑当是李白天宝六载(747)后自东鲁南游吴越时经严子陵钓处而作。②“松柏”二句:谓松柏挺然孤直,不能如桃李妖艳,嫣然以媚人也。孤,不群也。直,不屈也。③昭昭:光明磊落。严子陵:见前《酬崔侍御》诗注。④将:与。⑤长揖:拱手自上而下,以为平交之礼。万乘君:天子。见前《玉壶吟》注。⑥富春山:一名严陵山,在今浙江桐庐县西。⑦六合:天地四方,犹言宇宙。⑧邈然:高远貌。⑨冥栖:幽栖。

[评析]

此诗吟咏严子陵,起始二句起兴,自明其志,开门见山。中间八句着力吟咏严子陵不慕荣利、洒然躬耕之高风。结尾二句表达对严子陵的仰慕与追随之意。本来,在李白诗中历史人物的谱系中,像吕尚、鲁仲连、诸葛亮、谢安等人物,因为体现了“功成身退”的人生图式,才最得李白之称,而此诗所吟咏的严子陵则是一位高尚其志、不愿屈身富贵之人,李白着意吟咏,显然是他政治失意后精神上落寞与无奈的反映。另外,与一般咏古诗多羼入议论不同,李白此诗不着一句议论,堪称咏古之别调。清人沈德潜《唐诗别裁》即谓其“不著议论,咏古一体”。不过,推究起来,这种不同与此诗本为诗人经严子陵钓处而作,带有访古、怀古的性质,又是联系在一起的,区别于一般咏古也在情理之中。

远别离[1]

远别离,古有皇英之二女[2]。乃在洞庭之南,潇湘之浦[3]。海水直下万里深[4],谁人不言此离苦?日惨惨兮云冥冥[5],猩猩啼烟兮鬼啸雨[6]。我纵言之将何补?皇穹窃恐不照余之忠诚[7],雷凭凭兮欲吼怒[8],尧舜当之亦禅禹[9]。君失臣兮龙为鱼[10],权归臣兮鼠变虎[11]。或云:尧幽囚[12],舜野死[13],九疑联绵皆相似[14]。重瞳孤坟竟何是[15]?帝子泣兮绿云间[16],随风波兮去无还。恸哭兮远望,见苍梧之深山。苍梧山崩湘水绝,竹上之泪乃可灭[17]。

[注释]

①此诗作年难定,或作于天宝六载(747)左右。远别离,乐府《杂曲歌辞》旧题,为别离十九曲之一。传说帝尧以二女娥皇、女英嫁舜,舜南巡至苍梧而野死,二妃追至洞庭,南望痛哭,自投湘水而死。此诗咏二妃与舜之别离,以抒君臣隔离之苦,表达忧国忧君之忱。②皇英:即娥皇、女英。③潇湘:潇水和湘水,在湖南零陵县合流,称为潇湘。浦:水边。④海水:泛指大水,即潇湘、洞庭之水。⑤惨惨:无光貌。冥冥:阴晦貌。⑥"猩猩"句:谓在烟雨中唯有猩猩哀啼,鬼怪嗥叫。⑦皇穹:天。此喻指皇帝。屈原《离骚》:"荃不察余之中情兮。"⑧雷凭凭:隐喻君王之怒。凭凭,雷声轰轰。⑨"尧舜"句:此句为紧缩句,意即尧当之亦禅舜,舜当之亦禅禹。之,指下文"君失臣"、"权归臣"的局面。⑩龙为鱼:《说苑》卷九《正谏》:"吴王欲从民饮酒,伍子胥谏曰:'不可。昔白龙下清泠之渊,化为鱼,渔者豫且射中其目。'"⑪鼠变虎:东方朔《答客难》:"用之则为虎,不用则为鼠。"二句谓人君如失贤臣,犹龙之化鱼;奸臣苟获权柄,则犹鼠之变虎。⑫尧幽囚:《史记·五帝本纪》:"尧崩,三年之丧毕,舜让辟丹朱于南河之南。"张守节《正义》引《括地志》曰:"《竹书》云昔尧德衰,为舜所囚也……舜囚尧,复偃塞丹朱,使不与父相见也。"⑬舜野死:《国语·鲁语》上:"舜勤民事而野死。"韦昭注:"野死,谓征有苗,死于苍梧之野。"野死,死于野外。此句似谓舜野死也与失权

有关。⑭九疑：九疑山即苍梧山。在今湖南宁远县南。《山海经·海内经》："南方苍梧之丘，苍梧之渊，其中有九疑山，舜之所葬。"郭璞注："其山九溪皆相似，故云九疑。古者总名其地为苍梧也。"⑮重瞳：眼中有两个眸子。此指舜。《史记·项羽本纪》："吾闻之周生曰：舜目盖重瞳子。"⑯帝子：指娥皇、女英，因是帝尧之女，故云。绿云：谓竹也。⑰"竹上"句：洞庭湖边特产斑竹，传说是娥皇、女英二妃泪滴所染，故又称湘妃竹。见张华《博物志》卷十。

［评析］

这首诗吟咏娥皇、女英与舜别的悲剧故事，隐然表达对玄宗晚年贪图享乐、荒废朝政、君权旁落的深切忧患，体现了诗人忧国忧君的热忱。全诗读来虽"闪幻可骇"、惝恍迷离，但从"我纵言之将何补？皇穹窃恐不照余之忠诚"等诗句中，分明可见诗人乃着眼于当时现实政治者。一方面诗人忧心如焚，同时又深知言而无补，不想说，却不忍不说，故心乱如麻，体现在诗中便是若断若续，似吞还吐，故而读来极有韵致。这里，诗人销魂般的凄迷和预言似的清醒，被紧密而奇妙地结合在了一起，诗歌由此而具有了深邃的意境和强烈的艺术魅力。元人范梈论此诗时即云："《远别离》篇最有楚人风。所贵乎楚言者，断如复断，乱如复乱，而词义反复，屈折行乎其间，实未尝断而乱也，使人一唱三叹，而有遗音。"将此诗与《离骚》联系起来，并揭示其直而能屈、乱而能整、断而能连的艺术表现力，可谓独具慧眼，对我们把握诗的艺术特质，极有启发性。

丁都护歌[①]

云阳上征去[②]，两岸饶商贾[③]。吴牛喘月时[④]，拖船一何苦！水浊不可饮，壶浆半成土。一唱《都护歌》，心摧泪如雨。万人系盘石[⑤]，无由达江浒[⑥]。君看石芒砀[⑦]，掩泪悲千古。

[注释]

①此诗当作于天宝六载(747)。丁都护歌,乐府《清商曲辞》旧题,为晋宋间曲。丁都护,即丁督护,宋高祖霸府督丁旿。《宋书·乐志》:"彭城内史徐逵之为鲁轨所杀,宋高祖使府内直督护丁旿收敛殡埋之。逵之妻,高祖长女也,呼旿至阁下,自问敛送之事,每问,辄叹息曰:'丁督护!'其声哀切,后人因其声,广其曲焉。"都护,一作督护。②"云阳"句:云阳,今江苏丹阳。《元和郡县志·江南道·润州·丹阳县》:"本旧云阳县,秦时望气者云有王气,故凿之以败其势,截其直道,使之阿曲,故曰曲阿……天宝元年,改为丹阳县。"上征,溯水道上行。③商贾(gǔ):商人。《周礼》郑玄注:"行曰商,处曰贾。"④"吴牛"二句:吴牛喘月,谓夏令之时。《世说新语·言语》:"满奋畏风。在晋武帝坐,北窗作琉璃屏,实密似疏,奋有难色,帝笑之。奋答曰:'臣犹吴牛,见月而喘。'"刘孝标注:"今之水牛,唯生江淮间,故谓之吴牛也。南土多暑,而此牛畏热,见月疑是日,所以见月则喘。"⑤盘石:巨石。⑥江浒:江边。⑦芒砀:叠韵联绵词,谓石大且多。

[评析]

此诗自来歧解纷呈,莫衷一是。不过,多求之过深而不免穿凿附会。其实,这首诗很难说有什么深刻寓托,而显然应该是李白游历云阳时,因目睹纤夫江岸拖船运石北上的场景而作的,具有鲜明的写实性,着意描写纤夫拖船所经受的苦难,传达的也是对纤夫苦难与艰辛的深切同情。尤其是"君看石芒砀,掩泪悲千古"两句,沉厚有力,见出诗人感情之真切。正是如此,《唐宋诗醇》评此诗云:"落笔沉痛,含意深远,此李诗之近杜者。"将此诗与杜诗联系起来,可谓独具慧眼,对我们理解此诗的旨意,也有很大的启发。

金陵凤凰台置酒①

置酒延落景②,金陵凤凰台。长波写万古,心与云俱开③。借问往昔时,凤凰为谁来?凤凰去已久,正当今日回。明君越羲轩[④]，天老坐三台[⑤]。豪士无所用，弹弦醉金罍[⑥]。东风吹山花，安可不尽杯？六帝没幽草，深宫冥绿苔[⑦]。置酒勿复道，歌钟但相催[⑧]。

［注释］

①此诗当是天宝七载(748)李白在金陵所作。凤凰台，见前《登金陵凤凰台》诗注。②延落景：延留落日，以长此日。落景，落日。③“长波”二句：谓登高望远，俯仰宇宙，心与云飞，兴逸难遏。④明君：谓唐玄宗。羲轩：谓伏羲、轩辕，与神农合称为三皇。⑤天老：黄帝时朝廷重臣。据《韩诗外传》，黄帝即位，施惠承天，修德行仁，宇内和平，而未见凤凰。夙寐晨兴，惟思其象。因召天老，问凤象如何。天老回答说：凤象鸿前麟后，蛇颈而鱼尾，龙文而龟身，燕颔而鸡喙。通天祉，应地灵，律五音，览九德。天下有道，得凤象之一，凤即过之；得凤象之二，凤即翔之；得凤象之三，凤即集之；得凤象之四，凤则春秋下之；得凤象之五，凤即没身居之。此以喻当朝重臣。三台：星名，此指三公。《晋书·天文志》：“三台，……一曰天柱，三公之位也。在人曰三公，在天曰三台。”⑥金罍：酒器。《诗·周南·卷耳》：“我姑酌彼金罍。”⑦“六帝”二句：谓帝迹熄而幽草生，宫阙荒而苍苔合。六帝，金陵为六朝古都，故谓六朝帝王曰六帝。⑧勿复道：《古诗十九首》之一：“弃捐勿复道，努力加餐饭。”歌钟：即编钟，歌时以钟鼓应之，金奏相和。

［评析］

此诗诗人俯仰今古，感慨身世，以怀古伤今为旨归；正是如此，诗人才欲置酒罢醉。全篇构篇运句若有意若无意，若有法若无法，其实极有讲究。细读可以发现，此诗盖以“酒”为线索，统领全篇。酒在诗中凡三现，第一次出现是开头“置酒延落景，金陵凤凰台”，这两句就题而发，一者以见壮怀，一者又为了引出下文游目骋怀，俯仰宇宙，并就凤凰台而遐思冥想。第二次出现是中间“豪士无所用，弹弦醉金罍”。这二句上承“明君”二句归美当世明君贤臣而来，以见无所施用，暗喻怀才不遇。第三次出现是结尾“置酒勿复道，歌钟但相催”，接“六帝没幽草，深宫冥绿苔”二句感慨世变沧桑而来，以见当及时行乐。由上可见，酒在诗中的三次出现，每一次都各有侧重和意义，这反映了诗人感受的复杂和沉厚，但另一方面，诗人又并未放纵笔墨，直抒胸臆，而是运掉婉曲，含蓄蕴藉，尺幅之中，有无限波澜，极有韵致。正是如此，《唐宋诗醇》评此诗时，这样说："意在语言之外，其畅适处正是牢骚处耳。眼前景，意中事，若隐若显，风人妙指。"可谓深得诗中三昧。

寄东鲁二稚子①

吴地桑叶绿②，吴蚕已三眠③。我家寄东鲁，谁种龟阴田④。春事已不及⑤，江行复茫然⑥。南风吹归心，飞堕酒楼前⑦。楼东一株桃，枝叶拂青烟。此树我所种，别来向三年⑧。桃今与楼齐，我行尚未旋⑨。娇女字平阳⑩，折花倚桃边。折花不见我，泪下如流泉。小儿名伯禽，与姊亦齐肩。双行桃树下，抚背复谁怜。念此失次第⑪，肝肠日忧煎。裂素写远意⑫，因之汶阳川⑬。

［注释］

①此诗约是天宝八载(749)李白在金陵所作。东鲁，李白开元后期移家东鲁，即今兖州附近。二稚子，即诗中所写的女儿平阳和儿子伯禽。此诗题下有原注："在金陵作。"金陵，春秋时属吴国。②吴地：泛指吴国旧地。③"吴蚕"句：古代吴地以养蚕闻名。三眠，蚕由初生至成蛹，蜕皮三四次，蜕皮期间卧而不食，第三次蜕皮谓之三眠。④龟阴：龟山之北。龟山在今山东新汶市南。⑤春事：春季农事。⑥江行：往来江上，漂泊东吴。⑦酒楼：李白在任城有酒楼。《太平广记》卷二百一引《本事诗》："(李白)自幼好酒，于兖州习业，平居多饮。又于任城县构酒楼，日与同志荒宴其上，少有醒时。邑人皆以白重名，望其楼而加敬焉。"⑧向：将近。⑨旋：归。⑩平阳：与下文所言伯禽，均为李白原配许氏所生。⑪失次第：犹言乱了方寸。次第，顺序。⑫裂素：谓撕下素绢写下家书。素，生帛，色白，用以代纸书写。⑬之：往。汶阳川：汶水。

［评析］

这首诗表达对儿女的思念之情，在李白较少的家庭题材作品中显得弥足珍贵。读罢此诗，给人印象最深的是感情真挚，感人至深，前人谓“意兴凄惋，读之流涕”，便道出此意。特别是诗中由“南风吹归心”至“抚背复谁怜”的一节，细述儿女平日生活场景，尤为细腻真切。这种效果与诗歌家常语的表达方式密切关联。这首诗以诗代书，叙述时平平易易，具体琐屑，皆日常生活内容，展示的纯然是作为父亲的李白对儿女的骨肉之情。清人沈德潜《唐诗别裁集》谓此诗“家常语，琐琐屑屑，弥见其真”，正揭示了诗平易琐屑的叙述特征及其效果。另一方面，诗歌又不是平铺直叙，而是摇曳多姿，主要表现在：一、开头两句，先由吴地、吴蚕写起，既是触物起兴，也为后面写心系儿女作了铺衬。二、诗中叙述儿女平日生活细节，作为全诗的主干部分，先从所种桃树写起，并围绕桃树展开，将对儿女思念之情，与对桃树的描写结合起来。尤其是这种描写，非是平日与儿女同处的情景再现，而是诗人与儿女久别时异地之悬想，是诗人“从对面写”，设想儿女情态，故而笔致生动，有映带，沉挚中又见宕逸之致。

金陵城西楼月下吟①

金陵夜寂凉风发，独上高楼望吴越②。白云映水摇空城③，白露垂珠滴秋月。月下沉吟久不归，古来相接眼中稀④。解道澄江净如练⑤，令人长忆谢玄晖⑥。

［注释］

①此诗或为李白天宝八载（749）在金陵所作。城西楼，李白有《玩月金陵城西孙楚酒楼，达曙歌吹，日晚乘醉，著紫绮裘、乌纱巾，与酒客数人棹歌秦淮，往石头访崔四侍御》诗，此城西楼当即孙楚酒楼。②吴越：这里偏指吴。③摇空

城：城墙倒映于水，随波荡漾，故云。空城，谓金陵月夜岑寂宁静。④眼中稀：谓入得青目者少。⑤解道：犹能吟、会吟。澄江净如练：谢朓《晚登三山还望京邑》："余霞散成绮，澄江静如练。"⑥谢玄晖：谢朓，字玄晖，南朝齐人，工诗，尤长于山水，风格清丽。尝官宣城太守，世称谢宣城。

[评析]

清人王士祯曾谓李白"一生低首谢宣城"，虽有言过之失，但确反映了李白对谢朓的仰慕之意。李白一生长时间逗留、生活于宣城，而谢朓尝官宣城太守，二人行迹上的交集，使李白很自然地留意于谢朓。加之二人皆性喜山水，为诗皆以清新自然为尚，因此李白之仰慕谢朓便很自然了。此诗传达的也是这种感情。诗的前四句写登高临远之所见，"望吴越"，谓非仅望远，而是兼有怀古之意，见出诗人思致之沉厚。后四句写月下沉吟，缅怀谢朓。诗人先抑后扬，先以"古来相接眼中稀"一句为抑，再以后二句表达对谢朓的仰慕。其中"解道"一句，嵌谢朓成句入诗，每为后人所称道。

战城南[①]

去年战，桑干源[②]；今年战，葱河道[③]。洗兵条支海上波，放马天山雪中草[④]。万里长征战，三军尽衰老。匈奴以杀戮为耕作，古来唯见白骨黄沙田[⑤]。秦家筑城备胡处[⑥]，汉家还有烽火燃[⑦]。烽火燃不息，征战无已时。野战格斗死[⑧]，败马号鸣向天悲。乌鸢啄人肠，衔飞上挂枯树枝。士卒涂草莽，将军空尔为[⑨]。乃知兵者是凶器，圣人不得已而用之[⑩]。

[注释]

①这首诗或当作于天宝八载(749)。战城南，汉乐府古题，汉短箫铙歌之一。《乐府古题要解》卷上："《战城南》，其辞大略言，'战城南，死郭北'，野死不

得葬，为乌鸟所食。愿为忠臣，朝出攻战而暮不得归也。”②桑干：水名，即今永定河上游，在河北西北和山西北部。《元和郡县志·河东道·朔州·马邑县》：“桑干河，在县东三十里。”③葱河：即葱岭河，今有南北两河，南名叶尔羌河，北名喀什噶尔河，源出帕米尔高原，为塔里木河的支流。④“洗兵”二句：二句极言出师征行之广远。左思《魏都赋》：“洗兵海岛，刷马江洲。”洗兵，战罢而洗其兵器。条支，西域国名，即唐时之大食。唐置有条支都督府，治所在今阿富汗加兹尼。天山，见前《塞下曲六首》诗注。⑤“匈奴”二句：王褒《四子讲德论》：“匈奴者，百蛮之最强者也……其耒耜则弓矢鞍马，播种则扞弦掌拊，收秋则奔狐驰兔，获刈则颠倒殪仆。”此二句盖本于此，极言匈奴生性骄悍好战，不事稼穑，专以劫掠为务。⑥“秦家”句：《史记·蒙恬列传》：“秦已并天下，乃使蒙恬将三十万众，北逐戎狄，收河南。筑长城，因地形，用制险塞，起临洮，至辽东，延袤万余里。”备，防备。⑦烽火：古代边防报警的烟火。《史记·周本纪》：“有寇至，则举烽火。”⑧格斗：搏斗，相抱而杀谓格。⑨“士卒”二句：谓士兵战死，尸体布满沟壑草莽，将军也因为战败而一无所获，未得朝廷封赏。涂，满布。尔，语助词。⑩“乃知”二句：太公望《六韬·兵略》：“圣人号兵为凶器，不得已而用之。”

［评析］

与唐代许多文人曾从军边塞，有过军幕文士的生涯不同，李白一生并没有边塞生活的经历，并没有亲历过边塞战争，他对战争的认识主要来自于间接经验，以耳闻和所历览的前代史书及战争题材的诗歌为主。正因如此，他在创作边塞诗时，往往并不从一时一地的具体战事出发，在形式上也更多地以旧题乐府为主，这虽然看似削弱了他的边塞诗的现实性，但因为诗人能不受某一具体战争的拘束与限制，而是更进一步联系历史，从历史的高度上看待边塞战争，从而赋予了其边塞诗更为深广的思想意义。这首诗即是如此。诗歌所写的战事虽也有当时具体战争的背景与内容，诗歌开头四句“去年战，桑干源；今年战，葱河道”，即告诉了我们这一点，但诗人的用力之处并不在此，他并未就战争本身的起因与过程作更具体的描写——这不是由诗人边塞生活经验的欠缺所决定的，而是以概括的笔触加以总写，然后在“匈奴”以下六句中将笔墨转移到历史方面，进一步深化、拓展诗歌的思想内涵；而“野战”以下六句关于战争场面的描写，也多是从前人《战城南》古辞中点化而来的，体现的是一般性的战争场景，结尾点明诗旨的两句同样是从前代文献中夺胎换骨而来。总之，这首诗诗人更多的是站在历史的高度加以描写，使诗之思想内涵更为深广，对统治者穷兵黩武的揭露也更为有力；另一方面因为采取的是旧题乐府的形式，诗的旨意在表现上也更为含蓄蕴藉。

闻王昌龄左迁龙标遥有此寄[①]

扬州花落子归啼[②]，闻道龙标过五溪[③]。我寄愁心与明月，随风直到夜郎西[④]。

[注释]

①此诗作年难定，王昌龄任江宁丞，时在开元二十八年(740)冬，其由江宁丞迁龙标尉当在此后数年。或谓此诗作于天宝七载(748)，可备一说。王昌龄(698—756)，字少伯，京兆万年人，盛唐著名诗人。尤以七绝著称。有“诗家夫子王江宁”之称。左迁，贬官。古代右尊左卑，以左迁为降职的委婉说法。龙标，今湖南黔阳县，当时属黔中道下属巫州治所。②扬州花落：一本作“杨花落尽”。子规：杜鹃鸟。暮春三月而啼，声似“不如归去”。③五溪：酉溪、辰溪、巫溪、武溪、陵溪的总称，位于湖南武陵，为蛮夷之地。过五溪，极言其远。④夜郎：唐代有二夜郎，一在贵州境内，一在龙标县西北，今湖南芷江县西南。夜郎西，极言其远，非谓龙标在夜郎西。

[评析]

王昌龄是与李白交往很深的友人，曾欲与李白偕隐石门山。此诗是李白获悉友人远谪龙标后，远道寄诗，以示同情与关切。首句写景，点明地点与时令，暗喻离别、迁谪之恨。次句直叙其事，“过五溪”，见迁谪之荒远、道路之艰难。后两句抒情，借明月言怀，表达对友人远谪的同情。明人梅鼎祚曰:“曹植《怨诗》:‘愿作东北风,吹我入君怀。’齐瀚诗:‘将心寄明月,流影入君怀。’太白诗‘我寄愁心与明月,随风直到夜郎西’,兼裁其意,撰成奇语。”今按,此二句就出处而言,虽或有梅氏所言之根据,但比之前人,李白这里仍有创新和发展,盖曹植、齐瀚诗虽想象奇绝,情思细婉,但不免绵弱无力,而李白此诗则感情强烈而执著,“随风直到夜郎西”,见出虽山川迢递而不以为远。正因与友人这种万里相随的深厚友情,诗人才神驰遐远,托心素月,相伴友人。同时,心寄于月,而月又随风,也极有韵致。因此可以说,感情深厚沉挚而不粘皮带骨,达极飘逸摇曳之至,是此诗在抒情方面的一大特点,也体现了李白诗歌抒情的个性。

答王十二寒夜独酌有怀[①]

昨夜吴中雪,子猷佳兴发[②]。万里浮云卷碧山,青天中道流孤月。孤月沧浪河汉清,北斗错落长庚明[③]。怀余对酒夜霜白,玉床金井冰峥嵘[④]。人生飘忽百年内,且须酣畅万古情。君不能狸膏金距学斗鸡,坐令鼻息吹虹霓[⑤]。君不能学哥舒,横行青海夜带刀,西屠石堡取紫袍[⑥]。吟诗作赋北窗里,万言不直一杯水。世人闻此皆掉头,有如东风射马耳[⑦]。鱼目亦笑我,谓与明月同[⑧]。骅骝拳跼不能食[⑨],蹇驴得志鸣春风[⑩]。折杨皇华合流俗[⑪],晋君听琴枉清角[⑫]。巴人谁肯和阳春[⑬],楚地由来贱奇璞[⑭]。黄金散尽交不成,白首为儒身被轻。一谈一笑失颜色,苍蝇贝锦喧谤声[⑮]。曾参岂是杀人者?谗言三及慈母惊[⑯]。与君论心握君手,荣辱于余亦何有?孔圣犹闻伤凤麟[⑰],董龙更是何鸡狗[⑱]!一生傲岸苦不谐,恩疏媒劳志多乖[⑲]。严陵高揖汉天子,何必长剑拄颐事玉阶[⑳]!达亦不足贵，穷亦不足悲。韩信羞将绛、灌比[21]，祢衡耻逐屠沽儿[22]。君不见李北海[23]，英风豪气今何在？君不见裴尚书，土坟三尺蒿棘居[24]！少年早欲五湖去，见此弥将钟鼎疏[25]。

［注释］

①此诗作于天宝八载(749)冬。王十二，姓王，排行十二。名字未详。据题意，王十二先以《寒夜独酌有怀》寄李白，李白则作以答之。②"昨夜"二句：用王子猷夜雪访戴事，借以写王十二怀佳兴而作诗。王子猷夜雪访戴，见前《东鲁门泛舟二首》诗注。③沧浪：清而凉。河汉：银河。错落：参差貌。长庚：太白星晨见东方曰启明，昏见西方曰长庚。④床：井栏。峥嵘：谓寒气升腾。⑤"君不能狸膏"二句：狸膏，狸之脂膏，斗鸡时取以涂鸡头，使对方的鸡闻而畏怯，不战而胜。金距，以锋利的金属片装在鸡爪上。距，雄鸡腿后突起像脚趾的部分。坐令，遂使。鼻息吹虹霓，谓以斗鸡取宠者气焰嚣张，不可一世。此二句讽刺明皇因好斗鸡，时有以斗鸡而得宠者。李白《古风》"大车扬飞尘"诗云："路逢斗鸡者，冠盖何辉赫。鼻息干虹蜺，行人皆怵惕。"《初学记》卷二《天部·虹蜺》："凡虹双出，色鲜盛者为雄，雄曰虹，暗者为雌，雌曰蜺。"⑥"君不能"三句：言哥舒翰取石堡城事。哥舒，哥舒翰。青海，青海湖一带，时为吐蕃所据。石堡，城名。唐与吐蕃之交通要冲。据《旧唐书·哥舒翰传》，天宝八载，哥舒翰统兵十万，攻下石堡城，士卒死者数万。哥舒翰则以功拜特进、鸿胪员外卿。唐制，三品以上官服紫，特进为正二品，故云。⑦"世人"二句：掉头，不屑一顾。东风射马耳，马耸着耳，不怕风吹，若言充耳不闻。射，吹。二句感慨不为世人所重。⑧"鱼目"二句：鱼目精白似珠，此以喻小人。明月，宝珠。张协《杂诗十首》之五："鱼目笑明月。"此二句谓小人自矜得势，嘲笑失意的人们。谓，原本作"请"，误。⑨骅骝：良马。此以喻贤才。拳跼：屈曲不能伸展貌。⑩蹇驴：瘸驴。⑪"折杨"句：《庄子·天地》："大声不入于里耳，《折杨》、《皇华》则嗑然而笑。"《折杨》、《皇华》皆古之俗中小曲。皇华，原本作"黄花"，据他本改。⑫"晋君"句：《韩非子》卷三："平公提觞而起，为师旷寿。反而问曰：'音莫悲于清徵乎？'师旷曰：'不如清角。'平公曰：'清角可得而闻乎？'师旷曰：'不可！……今主君薄德，不足听之，听之将恐有败。'平公曰：'寡人老矣，所好者音也。愿遂听之。'师旷不得已而鼓之。一奏而有玄云从西北方起。再奏之，大风至，大雨随之，裂帷幕，破俎豆，堕

廊瓦。坐者散走，平公恐惧，伏于廊室之间。晋国大旱，赤地三年。平公之身遂癃病。"此以晋平公空有师旷能奏清角而无德消受，暗喻唐明皇不能任用贤才。⑬"巴人"句：《文选》宋玉《对楚王问》："客有歌于郢中者，其始曰《下里》、《巴人》，国中属而和者数千人；其为《阳阿》、《薤露》，国中属而和者数百人；其为《阳春》、《白雪》，国中属而和者，不过数十人。"这里的巴人，指郢中之人。郢，楚国的都城，古为巴东之地，在今湖北江陵县。⑭"楚地"句：用卞和事。春秋时，楚人卞和得璞于荆山之下，献给楚厉王，被认为是欺骗而砍掉了左脚。后武王嗣位，再献璞，又被砍掉了右脚。事见《韩非子·和氏》。璞(pú)，包有玉的石头。此二句以喻怀才不遇。⑮"苍蝇"句：谓谗言可畏。《诗·小雅·青蝇》："营营青蝇，止于樊，恺弟君子，无信谗言。"苍蝇污秽，变白为黑，比喻谗人颠倒黑白，中伤别人。贝锦，像贝壳一样有文采的织锦，喻谗言之巧。《诗·小雅·巷伯》："萋兮斐兮，成是贝锦。彼谮人者，亦已太甚。"⑯"曾参"二句：曾参，春秋时鲁人，孔子弟子。郑国有与其同名而杀人者，别人误会是他，往告其母。曾母谓其子不杀人，织自若。不久，又有人谓曾母其子杀人，曾母仍不信。但当第三次有人说其子杀人时，曾母惊惧，投杼逾墙而走。事见《战国策·秦策二》。及，到。⑰"孔圣"句：古人以麒麟、凤凰为太平时才出现的祥瑞之物。《论语·子罕》："子曰：'凤鸟不至，河不出图，吾已矣夫！'"《史记·孔子世家》："颜渊死，孔子曰：'天丧予！'及西狩见麟，曰：'吾道穷矣。'"⑱"董龙"句：前秦佞臣董荣，深得国君符生宠信，官至右仆射。司空王堕疾之如仇，或从旁解之，堕曰："董龙(荣之小字)是何鸡狗，而令国士与之言乎！"此以董荣喻深得明皇宠信的李林甫、杨国忠之流。⑲恩疏：谓朝廷见弃。媒劳：谓引荐者徒劳。屈原《九歌·湘君》："心不同兮媒劳。"王逸注："媒人疲劳而无功也。……喻行与君异，终不可合，亦疲劳而已也。"乖：违背。⑳"严陵"二句：用严子陵事。见前古风(其十一)诗注。高揖，长揖不拜，古代平行的礼节。长剑拄颐，《战国策·齐策六》："大冠若箕，长剑拄颐。"意即长剑的柄支撑着下巴。此状人臣之貌。拄，支。颐，下巴。事玉阶，喻侍奉天子。㉑"韩信"句：《史记·淮阴侯列传》："(韩)信知汉王畏恶其能，常称病不朝从。信由此日夜怨望，居常怏怏，羞与绛、灌等列。"将，与。绛，绛侯周勃。灌，颍阴侯灌婴。二人功劳皆不及韩信。㉒"祢衡"句：《后汉书·祢衡传》："祢衡……少有才辩，而气尚刚傲，好矫时慢物……建安初，来游许下……是时许都新建,贤士大夫,四方来集。或问衡曰:'盍从陈长文、司马伯达乎?'对曰:'吾焉能从屠沽儿耶?'"逐,随。屠沽儿,杀猪卖酒的人,指市井平民。㉓李北海:李邕。见前《上李邕》诗注。㉔裴尚书:裴敦复,尝官刑部尚书。因为李林甫所忌,与李邕同时被陷,杖死。事见《旧唐书·玄宗纪》。蒿棘:杂草。㉕"见此"句:谓见此而功名富贵之念更加淡薄。弥,更。钟鼎,钟鸣鼎食之省称,谓爵禄富贵。

[评析]

这首诗李白借他人之酒杯,浇心中之块垒,抒发人生失意之悲。全诗共分四层,前十句是第一层,就题而作,悬拟王十二秋夜独酌、佳兴大发的情境。从"君不能"到"射马耳",是第二层,呼应王十二所赠诗之内容,为其遭遇鸣不平。从"鱼目亦笑我"到"谗言三及慈母惊",是第三层。由彼及"我",抒写自己遭谗见疏的激愤之情。从"与君论心握君手"到结尾,作为第四层,绾结双方,夹叙夹议,纵论古今,表达对功名富贵的否定之义。全诗结构完整,脉络清晰流畅,另一方面又一气奔腾,跌宕起伏。诗人将连珠走马似的比喻、典故与议论性的笔法融为一体,形成拗怒急迫、起伏腾踔的旋律节奏,最能见出诗人所受庄子、屈原的影响。近人刘熙载《艺概》论李白有云:"太白虽若升天乘云,无所不至,然自不离本位。"验以此诗,可谓信然。

梁甫吟[1]

长啸《梁甫吟》,何时见阳春[2]?君不见朝歌屠叟辞棘津[3],八十西来钓渭滨。宁羞白发照渌水,逢时壮气思经纶[4]。广张三千六百钩,风期暗与文王亲[5]。大贤虎变愚不测,当年颇似寻常人[6]。君不见高阳酒徒起草中,长揖山东隆准公。入门不拜骋雄辩,两女辍洗来趋风[7]。东下齐城七十二,指麾楚汉如旋蓬[8]。狂客落拓尚如此，何况壮士当群雄[9]！我欲攀龙见明主，雷公砰訇震天鼓[10]。帝旁投壶多玉女，三时大笑开电光，倏烁晦冥起风雨[11]。阊阖九门不可通，以额叩关阍者怒[12]。白日不照吾精诚，杞国无事忧天倾[13]。猰貐磨牙竞人肉，驺虞不折生草茎[14]。手接飞猱搏雕虎，侧足焦原未言苦[15]。智者可卷愚者豪，世人见我轻鸿毛[16]。力排南山三壮士，齐相杀之费二桃[17]。吴楚弄兵无剧孟，亚夫咍尔为徒劳[18]。《梁甫吟》，声正悲。张公两龙剑，神物合有时[19]。风云感会起屠钓，大人峴屼当安之[20]。

［注释］

①此诗作年难定，或以作于天宝八、九载(749、750)为近是。梁甫吟，乐府《相和歌辞》旧题。旧说曾子耕于泰山之下，旬月未归，因思其父母而作。蔡邕《琴颂》有“梁甫悲吟，周公越裳”句，知东汉时已有此曲。今存古辞传乃诸葛亮所作，咏齐相国晏子二桃杀三士事。《三国志·蜀志·诸葛亮传》谓“亮躬耕陇亩，好为《梁甫吟》”。李白此诗正用旧题本意。梁甫，又称梁父，泰山下之小山。②“长啸”二句：领起全篇。阳春，温暖的春天。《楚辞·九辩》：“无衣裘以御冬兮，恐溘(kè)死不得见乎阳春。”此用其意。③“君不见朝歌”句：此句以下八句咏姜太公吕尚事。太公本名吕望，助文王、武王灭商，赐姜姓，封于齐。传说姜太公五十岁时于棘津(今河南滑县西南)做小贩，七十岁往朝歌(商代都城，今河南汤阴县)屠牛，八十岁在磻溪(今陕西宝鸡市东南)钓鱼，九十岁得遇周文王而受重用。④“宁羞”二句：谓姜太公在磻溪垂钓时，虽年已古稀，仍心存远志，一旦遭逢明主，便一吐壮气，思量治理天下。宁，岂，难道。经纶，指筹划治理国家大事。⑤广张：广泛张设。三千六百：古称地有三千六百轴，故云“广张”，寓姜太公钓天下之义。钧：一作钓，疑误。风期：犹言风信。或解以风度，误。⑥“大贤”二句：总结姜太公事。虎变，《易·革卦》：“大人虎变，象曰，其文炳也。”喻大贤之人出处变化如虎文之彪炳常新，非愚钝者所能测度。⑦“君不见高阳”四句：本句以下八句咏秦汉间郦食其(Lì Yìjī)遇沛公刘邦事。《史记》本传：郦食其，陈留高阳人，家贫，好读书，有大志，县中皆谓之狂生。刘邦引兵过陈留，郦食其谒，使者入报，沛公以未暇见儒人为由欲拒之。使者出，郦生瞋目按剑

叱使者曰:“吾高阳酒徒,非儒人也。”因入,沛公时倨床使两女子洗足,郦生长揖不拜,责其欲破秦不当倨见长者,沛公乃辍洗延之上坐。郦生因纵论时势,沛公喜。后助刘邦成其大业。山东隆准公,指刘邦。山东,泛指太行山(或云华山)以东广大地区。刘邦系沛县人,故称山东。隆准,高鼻梁。《史记·高祖本纪》:“高祖为人隆准而龙颜。”不拜,原本作“开说”,据他本改。骋,放纵地展示。雄辩,谓辩论有力。辍,停下。趋风,疾行至下风,以示恭敬。⑧“东下”二句:沛公拜郦食其为广野君。汉三年(前204),使之东说齐王田广,兵不血刃而使齐七十余城归汉,事见《史记·郦生列传》。指麾,指挥。旋蓬,蓬草随风旋转,极写郦生在楚汉相争时举重若轻、挥洒自如的指挥才能。⑨“狂客”二句:此二句总结郦生事,并以自勉,谓郦生落拓时尚且能如此,何况身为壮士更当有所作为。⑩“我欲”二句:谓欲干谒天子而为近臣所阻。攀龙,谓依附天子以建功立业。雷公,雷神。砰訇(hōng),巨雷声。⑪“帝旁”三句:投壶,古时宴饮之戏。将壶置于数步之外,以箭投之,入多者胜,负者罚饮酒。玉女,谓帝王身边女宠或佞幸。三时,指晨、午、晚,即一整天。开电光,古人谓电光为天笑。《神异经·东荒经》:“矫出而脱误不接者,天为之笑。”张华注:“今天上不雨而有电光,是天笑也。”倏烁,电光闪烁不定。晦冥,昏暗,阴沉。这三句谓天子恩威无常,投壶时与身边女宠同戏,如天之时而大笑开光,时而则风雨顿作,阴晴难凭。⑫“阊阖”二句:《楚辞·离骚》:“吾令帝阍开关兮,倚阊阖而望予。”此用其意,以喻贤路闭塞。阊阖,天门。九门,宫门。古代宫室制度,天子设九门。阍(hūn),司门之吏。⑬“白日”二句:谓虽然不为君恩照临,仍如杞人忧天一样忧心国事。白日,喻君王。杞国,《列子·天瑞》:“杞国有人忧天地崩坠,身亡所寄,废寝食者。”⑭“猰貐(yà yǔ)”二句:猰貐,传说中最大的猛兽,长四百尺,龙头马尾虎爪,以人为食,遇有道君即隐,无道君即出而食人。驺(zhōu)虞:传说中的仁兽,白虎黑文,不食生物,有至信之德则应之。这里以猰貐喻苛政,以驺虞喻仁政,希望天子以仁治天下。⑮“手接”二句:谓己有勇力与才能,虽艰难险阻而不以为苦。接,迎面而射之。猱,猕猴,见前《蜀道难》诗注。雕虎,毛色斑驳的虎。《尸子》:“中黄伯曰:‘余左执太行之猱,而右搏雕虎。’”侧足,置足。焦原,石名。《尸子》:“莒(jǔ)国有石焦原者,临百仞之溪,广寻五十步,莒国(人)莫敢近也。有以勇见莒子者,独却行齐踵焉,所以称于世。”⑯“智者”二句:卷,收敛。《论语·

卫灵公》:"君子哉蘧(qú)伯玉!邦有道则仕,邦无道则可卷而怀之。"豪,放纵。二句谓政治黑暗,才智之士韬光晦迹,愚蠢之人却得意放肆,因此世俗的人便把自己看得轻如鸿毛。⑰"力排"二句:诸葛亮《梁甫吟》:"步出齐城门,遥望荡阴里。里中有三墓,累累正相似。问是谁家墓,田疆古冶子。力能排南山,文能绝地纪。一朝被谗言,二桃杀三士。谁能为此谋,国相齐晏子。"此用其事。春秋时,齐景公时有三勇士:公孙接、田开疆、古冶子,因无礼于晏子,晏子以为其勇而无义,请得景公同意而除去之。因设二桃,请三士论功食之。公孙接、田开疆各叙己功而取一桃,古冶子以己功最巨,要求二人退回桃子,二人不堪受辱而自刎,古冶子亦以己独生为不仁,不死为不义而自杀。此即二桃杀三士之事,事见《晏子春秋内编·谏下》。⑱"吴楚"二句:汉景帝三年(前154),分封于吴楚等地的宗室七王,起兵叛乱,景帝派窦婴、周亚夫前往讨伐。亚夫将近河南时,得侠士剧孟,大喜,言吴楚举事而不用剧孟,终将一无所成。事见《史记·游侠列传》。此用其事。咍(hāi),嗤笑。⑲"张公"二句:西晋时,有雷焕者,妙达伟象。张华因邀与夜观星象,焕言斗牛之间有异气,乃宝剑之精上彻于天,并言在豫章丰城。张华因补雷焕为丰城令。焕到县,掘狱屋基,入地四丈余,于石函中得一双剑,精芒炫目。遣使送一剑与华,留一自佩。华得剑爱之,常置座侧。与焕书曰:"详观剑文,乃干将也,莫邪何复不至?虽然,天生神物,终当合耳。"华诛,剑失所在。焕卒,子华(一作爽)为州从事。持剑行,经延平津,剑忽于腰间跃出堕水,使人没水取之,不见剑,但见两龙各长数丈,须臾光彩照水,波浪惊沸。华叹曰:"张公终合之论,此其验乎?"事见《晋书·张华传》。此二句谓明君贤臣终当有遇合之时。⑳风云感会:谓应乎时势而有所作为。屠钓:指姜太公吕尚。大人:谓志存高远者。臲卼(niè wù):不安的样子。

[评析]

此诗是李白的一首七古大篇。开头"长啸《梁甫吟》,何时见阳春"两句,以强烈的咏叹开篇,既见出诗人身处逆境而追求理想与光明的强烈渴望,也为全诗奠定了慷慨激越、悲壮高亢的感情基调。接下来以两个"君不见"各领八句,分写姜太公之老、郦食其之狂,当时皆为寻常之人,而最后得以待时而起、遭逢明主,寄寓士将终有遇合之时也。"狂客落拓尚如此,何况壮士当群雄"二句,由古入今,自然过渡到直接抒写自身不遇之悲愤。诗人先写欲报明主而不得其门以入之悲,“不可通”、“以额扣关”、“白日不照”等皆能见出诗人精诚忧国却报国无门的强烈激切之情,其中充满了对权臣跋扈弄权、朝政黑暗的愤慨,然后又极写自己德能,与前之咏古相呼应。最后以“《梁甫吟》,声正悲”二句照应开头,结出大丈夫身处逆境,应静待时运之意,仍然体现出对功业的强烈的渴望与追求。

此诗艺术上最大的特点在于,诗人博采史书、诸子、楚骚乃至小说中的历史典故以构成诗歌意象,合沓相生,跌宕起伏,给人光怪陆离、目不暇接之感。由于感情强烈,气势雄肆,诗歌在节奏上莽莽荡荡,如山谷激流,长波汹涌,奔腾而下,又如九叠挂瀑,跳荡奔溅,给人流沫扑面、眩神胁息之感,形成极为强烈的震撼力。七古长篇,对作者的才情、才力有极高的要求,才力不足者往往虎头蛇尾,或平弱绵缓,难以振起全篇,而李白此诗则通篇气势充沛,不曾稍减,见出诗人内心巨大的精神能量,古人所谓“气魄驰骤,如风雨凭陵,惊起四座”,正揭示了这一点。

寻阳紫极宫感秋作[①]

何处闻秋声?翛翛北窗竹[②]。回薄万古心,揽之不盈掬[③]。静坐观众妙[④],浩然媚幽独[⑤]。白云南山来,就我檐下宿[⑥]。懒从唐生决[⑦],羞访季主卜[⑧]。四十九年非,一往不可复[⑨]。野情转萧散,世道有翻覆。陶令归去来,田家酒应熟[⑩]。

[注释]

①从诗中“四十九年非”句可知,此诗作于天宝九载(750)。寻阳,见前《横江词六首》其二诗注。紫极宫,《旧唐书·玄宗纪》:天宝二年三月,“改西京玄元(老子)庙为太清宫,东京为太微宫,天下诸郡为紫极宫”。《方舆胜览》卷二十二

江州:“紫极宫,去州二里,即今天庆观。”②翛(xiāo)翛:风吹竹喧声。谢朓《冬日晚郡事隙诗》:“飒飒满池荷,翛翛荫窗竹。”③“回薄”二句:谓秋声萧萧,万古以来使人心为之动荡,然秋声无形,故不可揽。回薄,动荡。盈,满。掬,以两手捧。④众妙:万物变化之妙。《老子》:“玄之又玄,众妙之门。”⑤媚:爱。幽独:静寂孤独。《楚辞·九章·涉江》:“哀吾生之无乐兮,幽独处乎山中。”⑥“白云”二句:谓山高,紫极宫杳在云际。陶渊明《拟古九首》之五:“白云宿檐端。”⑦唐生:《史记·范雎蔡泽列传》:“蔡泽者,燕人也。游学干诸侯,小大甚众,不遇。而从唐举相,曰:‘吾闻先生相李兑,曰百日之内持国秉,有之乎?曰:有之。曰:若臣者何如?’唐举孰视而笑曰:‘先生曷鼻,巨肩,魋(tuí)颜,蹙齃(è),膝挛。吾闻圣人不相,殆先生乎?’蔡泽知唐举戏之,乃曰:‘富贵吾所自有,吾所不知者寿也,愿闻之。’唐举曰:‘先生之寿,从今以往者四十三岁。’蔡泽笑谢而去。谓其御者曰:‘吾持粱刺齿肥,跃马疾驱,怀黄金之印,结紫绶于腰,揖让人主之前,食肉富贵,四十三年足矣。’”决:推断决疑。张衡《思玄赋》:“惑蔡子之慷慨,从唐生以决疑。”⑧季主:据《史记·日者列传》,楚人司马季主,卜于长安东市。宋忠、贾谊同日俱出洗沐,游于卜肆,谒季主以问休咎。季主告之,各如所验。张协《杂诗十首》:“将从季主卜。”⑨“四十”二句:《淮南子·原道训》:“蘧伯玉年五十,而知四十九年非。”高诱注:“伯玉,卫大夫蘧瑗也。今年所行是也,则还顾知去年之行非也。岁岁悔之,以至于死,故有四十九年非,所谓月悔朔,日悔昨也。”⑩“陶令”二句:陶渊明《问来使》云:“归去来山中,山中酒应熟。”此二句化用其意。

[评析]

此诗借感秋以感怀人生。开头四句,先就题中“感秋”着笔,借秋声以写秋。以设问起笔,见所感之深。“静观”四句,则着笔于紫极宫,写其幽处深林,宜于观妙。“懒从”四句,感叹人生,表达不复措意于人生之荣辱穷通。结尾四句,承上而来,由世道之翻覆,已不能随时碌碌,以取媚于人,故当肆志林泉,逍遥自适,如渊明之归去,取醉以忘情。此诗萧然冲淡,风格平和,雅有高致。宜乎有明人评云:“大概飘逸,起四句尤醒快。‘回薄’六句,上下千古,俯视宇宙,有天空海阔之妙，鸢飞鱼跃之趣。”所见甚是，颇能启发我们领略此诗之趣。

庐山东林寺夜怀[1]

我寻青莲宇[2]，独往谢城阙[3]。霜清东林钟，水白虎溪月[4]。天香生虚空，天乐鸣不歇[5]。宴坐寂不动[6]，大千入毫发[7]。湛然冥真心[8]，旷劫断出没[9]。

[注释]

①此诗作年难定，或作于天宝九载(750)。庐山，见前《望庐山瀑布二首》诗注。东林寺，东晋孝武帝太元九年(384)建，晋僧慧远尝凿白莲池，结白莲社。②青莲宇：即佛寺。陈子昂《酬晖上人夏日林泉见赠》："闻道白云居，窈窕青莲宇。"③谢：辞别。④虎溪：在东林寺三门，慧远送客未尝过溪。李白《别东林寺僧》："东林送客处，月出白猿啼。笑别庐山远，何烦过虎溪?"可参看。⑤"天香"二句：谓佛国天上之香花与音乐。《法藏碎金》："静胜境中，当有自然清气，名曰天香；自然清音，名曰天乐。"虚空，天空。⑥宴坐：佛教称禅坐为宴坐。《维摩诘经·弟子品》："心不住内，亦不在外，是为宴坐。……不断烦恼而入涅槃，是为宴坐。"⑦"大千"句：华严宗有"一念三千"、"圆融无碍"的思想，认为细微得不能再细微的事物，也能融摄进极大的事物。《法苑珠林》卷二十八《神异篇》："我念往昔唯此三千大千世界诸山之类，皆纳一毛孔中，我身如本，众生不异；我又一时取此大千世界所有大海河池水聚，悉入毛孔，我身无损，众生无害。"⑧湛然：安然。冥：寂而不动。真心：佛教谓众生内心本具之成佛因性，其心真净明妙，离虚妄之想，故曰真心。⑨旷劫：犹万劫。佛教以世界生灭之一周期为一劫，旷劫谓历时极久。

[评析]

李白与佛教有很深的渊源，不仅自称青莲居士，说"金粟如来是后身"，还与一些僧侣广有交往。此诗即颇能反映诗人的佛教情缘。开头两句，一"寻"一"独往"，见出诗人之执著。"霜清"四句，围绕东林寺的景物加以描写，突出其远离尘俗之清净。结尾四句则重在传达对佛教教义的领悟，抒发“冥得丧、齐生死”的超卓情怀，也是为开头“独往谢城阙”作注脚。整首诗层次清晰完整，自然流畅，感情也深挚沉厚，无所喜也无所悲，见出诗人在天宝后期精神上的孤寂与落寞。

古风（其一）[①]

大雅久不作[②]，吾衰竟谁陈[③]？王风委蔓草[④]，战国多荆榛[⑤]。龙虎相啖食，兵戈逮狂秦[⑥]。正声何微茫，哀怨起骚人[⑦]。扬马激颓波，开流荡无垠[⑧]。废兴虽万变，宪章亦已沦[⑨]。自从建安来，绮丽不足珍[⑩]。圣代复元古，垂衣贵清真[⑪]。群才属休明，乘运共跃鳞[⑫]。文质相炳焕，众星罗秋旻[⑬]。我志在删述，垂辉映千春[⑭]。希圣如有立[⑮]，绝笔于获麟[⑯]。

［注释］

①此诗作年难定，由“吾衰”看，显然为晚年所作，当作于天宝九载（750）诗人年五十时或稍后。②“大雅”句：大雅，本为《诗经》之一部分，此兼指雅、颂，代指《诗经》。此句即《古风》其三十五“大雅思文王，颂声久崩沦”意。③“吾衰”句：《论语·述而》：“子曰：甚矣吾衰也。”此用孔子事以自比。陈，谓采诗以进献。《礼记·王制》：“命太师陈诗以观民风。”④王风：《诗经》十五国风之一，为周室东迁洛邑后的民歌。委蔓草：委弃于杂草丛中。⑤荆榛：树木丛杂，意谓诗坛荒芜。⑥“龙虎”二句：意指战国时七雄相争，直到秦国一统天下。啖食，吞并。逮，及，到。狂，狂暴。陶渊明《饮酒诗》之二十：“洙泗辍微响，漂流逮狂秦。”⑦“正声”二句：谓战国时诗道衰而骚体兴。正，雅正。依据古代诗歌观念，《诗经》为正而《骚》为变，故正声指《诗经》。微茫，暗弱不明。哀怨，《史记·屈原贾生列传》：“屈平之作《离骚》，盖自怨生也。”⑧“扬马”二句：扬马，谓西汉赋家扬雄、司马相如。激颓波，犹言挽狂澜。激，激扬。颓波，诗道衰微之势。二句

描述汉赋发展情形，谓扬、马激扬颓波，开拓了没有际涯的洪流。⑨废兴：指先秦以来由诗而骚而赋之轮替代变。宪章：指诗之法度。⑩"自从"二句：谓建安之后，诗歌渐入绮丽，未足珍贵。建安(196—220)，东汉末汉献帝年号。其时风衰俗怨，曹氏父子及"建安七子"之所作梗概多气，风骨遒上，谓为"建安体"。⑪"圣代"二句：谓唐代政治休明，世风质朴，恢复了上古先王之治。圣代，指唐代。元古，上古。垂衣，本指定衣服之制，示天下以礼，后引申为无为而治。《易·系辞》："黄帝、尧、舜垂衣裳而天下治。"⑫"群才"二句：谓群才恰逢盛世，如鱼得水，乘运而起，腾跃于诗坛。属，适值、恰逢。休明，此指盛世。运，时运。跃鳞，喻施展才能。王珪《咏汉高祖》："高祖起丰沛，乘运以跃鳞。"⑬"文质"二句：谓唐代诗歌文质兼胜，灿然绚丽，诗人辈出，如群星罗列于秋空。文质，诗之辞藻与内容。炳焕，洁白鲜明貌。罗，陈列。秋旻(mín)：秋日的天空。⑭"我志"二句：删述，用孔子事。《史记·孔子世家》谓古诗三千，孔子删而为三百零五篇。又《论语·述而》："子曰：述而不作，信而好古。"此"删述"合以上二义。二句谓将效法孔子，存一代之文化，使之光耀千秋。⑮"希圣"句：谓仰慕圣人，希望有所成就。希，仰慕。⑯获麟：《春秋》哀公十四年："西狩获麟，孔子曰：'吾道穷矣。'"传说孔子作《春秋》，至此而辍笔。

［评析］

这首诗宋本《李翰林集》将其弁于卷首，以为开卷之作，可见是李白非常重要的一首诗。就内容而论，此诗是一首论诗诗，诗人以诗论诗，以雄健有力的笔触宏观地叙述了自《诗经》以来的诗歌传统，高屋建瓴，从中见出诗人高视千古、独步古今的胸襟与气概。李阳冰在《草堂集序》中称赞李白"驰驱屈宋，鞭挞扬马，千载独步，惟公一人"，验以此言，可谓良有以也！另外，这首诗又不仅仅是论诗诗，同时还是一首言志诗，诗人自抒怀抱，括风雅之源流，又以明著作之意旨，欲以《大雅》为指归，志在删述，也见出其怀抱之豪迈超卓。有意思的是，李白这里自言其志，竟然借用孔子"吾衰"、"获麟"的典故，颇堪回味。在我看来，这实质上体现了李白心期于圣人的超卓追求与怀抱，同时也见出对孔子的深刻理解。联系李白诗文中所用孔子的典故,诸如“仲尼亦浮海,吾祖之流沙”(《古风》其二十九)、“君看我才能,何似鲁仲尼!大圣犹不遇,小儒安足悲”(《书怀赠南陵常赞府》)、“仲尼七十说,历聘莫见收”(《赠崔郎中宗之》)、“时命或大谬,仲尼将奈何”(《纪南陵题五松山》)、“仲尼亡兮谁为出涕”(《临路歌》),等等,可以看出,李白虽如后人一样视孔子为圣人,但更是站在比肩孔子的高度将其看作一位不遇于时的失意者!因此,我们不能仅仅视诗中的两个典故为普通的用事用典,应该从中体认李白心期于圣人的怀抱与追求。当然,这两个典故背后,隐然有李白对人生失意的悲剧性体悟之意在内!正因为如此,此诗并没有一般歌咏理想之作的明朗与乐观,而更有一种承担者任重道远的沉重意味。

北风行[①]

烛龙栖寒门,光耀犹旦开[②]。日月照之何不及此[③],唯有北风号怒天上来。燕山雪花大如席[④],片片吹落轩辕台[⑤]。幽州思妇十二月[⑥],停歌罢笑双蛾摧[⑦]。倚门望行人,念君长城苦寒良可哀。别时提剑救边去[⑧],遗此虎文金鞞靫[⑨]。中有一双白羽箭,蜘蛛结网生尘埃。箭空在,人今战死不复回。不忍见此物,焚之已成灰。黄河捧土尚可塞[⑩],北风雨雪恨难裁[⑪]。

[注释]

①此诗是李白天宝十一载(752)北上幽州所作。北风行,乐府《杂曲歌辞》旧题。鲍照有《北风行》,取意《诗·邶风·北风》“北风其凉,雨雪其雱(páng)”,伤北风雨雪,行人不归。李白此诗盖拟之而作。②“烛龙”二句:用古代神话。据《淮南子·地形训》及高诱注记,在雁门之北委羽山上有烛龙,长千里,人面龙身而无足,衔烛以照太阴,开眼为昼,闭眼为夜,吹气为冬,呼气为夏。以其地极寒,又称寒门。二句谓烛龙睁眼,代替了太阳。③“日月”句:此句一作“日月之

赐不及此”。此，指幽州。④燕山：山名，在今天津蓟县东南六十里。东经河北玉田、丰润县，直抵海滨，绵延数百里。大如席：形容雪片之大。⑤轩辕台：旧址在今河北怀来县乔山上。轩辕，黄帝。⑥思妇：在闺中思念丈夫远行的妇人。⑦双蛾摧：双眉低垂。蚕蛾头部有弯曲细长的触须，古人以比妇人美眉，称蛾眉，即娥眉。⑧救边：谓边塞战事紧而驰援。⑨虎文金鞞靫（bǐng chā）：绘有虎文的箭袋。鞞，当作鞴（bù），鞴靫即箭袋。⑩“黄河”句：《后汉书·朱浮传》：“奈何以区区渔阳而结怨天子？此犹河滨之人捧土以塞孟津，多见其不知量也！”此化用之。⑪雨（yù）：下，这里用作动词。裁：去除。

[评析]

《北风行》作为旧题乐府，原是伤北风雨雪，行人不归。李白此诗经过提炼、熔铸，在这一一般题材中，开掘出揭露战争罪恶、同情人民疾苦的深刻主题，赋予了这一旧题乐府新的现实意义。诗的前六句写景，刻画北方苦寒，着意渲染北风雨雪，既为下面预设了伏笔，作了铺垫，也奠定了全诗阴郁凄寒的基调。诗的后十四句，则着意于“幽州思妇”形象的塑造，先是借助于“停歌”、“罢笑”、“双蛾摧”、“倚门望”、“念君”等一连串的动作，刻画人物愁肠百结、忧心忡忡的心理，然后又通过设置“虎文金鞞靫”的细节，写其睹物怀人，最后则写其在获悉丈夫战死后，不忍触物伤情而将鞞靫焚毁，写其由思妇变而为孀妇后，一步步跌入绝望的痛苦深渊。最后两句，又以反衬手法，揭示其悲愤难抑的强烈感情。诗人以思妇的悲剧揭露了战争给人民带来的深重苦难。

此诗引用《淮南子·地形训》中的烛龙神话，以展示幽冷严寒的境界，又以“燕山雪花大如席”来描写大雪纷飞的形象，这些都突出体现了李白诗歌特有的艺术想象力。

古朗月行①

小时不识月，呼作白玉盘。又疑瑶台镜②，飞在青云端。仙人垂两足，桂树作团圆[③]。白兔捣药成[④]，问言与谁餐？蟾蜍蚀圆影[⑤]，大明夜已残[⑥]。羿昔落九乌，天人清且安[⑦]。阴精此沦惑[⑧]，去去不足观。忧来其如何？恻怆摧心肝。

［注释］

①此诗或作于天宝十二载(753)。朗月行，乐府《杂曲歌辞》旧题。鲍照《朗月行》叙闺阁玩赏，对月弦歌，李白这里袭其题而另赋新意。②瑶台：神仙居处。见前《清平调三首》之一诗注。③“仙人”二句：传说仙人吴刚月宫中斫桂树，每斫辄合。《太平御览》卷四：“虞喜《安天论》曰：俗传月中仙人桂树，今视其初生，见仙人之足渐已成形，桂树后生焉。”④捣药：古代神话月宫有捣药兔。见前《把酒问月》诗注。⑤蟾蜍：即蛤蟆，传说蟾蜍食月。《淮南子·精神训》：“日中有踆(cūn)乌，而月中有蟾蜍。日月失其行，而薄蚀无光。”圆影，即月。李白《古风五十九首》其二“蟾蜍薄太清，蚀此瑶台月”即此意。⑥大明：此指月。《文选》卷十二木华《海赋》：“大明摭辔于金枢之穴。”李善注：“大明，月也。”大，原作“天”，据他本改。⑦羿：古之善射者。传说尧时天上十日并出，草木枯焦，民无所食。尧命羿仰射十日，中其九日，日中九乌皆死，堕其羽翼，故留其一日。见《淮南子·本经训》。天人：天与人。清且安：谓清静安宁。⑧阴精：谓月。张衡《灵宪》：“月者，阴精之宗，积而成兽，象兔。”沦惑：沉沦迷惑。

［评析］

此诗运用比兴寓托手法，借描写月亮，表达心系君国的情怀，感情深沉郁结。清人陈沆《诗比兴笺》曾云：“忧禄山将叛时作。月，后象；日，君象。禄山之祸，兆于女宠。故言蟾蜍蚀月明，以喻宫闱之蛊惑。九乌无羿射，以见太阳之倾危。而究归诸阴精沦惑，则以明皇本英明之辟，若非沉溺色荒，何以安危乐亡而不悟耶！危急之际，忧愤之辞。”此解颇能道诗之旨意！只是对于诗人之比兴寓托，不能字字附会，过于穿凿，应从整体上把握。另外，在艺术表现上，此诗颇见巧意。诗人首先从小时候对月的浪漫遐想写起，诗的前八句都是围绕儿童对月的稚气的认识写来，一“呼”一“疑”一“问”，将儿童天真烂漫之态传达得非常逼真，生动而传神，赋予诗歌浪漫、飘逸、明丽的感情色调。而后八句,写蟾蜍蚀月、阴精沦惑,赋予其现实政治内涵,诗之感情色调也陡然变得阴沉郁抑。诗人以前一层的明朗飘逸衬托后一层的阴郁,使前后两层色调形成鲜明的反差,有力地表现了诗人对朝政的忧患。

宣州谢朓楼饯别校书叔云①

弃我去者,昨日之日不可留;乱我心者,今日之日多烦忧。长风万里送秋雁,对此可以酣高楼②。蓬莱文章建安骨③,中间小谢又清发④。俱怀逸兴壮思飞⑤,欲上青天览明月⑥。抽刀断水水更流,举杯消愁愁更愁。人生在世不称意⑦,明朝散发弄扁舟⑧。

[注释]

①此诗是李白天宝十二载(753)秋在宣州所作。宣州,今安徽宣城。谢朓楼,又称谢公楼,南朝齐诗人谢朓任宣城太守时所建。此诗题一作《陪侍御叔华登楼歌》。按,应以一作为是。叔华,李华,字遐叔,开元中进士,天宝十一载监察御史,为权贵所嫉,不容于御史府,除右补阙。以文章名天下。②酣高楼:在高楼酣饮。③蓬莱:指东汉藏书处东观。《后汉书·窦章传》:"是时学者称东观为老氏藏室,道家蓬莱山。"李贤注:"言东观经籍多也。蓬莱,海中神山,为仙府,幽经秘录并皆在焉。"建安骨:即建安风骨。东汉建安时,三曹及"建安七子"诗文风操磊落,梗概多气,风骨道上,称为"建安体"。④小谢:此指谢朓。谢朓,见前《金陵城西楼月下吟》诗注。⑤逸兴:超逸豪放的兴致。壮思:情思壮大。⑥览:同"揽"。⑦称意:合意。⑧散发:弃冠簪而隐。此句用范蠡事。见前《古风》(其十六)诗注。

[评析]

此诗李白陪李华登谢朓楼游赏,但诗中没有多少客套、应酬的成分,除了"蓬莱文章建安骨"一句写到了李华以外,其余诗人皆立足自我以抒情,见出感受的强烈和深切。诗的开头四句,如天马行空,神龙出海，陡起壁立，直抒郁结，以重叠复沓的语言和长达十一字的句式抒情，从中可见诗人忧愤之长久而深广。中间六句，从苦闷忧愤转写诗人骋目远望时的豪情逸兴，感情基调陡然由低转高。“小谢”一句，以谢朓自比，体现了对自己才能的自信。“俱怀”二句，更是酒酣兴发，飘然欲飞，直欲上青天揽取明月。诗人逸兴遄飞，至此而极！最后四句，由骋目远眺转而俯瞰眼前宛溪水，诗人也由自由驰骋的幻想世界重新回到现实之中，感情基调也一落千丈，重又陷入低沉郁抑之中。“抽刀”一句，奇特生新，极有想象力，见出诗人为摆脱苦闷而竭力自振的努力。最后两句，则是诗人在理想与现实尖锐冲突的情况下，寻求解脱的途径。整首诗感情瞬息万变，起落无端。与此相应，诗在艺术结构上也腾挪跌宕，断续无迹，二者在诗人笔下，得到了完美的结合。正是如此，全诗读来才回肠荡气，带给人强烈的艺术感染力。

听蜀僧濬弹琴[①]

蜀僧抱绿绮[②]，西下峨眉峰[③]。为我一挥手[④]，如听万壑松[⑤]。客心洗流水[⑥]，余响入霜钟[⑦]。不觉碧山暮，秋云暗几重[⑧]。

［注释］

①此诗当是天宝十二载（753）在宣城所作。蜀僧濬，当即李白《赠宣州灵源寺仲濬公》中仲濬公。②绿绮：琴名。傅玄《琴赋序》：“楚庄有鸣琴曰绕梁，司马相如有琴曰绿绮……皆名器也。”③“西下”句：谓僧濬自蜀中而来。④挥手：谓手挥琴弦也。嵇康《兄秀才公穆入军赠诗》：“目送归鸿，手挥五弦。俯仰自得，游心太玄。”⑤万壑松：谓琴声如千山万壑的松涛声，气势宏伟而境界清幽。⑥“客心”句：客心，尘俗之心，与本心相对，又称客尘。流水，用伯牙鼓琴事。《列子·汤问》：“伯牙善鼓琴，钟子期善听。伯牙鼓琴，志在登高山，钟子期曰：

'善哉,峨峨兮若泰山。'志在流水,钟子期曰:'善哉,洋洋兮若江河。'伯牙所念,钟子期必得之。"此句谓琴心高妙如流水,使自己的客中情怀为之一洗。⑦"余响"句:余响,琴曲余音。霜钟,《山海经·中山经》:"(丰山)有九钟焉,是知霜鸣。"郭璞注:"霜降则钟鸣,故言知也。物有自然感应而不可为也。"此指秋晚佛寺暮钟。⑧"不觉"二句:谓听琴入神,不觉天已向晚。

[评析]

这是一首描写音乐的诗。首联就题而起,先着笔于僧濬,叙其从峨眉来,及怀抱绿绮名琴,以突出其清奇不凡。颔联正写琴声,写僧濬挥手之际,清音汩汩从指尖流出,如同清风吹入松林,汇聚成千林万壑中的阵阵松涛。此两句由琴声之高妙,以见僧濬灵心之清空不染。颈联两句诗人立足于"我",写琴声入耳恰如清泠的山泉从心间流过,将世间一切的烦恼荡涤净尽,而琴声终止之后,余响遗韵仍飘散于山野上空,与霜天薄暮时分的山寺钟声融合在了一起。这两句重在写听琴时的艺术感受,从侧面见出僧濬琴技之高超。结尾两句,写听完僧濬弹琴,不知不觉,天色已晚,见出听琴时入迷之深。

此诗在艺术表现上有两个显著特点:一是侧重从旁烘托。全诗除了"万壑松"一语正写琴声,其他都是着墨于听琴时的主观感受,不重刻画,不在僧濬弹琴技法上做文章,也没有像一般的描写音乐的诗那样,将听觉形象转化成视觉形象;正是如此,诗才能遗貌取神,而有自然神致,在自然之中传清空之韵,令人回味不尽。二是典故的运用妙合无迹、自然恰切。诗中主要运用了伯牙鼓琴与嵇康"手挥五弦"之典,这两个典故的共同点在于志趣高远、清雅脱俗。诗人引而入诗,不仅表现了僧濬离尘出世的情趣,也表达了诗人心期古人的超卓襟怀,妙在如盐入水,泯然无迹而又自然恰当。

谢公亭[1]

谢亭离别处,风景每生愁[2]。客散青天月[3],山空碧水流。池花春映日，窗竹夜鸣秋[4]。今古一相接[5]，长歌怀旧游。

［注释］

①此诗是李白天宝十二载(753)在宣城所作。谢公亭，谢朓任宣城太守时建，在宣城县北二里。题下注云："盖谢朓、范云之所游。"宋叶廷珪《海录碎事》卷四："谢公亭在宣城，太守谢玄晖置。范云为零陵内史，谢送别于此，故有《新亭送别》诗。"②"风景"句：谓风景因无人欣赏而寂寞。③客：指谢朓。④"池花"二句：写春去秋来，时光流逝。⑤今古：今是诗人自指，古指谢朓。

［评析］

这首诗由谢公亭发端，通过描写谢朓当年与范云作别后山川之寂寞，表达心契古人的情怀，同时也见出现实中诗人因为人生失意而产生的精神上的孤独与寂寞。开头两句，诗人赋情于山川景物，写谢朓与范云别后山川竟因无人欣赏而生愁。中间四句也承"生愁"而来，写山川景物之寂寞。三、四两句从大处着眼，青天、明月、空山、碧水开阔而高远，五、六两句则从细处着眼，由色到声，体物细致。最后两句直接抒发对古人的神往之情，"今古一相接"五字，一笔而排除了古今时间上的界限，直接进入到与古人神交的境界。李白《金陵城西月下吟》中有"古来相接眼中稀"，传达的即是此意。前人谓此句"尽古今人道不得，神理、意致、手腕，三绝也"，便道出其雄健雅深的笔力。总之，这首诗与一般意义上怀古诗的着意致慨不同，而是着意传达精神上与古人之相通与契合，表现诗人超卓的精神旨趣。整首诗绝去町畦，迥出尘外，读来神清意远，令人回味无尽。

送储邕之武昌[1]

黄鹤西楼月[2]，长江万里情。春风三十度[3]，空忆武昌城。送尔难为别，衔杯惜未倾[4]。湖连张乐地[5]，山逐泛舟行。诺谓楚人重[⑥],诗传谢朓清[⑦]。沧浪吾有曲[⑧],寄入棹歌声[⑨]。

[注释]

①此诗约作于天宝十三载(754)。储邕,事迹不详。李白开元十四年(726)在扬州,作有《别储邕之剡中》,诗云:"借问剡中道,东南指越乡。舟从广陵去,水入会稽长。竹色溪下绿,荷花静里香。辞君向天姥,拂石卧秋霜。"武昌,县名,唐时属鄂州江夏郡,今属湖北武汉市。②黄鹤楼:见前《黄鹤楼送孟浩然之广陵》诗注。③三十度:谓初游武昌至此时已三十年。④"送尔"二句:谓不愿最后作别,故连杯中酒也不忍倾尽。倾,干杯。⑤张乐:奏乐。《庄子·天运》:"帝张咸池之乐于洞庭之野。"谢朓《新亭渚别范零陵云》:"洞庭张乐地,潇湘帝子游。"张乐地,指洞庭湖。⑥"诺谓"句:《史记·季布栾布列传》:"楚人谚曰:'得黄金百斤,不如得季布一诺。'"此句意谓相别时储邕以诺言相许。⑦"诗传"句:谓储邕诗能传谢朓清丽之风。⑧沧浪:《孟子·离娄上》:"有孺子歌曰:'沧浪之水清兮,可以濯我缨;沧浪之水浊兮,可以濯我足。'"⑨"寄入"句:棹歌,划船而歌。见前《越女词五首》诗之三注。李白《淮阴书怀寄王宗成》诗云:"远寄棹歌声。"与此近似。

[评析]

此诗为送别故人而作,开头四句先就友人所往之地武昌着笔,表达对黄鹤楼江月的缅怀之情,健笔凌空,情韵兼胜。中间四句就送别而言,先着笔离筵,表达惜别之情;再设想别后友人乘舟远行,进一步渲染离情,也是笔墨流走、毫不郁滞。结尾四句则分写客主双方,在称赞友人的同时,表达心期江湖之志,又有清旷散朗、飘然闲逸之致。诗虽为排律,但援古以入,故而意脉畅达,读来如行云流水,前人谓"如列子御风而行,泠然善也",可谓清赏妙会!

独坐敬亭山[①]

众鸟高飞尽,孤云独去闲。相看两不厌,只有敬亭山。

[注释]

①此诗当是天宝十二载(753)李白在宣城所作。敬亭山,在今安徽宣城北十二里。

[评析]

这首诗语短意长,意味隽永,耐人回味。诗歌围绕题中的“独”字展开。头两句写鸟飞云去,旨在侧面烘托“独”字,意谓山中之物都已尽去,势若厌而远之,而“我”独不然也。后两句则正面写“独”,妙在偏扯山伴说,于独中转说出不独来,就效果而言,有更见其“独”之效。“相”、“两”字下得奇;“只有”二字,则不仅见出诗人对敬亭山的喜爱之情,同时更凸显了诗人“胸中自有千古,眼底更无一人”之襟抱。正是因为如此,在作者心目中,只有敬亭山可相看共语。黄生《唐诗摘抄》谓此诗乃“贤者自表其节,不肯为世推移也”,可谓深得诗人之心者。

秋浦歌十七首(其十五)[①]

白发三千丈,缘愁似个长[②]。不知明镜里[③],何处得秋霜[④]?

[注释]

①此诗是李白天宝十三载(754)在宣城所作。《秋浦歌十七首》是一组吟咏秋浦地方风物的诗,此为其中第十五首。秋浦,县名,唐时所置,今安徽贵池市。以秋浦水得名。②缘:因。个:唐人俗语,犹言这、那。③明镜:秋浦溪水清澈见底,有如明镜。④秋霜:喻白发。

[评析]

这首诗虽然短,在理解上却并不简单,关键的环节有两个:一是“个长”。“个”这里是有“这”、“那”的意思;不过从诗中看,“个”之所指却并不明确。二是“明镜”。过去皆将“明镜”理解为一般意义上的镜子。按这种意义理解诗义,无论如何都给人扞格难通之感。其实,从《秋浦歌》作为李白吟咏秋浦地方风物民情的组诗,每一首都分别吟咏秋浦某一风物的角度看,这首诗也应与地方风物有关。据此,“明镜”应是借以指秋浦明澈见底的溪水,诗人是以“明镜”指代秋浦水(李白诗中以“明镜”代指水流并不乏其例,像《秋登宣城谢朓北楼》中“两水夹明镜,双桥落彩虹”即以明镜喻水)。与此相应,“个长”之“个”,也是指秋浦溪,说愁苦像眼前的清溪一样长——这与李白为诗常以水喻情是一致的。只有这样理解,首句“白发三千丈”才不至于显得突兀!这样说来,此诗实是由秋浦溪水生发,描写诗人临水自照,由两鬓白发寄慨,表达对壮志未酬而人已先衰的愤郁之情。诗人置身山水清秀之境,却耿耿不忘身世,见出感情之强烈与深广。诗虽短小,而有波澜起伏之致,洵非寻章摘句者所能及!

赠汪伦[①]

李白乘舟将欲行,忽闻岸上踏歌声[②]。桃花潭水深千尺[③],不及汪伦送我情。

[注释]

①此诗是李白天宝十三载(754)在宣州游泾县时过汪氏别业而作。汪伦,字凤林,尝官泾县令,为唐时知名士。此诗题下有注云:“白游泾县桃花潭,村人汪伦常酝美酒以待白。伦之裔孙至今宝其诗。”②踏歌:连手踏地为节拍而歌。唐人一种歌乐形式。③桃花潭:在泾县西南一百里,为泾川上游。

[评析]

这首诗语近情遥,情韵俱美,自然天成,虽若随口吟出,但细味之,又别有风致。诗的前两句叙事,一直一曲,先直笔自写乘舟欲行,次句着眼于送者,却落笔于岸边歌声。后两句抒情,分别接应前两句。第三句接应首句，点明乘舟欲行之地在桃花潭。第四句接应次句，点明踏歌声原是来自汪伦的殷勤相送。这两句抒情的特色在于，不直接写汪伦送行之情，而是以桃花潭水作喻；而且诗人以水比情，脱去了一般以情就水的俗套，既生动形象，耐人寻味，又有生新奇妙之效。清人沈德潜所谓“若说汪伦之情比于潭水千尺，便是凡语，妙境只在一转换间”，便指出了这一点，颇可启发我们。

当涂赵炎少府粉图山水歌①

峨眉高出西极天②，罗浮直与南溟连③。名工绎思挥彩笔④，驱山走海置眼前。满堂空翠如可扫⑤，赤城霞气苍梧烟⑥。洞庭潇湘意渺绵⑦，三江七泽情洄沿⑧。惊涛汹涌向何处？孤舟一去迷归年。征帆不动亦不旋，飘如随风落天边。心摇目断兴难尽，几时可到三山巅⑨？西峰峥嵘喷流泉，横石蹙水波潺湲⑩。东崖合沓蔽轻雾⑪，深林杂树空芊绵⑫。此中冥昧失昼夜，隐几寂听无鸣蝉。长松之下列羽客⑬，对坐不语南昌仙⑭。南昌仙人赵夫子，妙年历落青云士⑮。讼庭无事罗众宾⑯，杳然如在丹青里。五色粉图安足珍，真山可以全吾身。若待功成拂衣去，武陵桃花笑杀人⑰。

［注释］

①此诗是李白天宝十四载(755)在宣城所作。赵炎，当涂县尉。少府，县尉。粉图，画图。②峨眉：山名。见前《峨眉山月歌》诗注。西极：西方。③罗浮：山名，在今广东省博罗县西北，为粤中名山。《元和郡县志》卷三十五《岭南道·循州·博罗县》：“罗浮山，在县西北二十八里。罗山之西有浮山，盖蓬莱之一阜，浮海而至，与罗山并体，故曰罗浮。”南溟：南海。④绎思：推究思考，此指构思、联想。⑤空翠：谓山色碧绿。⑥赤城：山名，在今浙江天台县北六里。见前《梦游天姥吟留别》诗注。苍梧：山名，即九疑山。见前《远别离》诗注。⑦洞庭潇湘：

见前《远别离》诗注。渺绵:绵延不断。⑧三江:三江之名不一。汉郑玄云:“江水发源蜀地,最居上流,下至湖广,汉江之水自北来会之,又下至江西,则彭蠡之水自南来会之,三水合流而东,以入于海,所谓三江既入也。”七泽:司马相如《子虚赋》称“楚有七泽”。后只称云梦一泽,余六泽皆未详其名。洄沿:逆流而上曰溯洄,顺流而下曰沿。⑨三山:道教谓海上有方丈、瀛洲、蓬莱三仙山。⑩蹙(cù):阻抑。⑪合沓:重叠、攒聚。⑫芊绵:草木繁茂。⑬羽客:仙人。⑭南昌仙:谓汉人梅福。梅福,字子真,九江寿春人。少学长安,为郡文学,补南昌尉。后去官归寿春。王莽篡汉,梅福弃妻子去九江,后传闻成仙。事见《汉书·梅福传》。此以梅福指赵炎。⑮妙年:谓少壮之年。历落:磊落,襟怀坦荡。青云:喻志向高远。⑯讼庭:讼堂,古代审理诉讼案件之所。⑰“若待”二句:用陶渊明《桃花源记》意,谓宜及早退隐。

[评析]

这是一首题画诗,在李白的诗中显得尤为珍贵。诗人通过夸饰与联想,以如椽巨笔,不仅艺术地再现了山水壁画的意境,同时借以表达了对归隐自然的向往。全诗先是在总体上概略地描述画面森罗万象、雄伟奇壮的形象,再由大到小、由远渐近地对画中景物作细致具体描写。最后则由景到人,并从画面的幻景中回到现实中。层次井然,脉络清晰。在艺术表现上,此诗的最大特点在于“以画为真”,诗人将画中的山水当作真实的存在,在沉浸于画的艺术世界时,就如同置身于真实的山水世界一样。正是如此,此诗读来给人以力斡造化、元气淋漓之感。同时,作为诗歌,诗人没有受绘画的局限,而是运用想象,扩展、丰富了画面的内容。比如“征帆不动亦不旋,飘如随风落天边”二句,赋予在画面上被定格的静景以动态,别有趣味与妙处。“心摇目断兴难尽,几时可到三山巅”二句,则反映了诗人对画中景的神往,这里,画与真已完全融合在一起了!《唐宋诗醇》评云:“写画似真,亦遂驱山走海,奔辏腕下。‘杳然如在丹青里’,又以真为画,各有奇趣。康乐之模山范水,从此别开生面。”所论甚是!

与南陵常赞府游五松山[①]

安石泛溟渤，独啸长风还。逸韵动海上，高情出人间[②]。灵异可并迹[③]，澹然与世闲。我来五松下，置酒穷跻攀[④]。征古绝遗老[⑤]，因名五松山。五松何清幽，胜境美沃洲[⑥]。萧飒鸣洞壑，终年风雨秋。响入百泉去，听如三峡流[⑦]。剪竹扫天花[⑧]，且从傲吏游[⑨]。龙堂若可憩[⑩]，吾欲归精修。

［注释］

①此诗当为诗人天宝十四载（755）秋在宣州所作。南陵，县名，属江南西道宣州，即今安徽南陵县。常赞府，名不详。赞府，县丞。五松山，《舆地纪胜》卷十九《宁国府》："五松山在铜陵县南铜官西南，山旧有松，一本五枝，苍鳞老干，翠色参天。"《唐音癸签》卷十六："五松山，在南陵铜井西，初不知何名。李白以其山有松，一本五干，苍翠异恒，题今名。"此诗题下有注云："山在南陵铜井西五里，有古精舍。"②"安石"四句：用谢安事。《世说新语·雅量》："谢太傅盘桓东山时，与孙兴公诸人泛海戏。风起浪涌，孙、王诸人色并遽，便唱使还。太傅神情方王，吟啸不言。舟人以公貌闲意说，犹去不止。既风转急，浪猛，诸人皆喧动不坐。公徐云：'如此，将无归！'众人即承响而回。于是审其量足以镇安朝野。"泛，乘舟浮行。溟渤，泛指大海。逸韵，高逸的韵致。③"灵异"句：谓探幽览胜，与神明合迹。灵异，谓山川之神明。④跻攀：攀登。⑤"征古"句：谓遗老皆亡，无以知此山之原。⑥沃洲：山名，在今浙江新昌县东。施宿《会稽志》卷九："沃洲山在（新昌）县东三十二里，晋白道猷、法深、支遁皆居之。戴、许、王、谢十八人与之游，号为胜会，亦白莲社之比也。"⑦"萧飒"四句：皆以状五松涛声之美。⑧天花：佛教语，谓天界仙花。此指落花。因山有佛教精修之所，故言。⑨傲吏：不为礼法所屈的官吏。此指常赞府。⑩龙堂：此指五松山上修佛之精舍。《江南通志》卷三十四："龙堂精舍，在铜陵县五松山。李白《与南陵常赞府游五松山》诗有'龙堂若可憩，吾欲归精修'之句。"

[评析]

此诗与常赞府同游五松山，但除了“且从傲吏游”一句之外，并无一语及之，而是主要着眼于自我抒情。开头六句，以谢安自比，塑造自我襟抱非凡、洒然自若的形象。“我来五松下”以下十句，是诗的主导部分，先是叙述为五松山取名，再描写五松山的景物。写景时，则是先直接赞美五松山景致清幽，胜过了越中名胜沃洲，再从松涛与泉声两个方面着笔，具体描写山景。“响入百泉去，听如三峡流”二句，清新明快，生动传神。结尾四句点题，并顺理成章地表达在五松山精修的愿望。整首诗意脉条贯，自然流畅，在淡然朴素中体现出诗人超越世俗的精神追求。结句“吾欲归精修”，隐然透露出诗人不为世用的落寞与孤寂之意。

宿五松山下荀媪家[①]

我宿五松下，寂寥无所欢。田家秋作苦，邻女夜舂寒[②]。跪进雕胡饭[③]，月光明素盘。令人惭漂母[④]，三谢不能餐。

[注释]

①此诗或为诗人天宝十四载(755)秋在宣州所作。五松山，见前《与南陵常赞府游五松山》诗注。媪(ǎo)，老妇。②舂(chōng)：用杵臼捣去谷物的皮壳。③雕胡：菰米。④漂母：漂洗衣物之老妇，此以喻荀媪。《史记·淮阴侯列传》：“淮阴侯韩信者，淮阴人也……钓于城下，诸母漂，有一母见信饥，饭信。竟漂数十日。信喜，谓漂母曰：‘吾必有以重报母。’母怒曰：‘大丈夫不能自食，吾哀王孙而进食，岂望报乎？’……汉五年正月，徙齐王信为楚王，都下邳。信至国，召所从食漂母，赐千金。”李白这里自比韩信。

[评析]

这是李白晚年所作的一首诗。开头两句自写，“寂寥”见出诗人不为世用时抑郁落寞的精神心理。中间四句，哀民生之多艰，以“秋作苦”、“夜春寒”写田家生活之苦勤。结尾两句，颇堪寻味。从字面上看，诗句表达的是李白对宿于荀氏老妇家受到殷勤款待的感激之意，而实际上又并非如此简单。这里，李白表达感激之情，用的是韩信当年受漂母之恩而后以重金相报之事典。有意思的是，这一事典在李白诗文中运用较多，像“千金答漂母，万古共嗟称”（《赠新平少年》）、“饥从漂母食，闲缀羽林简”（《玉真公主别馆苦雨赠卫尉张卿二首》其二）、“欣得漂母迎，斗酒烹黄鸡”（《淮阴书怀寄王宗成一首》）等皆是。这些用例皆从正面运用事典，或写韩信接受漂母所馈，或写韩信千金谢漂母，暗中皆有以韩信自比，见其重然诺、尚节义之品格。而此诗“令人惭漂母，三谢不能餐”，则从反面用典，“惭”、“不能餐”者，皆非原典所有，抽离了原典中重金相报之义，这反映了李白虽仍用韩信事典，但对自己的人生已然看得很透彻，故而没有了此典原有的重然诺之意，而是传达了一种无以为报的歉疚与遗憾，个中的悲凉与落寞自是不难体会。因此，所谓“惭”以至于“不能餐”者，分明有李白体认自身命运的悲剧意味在焉！

扶风豪士歌[①]

洛阳三月飞胡沙，洛阳城中人怨嗟。天津流水波赤血，白骨相撑如乱麻[②]。我亦东奔向吴国，浮云四塞道路赊[③]。东方日出啼早鸦，城门人开扫落花[④]。梧桐杨柳拂金井[⑤]，来醉扶风豪士家。扶风豪士天下奇，意气相倾山可移[⑥]。作人不倚将军势[⑦]，饮酒岂顾尚书期[⑧]。雕盘绮食会众客[⑨]，吴歌赵舞香风吹[⑩]。原尝春陵六国时，开心写意君所知。堂中各有三千士，明日报恩知是谁[⑪]？抚长剑，一扬眉[⑫]，清水白石何离离[⑬]。脱吾帽，向君笑，饮君酒，为君吟。张良未逐赤松去，桥边黄石知我心⑭。

[注释]

①此诗是李白天宝十五载(756)春三月于溧阳所作的。扶风豪士，指祖籍扶风的豪侠之士。扶风，即岐州，天宝元年改为扶风郡，治所在陕西凤翔县。②"洛阳"四句：天宝十四载十二月安禄山叛军攻陷东都洛阳，次年春消息传至江南。四句想象洛阳被叛军破坏的景况。胡沙，犹言胡尘，指叛军。安禄山为杂胡人，故称。天津，洛阳桥名。见前《古风》(其十六)诗注。③"我亦"二句：本年春李白北上宋城，接妻子宗氏后南奔。浮云四塞，喻乱时北方浓云密布。赊，远。④"东方"二句：谓京洛乱离，江南则太平自若，一如平常。⑤金井：井栏雕饰精美。见前《长相思》诗注。⑥"意气"句：谓已与豪士意气相投，气可移山。⑦"作人"句：谓扶风豪士为人不倚仗权势。辛延年《羽林郎》："昔有霍家奴，姓冯名子都。依倚将军势，调笑酒家胡。"此反用其义。⑧"饮酒"句：《后汉书·陈遵传》载：遵嗜酒好客，每宴客，闭门，将客人车辖抛入井中，使不得早去。某刺史因此被留住，大窘，乘遵醉酒，入内室拜遵母，说明与尚书约定时间奏事，急须前往。遵母因指示后门使去。此谓豪士饮酒，不像那位刺史还考虑尚书的约请。期，约会。⑨雕盘绮食：餐具精美，食品丰盛。⑩吴歌赵舞：古称吴姬善歌，赵女善舞。此泛指侑餐歌舞之美。⑪"原尝"四句：用战国四君子事：赵平原君、齐孟尝君、楚春申君、魏信陵君，均以豪侠尚贤称，各养门客三千。开心写意，《后汉书·马援传》："且开心见诚，无所隐伏。"《战国策·赵策》："忠可以写意。"写，通"泻"，倾沥之意。明日报恩，四君子门客多为食客，平时不露形迹，关键时刻则挺身报恩，如冯驩等。⑫"抚长剑"二句：江晖《雨雪曲》："恐君犹不信，抚剑一扬眉。"⑬"清水"句：用古乐府《艳歌行》："语卿且勿眄，水清石自见。"谓已胸怀光明磊落。离离，清晰貌。⑭"张良"二句：张良，字子房。佐刘邦得天下，封留侯。自言"愿弃人间，从赤松子游"。传少时在下邳圯桥上遇仙人黄石公，得所受《太公兵法》。事见《史记·留侯世家》。此二句，李白以张良自比，自述其志。

[评析]

此诗就内容而言，原不过是写自己饮于扶风豪士家，但诗人善于运用皴染的方法，先是从安史叛军攻陷洛阳写起，再归结到自己东奔，并由天下乱时，自己做客于豪士家，联想到战国四君子之好贤养士，将扶风豪士归为四君子之流，并以豪士门客自认，从而顺理成章地为下文自比张良、抒发乘时而起的怀抱作了铺垫。借历史人物抒情言志，本是李白诗歌艺术表现上的重要特点，此诗特出之处更在于，李白由做客豪士家而联想到战国四君子之好贤养士，实质上反映了他以历史的眼光看待安史之乱，将当时的唐王朝视为乱世的历史意识。正是如此，诗中字里行间流露出诗人鲜明的感奋豪荡的情怀，既见出作者强烈关注现实、感时伤乱之意，更反映了诗人受纵横家思想的深刻影响，意欲乘时而起的热切愿望。前人或有以此诗为李白"作快活语"者，并未注意到这种感奋豪荡中所内含的强烈关注现实之义，实乃皮相之见！

作为七言歌行，此诗意兴豪迈，节奏奔放，句法与音节极尽变化，清人赵执信谓此诗"歌行之极则，神变不可方物矣"，正揭示了这一点。

答湖州迦叶司马问白是何人①

青莲居士谪仙人②，酒肆藏名三十春③。湖州司马何须问，金粟如来是后身④。

［注释］

①此诗当是至德元载(756)李白自宣城避地剡中，途经湖州时所作。湖州，《元和郡县志》卷二十五《江南东道·湖州》："隋平陈，废吴兴郡，仁寿二年于此置湖州。"治所在今浙江湖州市。迦叶，西域姓氏，天竺人。②青莲居士：李白自号。其《答族侄僧中孚赠玉泉仙人掌茶序》云："后之高僧大隐，知仙人掌茶发乎中孚禅子及青莲居士李白也。"李白自号青莲，或出于对佛教的信仰。《维摩诘经·佛国品》："目净修广如青莲。"僧肇注："天竺有青莲华，其叶修而广，青白分明有大人目相，故以为喻也。"居士：居家奉佛。谪仙人：李白《对酒忆贺监诗序》："太

子宾客贺公于长安紫极宫一见余，呼余为谪仙人，因解金龟换酒为乐。”③酒肆：酒店。三十春：三十年。李白自开元十二三年出游襄、汉，以“酒隐安陆”之年计，三十春为五十六七岁，适在至德元载左右。④金粟如来：佛名，即维摩诘大居士。《五色线》卷下：“《净名经义钞》：‘梵语维摩诘，此云净名，般提之子，母名离垢，妻名金机，男名善思，女名月上。过去成佛，号金粟如来。’”这里李白以净名大士自比。

［评析］

谪仙人，李白《对酒忆贺监诗序》：“太子宾客贺公于长安紫极宫一见余，呼余为谪仙人，因解金龟换酒为乐。”李白生性旷达，诗中故往往有谐谑幽默之致，此诗即是如此。从题目看，诗本为回答迦叶司马之问而作，因为对方乃西域天竺人，诗人故以谐谑加之。诗的谐谑之处主要在开头和结尾二句。开头李白既自谓“青莲居士”，又自谓“谪仙人”，亦佛亦仙。结句由首句中“青莲居士”而来，放言“金粟如来是后身”。众所周知，传说金粟如来是维摩诘的前身，李白这里说“金粟如来是后身”，就把自己看作是维摩诘大居士了。这种“大言”，一者见出诗人兴致旷逸，同时也见其笑傲风流。前人评此诗时，或云：“逸致飘然，正以带谑，妙！第金粟自许，太过；且与酒肆不相应。若云刘伶后身，犹稍新切耳。”此言并不恰当。今按，自许金粟之过，正是此诗谐谑效果的体现，没有了这种过头话，也就削弱了谐谑的效果；同时，果如所言，云刘伶后身，虽与酒肆藏名相应，但开头“青莲居士”却落了空。说到底，此诗就是以诞妄之言而产生谐谑效果的。

永王东巡歌十一首[①]（选一）

三川北虏乱如麻[②]，四海南奔似永嘉[③]。但用东山谢安石[④]，为君谈笑静胡沙⑤。

［注释］

①此诗作于肃宗至德二载(757)正月。组诗共十一首,此为其中第二首。永王,玄宗第十六子李璘,开元十三年(725)封永王。天宝十五载(756),玄宗奔蜀途中,诏令永王为山南东道及岭南、黔中、江南四道节度、采访等使,江陵大都督。七月,肃宗即位灵武,改元至德,命永王归觐于蜀,永王不奉诏。十二月,永王水军东下,三次遣使召时在庐山隐居的李白入幕,李白欣然奉召。此组诗即作于李白入幕后。②三川:河、洛、伊三川襟带洛阳,这里指洛阳一带。北虏:对安史叛军的蔑称。③"四海"句:谓当时北人南奔,似晋代之"永嘉之乱"。西晋永嘉五年(311),匈奴君王刘曜攻陷洛阳,士庶南奔江左。④东山谢安石:谢安,字安石。东晋孝武帝太元八年(383),前秦苻坚南侵东晋,孝武帝征谢安为大都督。谢安时隐居东山,应时而起,最终赢得了"淝水之战"的胜利。这里诗人以谢安自比。⑤谈笑:形容很容易。静胡沙:谓平定安史叛乱。胡沙,见前《扶风豪士歌》诗注。

［评析］

李白的人生与"安史之乱"关联密切！自从天宝三载离开长安,在随后的十多年时间里,诗人一直在寻觅着人生新的出路,但始终未能如愿。安史之乱的爆发,让李白看到了人生的转机,他隐居庐山,静待时变。所以当永王李璘的水军东下,遣使召李白时,一直等待机会的李白便毫不犹豫地应召入幕,欲借以立奇功。这组诗,便是他加入幕府之后所写的。整组诗热情歌颂永王志在平胡,也表达了自己为国建功的情怀,笔致饱满,意兴豪迈,洋溢着浓烈的乐观情绪。这首诗也是如此。诗的头两句极写叛军攻陷洛阳后的乱象,突出安史叛军的嚣张气焰,为下文从反面作铺垫。后两句用谢安的典故,表达为国立功的抱负。"但用"、"谈笑",举重若轻,潇洒自若,有力地衬托了诗人对于王师出征的百倍信心,洋溢着非常乐观、畅快的情调。不过,在这种盲目的乐观中,李白丝毫没有意识到自己正一步步卷入到宫廷内部的权力之争中了,诗人的人生将因此而又一次面临沉重的打击——在永王水军覆灭后，因为附逆的罪名而系狱浔阳，旋又远谪夜郎，虽然这是此组诗创作不久之后的后话！

独漉篇①

独漉水中泥，水浊不见月。不见月尚可，水深行人没②。越鸟从南来，胡雁亦北度。我欲弯弓向天射，惜其中道失归路③。落叶别树，飘零随风。客无所托，悲与此同④。罗帏舒卷，似有人开。明月直入，无心可猜⑤。雄剑挂壁，时时龙鸣。不断犀象，羞涩苔生⑥。国耻未雪⑦，何由成名？神鹰梦泽，不顾鸱鸢。为君一击，搏鹏九天⑧。

［注释］

①此诗是至德二载(757)秋卧病宿松时所作。独漉篇，乐府《舞曲歌辞》旧题。晋古辞本为替父报仇主题，李白拟作以自写身世，表达为国雪耻之志。独漉，一作独禄，自来歧解纷呈，据诗意，当是水深泥浊之泽。②“独漉”四句：规拟古辞，以状处境艰危险恶。③“越鸟”四句：叙述从永王璘欲伸志而未果。④“落叶”四句：自述如离树落叶，无处寄托。⑤“罗帏”四句：自表心迹，谓己心如明月可鉴。⑥“雄剑”四句：以挂壁雄剑自比，表达报国无门。雄剑，春秋时，干将为吴王阖闾造两剑，雄曰干将，雌曰莫邪。龙鸣，颛顼帝有画影剑、腾空剑，不用时在匣中常作龙虎吟。断犀象，《文选》卷三十四曹植《七启》：“步光之剑……陆断犀象，未足称隽；随波截鸿，水不渐刃。”李周翰注：“言剑之利也。犀象之兽，其皮坚。渐，湿也。”羞，一本作“绣”。按文义，剑不能断犀象，且剑上生苔，剑应已生锈。应以作“锈”为是。“羞”乃“锈”之音误，“绣”为“锈”之形误。⑦国耻：谓安史之乱。⑧“神鹰”四句：谓己当如神鹰搏鹏，有以报援引者。《幽明录》载，楚王好猎，或以神鹰献，楚王以猎于云梦。初，鹰不为凡鸟所动，惟远瞻云际。俄顷，有一物鲜白，不辨其形，鹰乃竦羽而升，疾若飞电。须臾，羽堕如雪，血如雨下，有大鸟坠地，其翅广数十里，乃大鹏雏鸟。梦泽，楚有云泽、梦泽，皆大湖，合

称云梦。鸱鸢(yuān),泛指凡鸟。鸱,猫头鹰。鸢,鹞鹰。抟鹏,一作"鹏抟"。

[评析]

《独漉篇》晋古辞云:"独漉独漉,水深泥浊。泥浊尚可,水深杀我。雍雍双雁,游戏田畔。我欲射雁,念子孤散。翩翩浮萍,得风摇轻。我心何合?与之同并。空床低帷,谁知无人。夜衣锦绣,谁别伪真。刀鸣削中,倚床无施。父冤不报,欲活何为?猛虎班班,游戏山间。虎欲吃人,不避豪贤。"此古辞凡六解,每四句为一解,诗以为父报仇为旨。李白此诗依约古辞,亦六解,除第五解为六句外,其他各解皆为四句。不仅如此,在语言形式上,李白此诗除了前八句为五、七言外,后十八句也皆为四言,可谓思奇奥古。正是如此,此诗自来号称难解。清人沈德潜即感叹说:"晋人古词,本或断或续,太白亦以此体仿之。中三解未易窥测,恐强解之转成穿凿耳。"不过,从"我欲"两句以及"国耻未雪"等看,此诗应是李白因受永王璘牵累而系狱浔阳,宋若思为推覆洗雪而脱狱之后未久所作。诗人惧从璘之祸再发,虑前途之危险,因有此忧愤惝恍之词。一方面诗人为自己鸣冤辩白,同时又希冀能重新证明自己,所以在感情基调上此诗既悲愤深广,而又有一股掩不住的俊迈奔放之气。"落叶别树,飘零随风"、"罗帷舒卷,似有人开。明月直入,无心可猜"所能见的轻盈自如,以及"雄剑"以下八句所表现出的迈往雄杰,都体现出这一点。所以此诗虽从古辞夺换而出,但变化从心,其妙过之,可谓青胜于蓝也。

自巴东舟行经瞿唐峡登巫山最高峰晚还题壁[①]

江行几千里,海月十五圆[②]。始经瞿塘峡,遂步巫山巅。巫山高不穷,巴国尽所历[③]。日边攀垂萝,霞外倚穹石[④]。飞步凌绝顶,极目无纤烟。却顾失丹壑[⑤],仰观临青天。青天若可扪[⑥],银汉去安在[7]？望云知苍梧[8]，记水辨瀛海[9]。周游孤光晚[10]，历览幽意多。积雪照空谷，悲风鸣森柯[11]。归途行欲曛[12]，佳趣尚未歇[13]。江寒早啼猿，松暝已吐月。月色何悠悠，清猿响啾啾[14]。辞山不忍听，挥策还孤舟[15]。

［注释］

①此诗作于乾元二年(759)初，李白流放夜郎遇赦前夕。巴东，古巴东郡，后改名夔州，治所在奉节县。瞿唐峡，《方舆胜览》卷五十七夔州："在州东一里，旧名西陵峡，瞿唐乃三峡之门，两崖对峙，中贯一江，望之如门。"巫山，在夔州巫山县东，有十二峰，其下即巫峡。②"海月"句：谓江行途中已见月圆十五次，即历时一年余。③巴国：先秦古国名。《元和郡县志·剑南道·渝州》："古之巴国也，阆、白二水东南流，曲折如'巴'字，故谓之巴。然则巴国因水为名。武王伐殷，巴人助焉。其人勇锐，歌舞以凌殷郊，后封为巴子。"今重庆所辖皆为古巴国属地。历：即下文所言历览。④"日边"二句：极言巫山高耸。穹石，巨石。见前《望庐山瀑布二首》之一诗注。⑤却顾：回头看。丹壑：山谷。丹，色彩绚丽。⑥扪：摸。⑦银汉：银河。⑧苍梧：山名，即九疑山，在湖南宁远县境内。见前《远别离》诗注。⑨记：识。瀛海：大海。《史记·孟子荀卿列传》引驺衍之说，谓中国之外复有九州，有大瀛海环其外。⑩孤光：指日。鲍照《发后渚诗》："孤光独徘徊。"⑪森柯：茂密的树枝。⑫曛(xūn)：日落。⑬佳趣：清雅的情趣。见前《与从侄杭州刺史良游天竺寺》诗注。⑭清猿：谓猿声凄清。啾啾：鸣啼声。《楚辞·九歌》："猿啾啾兮狖夜鸣。"⑮策：竹杖。

［评析］

这首诗以近于游记的方式，完整地记述了游历巫山的经历。诗的前四句交代背景，总领全诗。"巫山"句以下十二句，围绕巫山之高展开。诗人以夸张的笔触，从各个方面渲染、夸饰巫山之高，极见惝恍神奇之意。"周游"句以下十二句写历览巫山之幽意，归结到日晚还舟，则又清冷逼人。整首诗以写景为主，不重抒情，仅"辞山不忍听"一句微露自伤之意，诗句细练调净，敛而不肆，在景物描写上偏于冷郁清寒，我们从清猿啼月、雪映寒空、山谷松风等意象中，都不难见出这一点。与李白山水诗多注重抒情不同,此诗见出诗人当忧患之际,虽豪迈不减,而怀抱未展,即便登临游目,犹未足释其怀也。正是如此,诗人才言多楚声,吟皆商调。这首诗由这里也可以看出,此次巫山之游,对于诗人而言,乃是一次孤独的精神之旅!

朝发白帝城①

朝辞白帝彩云间,千里江陵一日还。两岸猿声啼不尽,轻舟已过万重山②。

[注释]

①此诗作于乾元二年(759)。李白时流夜郎,行至白帝城遇赦东还。题一作《白帝下江陵》。白帝城,在夔州奉节县城东瞿塘峡口。东汉时公孙述所筑,古称鱼复。史载,公孙述初至鱼复,有白龙出井中,自以承汉土运,故称白帝,因改鱼复为白帝城。②"千里"三句:《水经注·江水》:"自三峡七百里中,两岸连山,略无阙处。重岩叠嶂,隐天蔽日,自非停午夜分,不见曦月。至于夏水襄陵,沿溯阻绝,或王命急宣,有时朝发白帝,暮到江陵,其间千二百里,虽乘奔御风,不以疾也。……每至晴初霜旦,林寒涧肃,常有高猿长啸,属引凄异,空谷传响,哀转久绝。故渔者歌曰:'巴东三峡巫峡长,猿鸣三声泪沾裳。'"尽,或作"住",误。"轻舟"句,一本作"须臾过却万重山"。

[评析]

李白为诗,除了精于乐府歌行以外,于七言绝句亦堪称圣手;而此诗又堪称"太白绝句中之绝出者",有人甚至推以为三唐压卷之作!其所以如此,在于诗人将舟行的感受体验,与遇赦之后的欣喜之情融为一体。故而读来也恰如轻舟直下,一气奔放,俊快宕逸,使人若置身三峡舟中,飞流而下,精神为之飞跃。在艺术表现上,诗写奇险之境,令人惊骇不已,作者却殊不经意,出之似不着一点气力。在句法上,全诗一气直下,又入以"猿声"一句,正如画家之布景设色,走处仍流,急语仍缓,避免了文势之伤于直致,见出诗人之收放自如,从心所欲。

峨眉山月歌送蜀僧晏入中京①

我在巴东三峡时,西看明月忆峨眉②。月出峨眉照沧海,与人万里长相随。黄鹤楼前月华白,此中忽见峨眉客③。峨眉山月还送君,风吹西到长安陌④。长安大道横九天,峨眉山月照秦川⑤。黄金师子承高座⑥,白玉麈尾谈重玄⑦。我似浮云滞吴越⑧,君逢圣主游丹阙⑨。一振高名满帝都,归时还弄峨眉月⑩。

[注释]

①此诗乾元二年(759)作于江夏(今湖北武汉)。中京,即长安。肃宗至德二载(757)十二月改西京为中京。②“我在”二句:李白开元十二年(724)出蜀时,曾作有《峨眉山月歌》,已见前录。巴东,郡名,治所在今湖北秭归县。此二句回忆初出蜀时。③峨眉客:指蜀僧晏。④陌:大道。⑤秦川:长安一带渭河川原,沃野千里,因旧属秦国,故称秦川。见前《乌夜啼》诗注。⑥“黄金”句:佛教以佛为人中师子,其趺坐之座为师子座。师,通“狮”。黄金狮子座,极言其庄严。⑦麈(zhǔ)尾:古代名士清谈时用以驱蝇、拂尘的工具,后成为名士身份的标志。白玉麈尾,即麈尾之柄以白玉制作而成。重玄:佛教的修行法门。在成佛果之前,重修无数劫以来所为凡夫之事,以此破除我执,泯尽人我、彼此之隔异。支遁《大小品对比要钞序》:“夷三脱于重玄,齐万物于空同。”⑧吴越:据上言黄鹤楼,知李白时在江夏,故此言吴越,盖李白拟往游也。⑨丹阙:赤色宫门,此指朝廷。⑩弄:玩赏。

[评析]

此诗将吟咏峨眉山月与送蜀僧晏西入长安结合起来。全诗十六句,共分四层。诗的开头四句,回忆青年时代初离蜀中时峨眉山月曾送自己万里行。“黄鹤楼”四句叙事,写江夏偶遇蜀僧晏。“长安大道”四句，虚想长安景物，以及蜀僧晏至帝都后升座说法、宣扬佛法精义的情形。结尾四句，绾结送、行双方，收束前文。此诗在构思与艺术表现上的一个突出特点，在于以“峨眉山月”为线索，贯穿全篇。诗中频繁出现“峨眉山月”及其变化形式，刻意强调“峨眉山月”；不仅如此，在描写“峨眉山月”时，诗人又将这一带有特定地域性色彩的明月描写成为普照人间之月。前人是以评云：“回环散见，映带生辉，真有月映千江之妙。”细味之，其所以如此，理由有二：一是诗人与蜀僧晏皆为蜀人，“峨眉山月”作为故乡明月，很自然地构成连接异地同乡之间的共同纽带。二是“峨眉山月”在李白精神世界中具有特殊意义。对于李白来说，“峨眉山月”不仅普照万川，同时还与诗人的人生始终相伴，成为照亮诗人人生旅程的明灯，同样是联系他作为游子与故乡之间的一条纽带。我们从《古朗月行》中“少时不识月，呼作白玉盘”中，便不难体会在诗人幼小的心灵中，“峨眉山月”已如同种子一样深深地扎下了根，无论走到哪里，峨眉月都“与人万里长相随”。此“长”也者，非仅空间之无处不在之意，也有时间上的永久之意，同时还包含有即便身处万里之远的他乡，故乡之月也常在心中之意。因此，这句诗可以说融入了作为游子诗人过去关于明月的感悟、体验在内。由此看来，诗人送蜀僧晏入京，却集中笔墨描写“峨眉山月”，内中传达了他对故乡深切的怀念之情。

与史郎中钦听黄鹤楼上吹笛①

一为迁客去长沙②，西望长安不见家。黄鹤楼中吹玉笛，江城五月落梅花③。

［注释］

①此诗是乾元二年(759)夏诗人在江夏(今湖北武汉)所作。史钦，事迹未

详。郎中，尚书省各部属官。黄鹤楼，见前《黄鹤楼送孟浩然之广陵》诗注。②“一为”句：此句用汉贾谊事。迁客，被窜谪之人。去，往。③落梅花：《乐府诗集》卷二十四：“《梅花落》，本笛中曲也。”

［评析］

李白有几首描写笛声的诗，其中最以此诗和《春夜洛城闻笛》为人所称道。比之《春夜洛城闻笛》由笛声兴感，抒发游子思乡情怀，此诗则先着笔于故国情怀，再写笛声。这不仅见出诗人笔致灵动，富于变化，同时也是诗人根据抒情的不同需要而做的自然选择。就此诗而言，乃诗人遇赦之初所作，强烈的“迁客情结”使诗人难以从容优雅地就笛声发咏，而是在开头直接借叙事抒发迁客之悲，从而很自然地将描写笛声置于后面。就效果而言，这样的安排更使诗中凄清之情见于言外，有含蓄不尽之致。黄生《唐诗摘抄》即评云：“前思家，后闻笛，前后两截不相照顾，而因闻笛益动乡思，意自联络于言外。与《洛城》作同，此首点题在后，法较老。”颇可给我们以启发。

与夏十二登岳阳楼[①]

楼观岳阳尽，川迥洞庭开[②]。雁引愁心去[③]，山衔好月来[④]。云间逢下榻[⑤]，天上接行杯[⑥]。醉后凉风起，吹人舞袖回。

［注释］

①此诗于乾元二年(759)秋作于岳阳，时李白流夜郎，遇赦，由江夏南游洞庭。夏十二，排行十二，名字与事迹不详。岳阳楼，在今湖南岳阳市西门上，始建于唐，下瞰洞庭湖。②“楼观”二句：二句写置身岳阳楼，可饱览岳阳景色，以及流向远方的茫茫江水与浩荡开阔的洞庭湖面。迥，远。③“雁引”句：此句一作“雁别秋江去”。④衔：月从山后升起，势若被山衔出。⑤下榻：用陈蕃为徐穉(zhì)下榻事。《后汉书·徐穉传》：“徐穉，字孺子，豫章南昌人也……屡辟公府不起。时陈蕃为太守，以礼请署公曹，穉不免之，既谒而退。蕃在郡不接宾客，唯

稺来，特设一榻，去则悬之。”⑥行杯：传杯饮酒。

［评析］

此诗描写登高望远所见，境界开阔，表现诗人超逸豪迈的情致。前四句着眼于写景，“楼观”二句，笔力千钧，气势雄伟。“雁引”二句，则赋情于景，体物细致，清新俊逸，“愁心”与“好月”也同时为下文抒情作了铺垫。后四句叙事兼抒情，表达宾主畅饮之欢。“醉后”、“舞袖”以诗人之醉态，进一步衬托登楼赏景时兴致之超逸豪迈。诗之妙处在于诗人不从正面描写岳阳楼之高耸，而是运用侧面烘托、陪衬的手法，自然天成，不露痕迹。

陪族叔刑部侍郎晔及中书贾舍人至游洞庭五首①（选三）

洞庭西望楚江分②，水尽南天不见云。日落长沙秋色远，不知何处吊湘君③。

［注释］

①此诗是乾元二年（759）秋游洞庭所作。刑部侍郎，是尚书省六部之一的刑部副长官。李晔，唐宗室，时因忤宦官李辅国，由刑部侍郎贬岭下尉。贾至，天宝末年官中书舍人，出为汝州刺史，再贬岳州（治所在今湖南岳阳）司马。舍人，中书省属官。此组诗共五首，所选分别为第一、二、五三首。②“洞庭”句：长江西来，与洞庭水合于岳阳而又东行，故曰分。楚江，指长江，以其地古属楚国，故称。③湘君：湘水之神。传说舜妃娥皇、女英死于江湘间，为湘水之神，世称湘君。或谓舜即湘君。

南湖秋水夜无烟①，耐可乘流直上天②。且就洞庭赊月色③，将船买酒白云边。

[注释]

①南湖：洞庭湖位于岳州西南，因谓南湖。或谓沔州城南的郎官湖，疑非是。②耐可：那可，犹言安得也。③赊：借。

帝子潇湘去不还[①]，空余秋草洞庭间。淡扫明湖开玉镜，丹青画出是君山[②]。

[注释]

①"帝子"句：用娥皇、女英事。见前《远别离》诗注。②君山：又名湘山，在洞庭湖中。《元和郡县志》卷二十八《江南道·岳州》："君山，在（巴陵）县西三十里青草湖中。昔秦始皇欲入湖观衡山，遇风浪，至此山止泊，因号焉。又云，湘君所游止，故名之也。"

[评析]

此组诗李白所陪二人皆为逐臣，李白之流夜郎也结束未久，三人可谓皆是失意之人。正是如此，此组诗不免带有一种难以掩饰的落寞和淡淡的哀伤，这从其一"日落长沙秋色远，不知何处吊湘君"、其五"帝子潇湘去不还，空余秋草洞庭间"等诗句中都不难体会；而其三"记得长安还欲笑，不知何处是西天"二句，更是直接传达了迁谪之感。然而，由于诗人天性中心契于自然的意识，李白面对洞庭湖天清月朗、水天相连、表里澄澈之景时，仍然逸兴豪迈，发而成诗。

整组诗依次描写了从下午直到次日天晓时洞庭的月色湖光，结构完整，脉络清晰，极有次第。就所选的三首诗而言，"洞庭西望"一诗描写洞庭晡时之景，诗人极目远眺，取景宏阔，有吞吐湖山之气。同时又借吊湘君，突出洞庭之缥缈悠远、深邃神秘。"南湖秋水"一诗则写月出前洞庭湖寥廓幻杳之景，抒发醉酒云边的豪情逸兴。"赊月"一词，设想奇绝，看似无理，却写出了拥有湖光、山色、清风、月色等无尽宝藏的洞庭之富足，同时将自然人格化，也见出诗人对自然所怀有的亲切之感。李白《襄阳歌》中"清风朗月不用一钱买"一句，正可作为此诗最好的注脚。“帝子潇湘”一诗则写次日天晓时之景色，诗人先由传说中的帝子写起，再将笔墨集中于君山，“淡扫明湖开玉镜，丹青画出是君山”二句，极生动地描绘了在碧水衬托下如芙蓉出水一般的君山。总体而言，诗人思致缥缈，笔墨灵动，展示了洞庭湖悠远浩渺、深邃无尽之美。

陪侍郎叔游洞庭醉后三首[①]（选一）

划却君山好[②]，平铺湘水流[③]。巴陵无限酒[④]，醉杀洞庭秋。

[注释]

①此诗作于乾元二年(759)秋。侍郎叔，指李晔，参看前《陪族叔刑部侍郎晔及中书贾舍人至游洞庭五首》诗注。整组诗共三首，而此诗为第三首。②刬：同“铲”。君山：见前《陪族叔刑部侍郎晔及中书贾舍人至游洞庭五首》诗注。③“平铺”句：洞庭湖由沅、湘、资、澧汇积而成，其中湘水最大。此句承上句，谓让湘水毫无阻碍地流入洞庭。④“巴陵”二句：巴陵，岳州属县。二句谓醉眼前的湖水已化为酒，可以尽情畅饮而沉醉于洞庭无边的秋色中。

[评析]

《陪侍郎叔游洞庭醉后三首》是一组纪游诗，各自也可独立成章。原第一首中有“三杯容小阮，醉后发清狂”的诗句，此诗便是诗人醉后清狂之作。诗咏洞庭湖景而欲醉酒取乐，“划却君山好，平铺湘水流”二句，见出诗人醉后罢去拘束，放言高论之醉态，可谓设想奇绝，也见出诗人异想天开、诗情豪放之情致和豪迈旷达的胸襟。李白《醉后答丁十八以诗讥予捶碎黄鹤楼》诗中“黄鹤高楼已捶碎，黄鹤仙人无所依”、《江夏赠韦南陵冰》中“我且为君捶碎黄鹤楼，君亦为吾倒却鹦鹉洲”等，与此正同一机杼！昔人谓此二句“放言无理，在诗家转有奇趣”，所论固有其理，但没有体会到诗中隐含的沉厚感情！

庐山谣寄卢侍御虚舟[①]

我本楚狂人，风歌笑孔丘[②]。手持绿玉杖[③]，朝别黄鹤楼。五岳寻仙不辞远，一生好入名山游[④]。庐山秀出南斗旁[⑤]，屏风九叠云锦张[⑥]，影落明湖青黛光[⑦]。金阙前开二峰长[⑧]，银河倒挂三石梁[⑨]。香炉瀑布遥相望[⑩]，回崖沓嶂凌苍苍[⑪]。翠影红霞映朝日，鸟飞不到吴天长[⑫]。登高壮观天地间，大江茫茫去不还[⑬]。黄云万里动风色[⑭]，白波九道流雪山[⑮]。好为庐山谣，兴因庐山发。闲窥石镜清我心，谢公行处苍苔没[⑯]。早服还丹无世情[⑰]，琴心三叠道初成[⑱]。遥见仙人彩云里，手把芙蓉朝玉京[⑲]。先期汗漫九垓上，愿接卢敖游太清[⑳]。

［注释］

①此诗是上元元年(760)秋离江夏后来庐山时所作。庐山，见前《望庐山瀑布二首》诗注。卢虚舟，字幼真(或作直)，至德后官殿中侍御史。②"我本"二句：楚狂，春秋时楚国狂士，名陆通，字接舆。《论语·微子》："楚狂接舆歌而过孔子，曰：'凤兮凤兮，何德之衰！往者不可谏，来者犹可追。已而已而，今之从政者殆而！'"此二句李白以接舆自比。③绿玉杖：以绿玉修饰之手杖，仙人所执。④好(hào)：喜爱。⑤秀出：挺秀而起。南斗：二十八宿之斗宿，古人以星区与地域相对应，称为分野。浔阳当南斗之分野，庐山在其西北，故云南斗旁。⑥"屏风"句：庐山从五老峰以下，山势起伏九叠，似屏风壁立。云锦张，言山色似云锦张开。⑦明湖：指鄱阳湖。青黛光：深青色的光。黛，古代女子描眉时所用深青色颜料，此形容山映湖水之色。⑧金阙：金阙岩，又称石门。慧远《庐山记》："西南有石门山，其形似双阙，壁立千余仞，而瀑布流焉。"⑨银河：指瀑布。三石梁：指屏风叠左右壁三层，瀑布顺之，三折而下，称三叠泉。⑩"香炉"句：香炉，山峰名，见《望庐山瀑布二首》诗注。此句谓香炉峰瀑布与三叠泉遥遥相对。⑪回崖：曲折的山崖。沓：重叠。凌：凌越。原作崚，据他本改。苍苍：青天。

⑫吴天：指庐山直至江浙近海处的天空，因三国时属吴，故云。⑬大江：指长江。⑭黄云：昏黄的云。动风色：黄云随风而动。⑮白波：江浪。九道：长江自庐山、浔阳分为九派。流雪山：应上句万里，言大江源自万里之远的雪山。⑯“闲窥”二句：用谢灵运事。谢曾游庐山，有《登庐山绝顶望诸峤》诗。其《入彭蠡湖口》诗云：“攀崖照石镜，牵叶入松门。”彭蠡湖即鄱阳湖。石镜，庐山临湖，石镜在庐山东悬崖之上，其状团圆，近之则照见形影。没，隐没。⑰还丹：道家丹药。葛洪《抱朴子》内篇第四《金丹》篇云取九转（炼过九次）之丹，置鼎中，夏至后加热，即“翕然辉煌，俱起神光五色，即化为还丹”，服之，即白日升天。李白曾受过道箓，炼丹药。⑱琴心三叠：道家修炼内丹，即守心养气。《黄帝内经·上清章》：“琴心三叠舞胎仙。”据旧注，琴心即平和之心。三叠，三丹田，使和积如一，达到心和神悦的道家修道初成之境。⑲把：持。朝玉京：朝拜天帝。玉京，道家称元始天尊所居之处。⑳“先期”二句：《淮南子·道应训》载，卢敖游北海，遇一状貌非常之士，笑卢敖见闻不广。卢敖邀而同游，士人笑谓：“吾与汗漫期于九垓之外，吾不可以久驻。”随即跳入云中。此用卢敖事，谓与卢虚舟相约，访道求仙，一起隐居。先期，预先约定。汗漫，渺茫不可知，后附会为仙人的名字。九垓，九重天。卢敖，此以比卢虚舟。太清，道家以玉清、上清、太清为仙境的三个阶次，太清圣境最高，太上老君居之。

［评析］

由于企仙慕道，同时又性爱丘山，李白在吟咏山水时，常挟有仙游之气，将山水景物和神仙灵想组合、交融在一起，使诗中的山水意境兼得虚灵与质实之美，这首诗即是如此。诗的开头六句，叙述本志，归结为本为避世之人。“庐山秀出南斗旁”到“白波九道流雪山”十三句，作为诗的主导部分，先是细致、具体地描写庐山景致，同时借鄱阳湖进一步侧面烘托、映衬，从中可见诗人非常善于体物状景而曲尽其妙。接着“登高”四句，诗人又以凌驾于天地万物之上的胸襟和眼光，凌虚命笔，高处鸟瞰，形成诗歌宏阔壮大、有万里之势的想象性境界，见出诗人笔墨酣畅、豪情满怀。“好为庐山谣”以下十句，顺理成章地在此基础上咏出，表达弃绝人世、遨游太清的追求。

此诗可以视为李白的一次精神远游，与《梦游天姥吟留别》旨趣相近；只是比之《梦游天姥吟留别》中阴暗、冷郁的色调以及愤郁不平的情绪，这首诗则绚丽缤纷，明朗高华，诗人情绪饱满乐观，全然不见一丝失意之悲，体现出精神上已超越悲喜而臻于自由之境！正是如此，全诗读来才给人开阖佚荡、不可羁绁之感。

入彭蠡经松门观石镜缅怀谢康乐题诗书游览之志①

谢公之彭蠡，因此游松门。余方窥石镜，兼得穷江源②。将欲继风雅，岂徒清心魂③。前赏逾所见，后来道空存④。况属临泛美，而无洲渚喧⑤。漾水向东去⑥，漳流直南奔⑦。空濛三川夕⑧，回合千里昏⑨。青桂隐遥月，绿枫鸣愁猿。水碧或可采，金精秘莫论⑩。吾将学仙去，冀与琴高言⑪。

[注释]

①此诗是李白上元元年(760)在浔阳作。彭蠡，湖名，即鄱阳湖。在浔阳县(今江西九江)东南五十二里。松门，山名，在洪州南昌县北，其山多松，故名。石镜，见前《庐山谣寄卢侍御虚舟》诗注。谢康乐，即谢灵运，曾袭封康乐公，世称谢康乐。谢灵运尝游鄱阳湖，作有《入彭蠡湖口》诗。李白此诗即游历浔阳时因感谢灵运诗而作。②"谢公"四句：谢诗有"攀崖照石镜，牵叶入松门"的句子，四句即此而自述行程。江源，原为江水发源处，此指彭蠡湖口。③"将欲"二句：谓此游不惟为览胜清怀，更为继承前贤风雅精神。风雅，原指《诗经》中"国风"与大小"雅"之合称，这里借以抬高谢灵运《入彭蠡湖口》诗。清心魂，涤除心中俗虑。④"前赏"二句：谓谢灵运前所游赏的踪迹已不复可见，如今自己再游，徒见所行之道。前赏，指谢灵运，后来，诗人自指。⑤"况属"二句：收束前文。属，正值。临泛美，登山临水之美。洲渚，水中陆地。⑥漾水：汉水源头。《尚

书·禹贡》:"嶓冢(bō zhǒng)导漾,东流为汉。"漾水出今陕西宁强县嶓冢山,东北流经沔县,合沔水,又东南流为汉水,至浔阳汇合江水而汇为彭蠡。⑦漳流:漳水。源出湖北襄阳南漳县,东南流,合沮水入大江。⑧空濛:迷茫、缥缈貌。三川:三江。见前《当涂赵炎少府粉图山水歌》诗注。⑨回合:回绕,缭绕。⑩水碧:水玉,即水晶。金精:金膏,仙药之属。⑪琴高:传说为战国赵人,善鼓琴,学修炼长生之术,游于冀州、涿郡之间,二百余年而成仙,后乘赤鲤入水而去。

[评析]

这首诗如题所示,是缅怀谢灵运因游彭蠡而作《入彭蠡湖口》诗,同时自述游览之志。全诗因此而明显分为两个层次,前十句主要就缅怀着笔,诗人踵迹前贤,沿着谢灵运当年游览的路径,将谢灵运《入彭蠡湖口》诗中所写之景与自己眼前所见相对照,从谢诗中寻找所见景物之痕迹,以表达缅怀之意。"将欲继风雅,岂徒清心魂"二句,一方面正写缅怀之意,同时表达继承谢灵运诗歌传统的志向,将缅怀之意又引申了一步。"前赏逾所见,后来道空存"二句,既是写实,又有隐喻谢灵运作为前贤所代表的风雅传统之道义。后十句作为第二层次,主要述游览之志,诗人居高临下,以宏观的视角和想象性的笔触描写三江九派的雄伟气势,见出诗人超越的胸襟与眼光。

此诗脱胎于谢灵运《入彭蠡湖口》,多有化用谢诗句意及词语者,如果将谢诗与李白此诗对照以读的话,可以看得更清楚。

游谢氏山亭①

沦老卧江海,再欢天地清②。病闲久寂寞,岁物徒芬荣③。借君西池游④,聊以散我情。扫雪松下去,扪萝石道行⑤。谢公池塘上,春草飒已生⑥。花枝拂人来,山鸟向我鸣。田家有美酒,落日与之倾。醉罢弄归月,遥欣稚子迎⑦。

[注释]

①此诗当是李白宝应元年(762)初春在当涂所作。谢氏山亭,谢公亭,位于当涂青山。陆游《入蜀记》卷三:"(青)山南小市有谢元晖故宅基……环宅皆流泉、奇石、青林、文筱,真佳处也。遂由宅后登山……凡三四里,有两道人持汤饮迎劳于松石间。又里许,至一庵……庵前有小池,曰谢公池,水味甘冷,虽盛夏不竭。绝顶又有小亭,亦名谢公亭。"按,此谢氏山亭与前《谢公亭》诗中谢公亭非一。②沦老:老而沦没无所用。天地清:谓肃宗收复长安、洛阳。③芬荣:谓生长茂盛。④君:即下文所言"田家",居于谢氏山亭的主人。西池:谢公池位于青山谢公宅西北,故云。⑤扪萝:以手持着松萝。⑥"谢公"二句:谢灵运《登池上楼》:"池塘生春草。"二句用此意。飒,迅疾。⑦稚子:幼子。李白有子曰伯禽、天然,此当指天然。

[评析]

此诗是诗人病闲之后所作。诗人以近于游记的方式,完整记录了游览谢氏山亭的经过。诗的前六句首先交代游谢氏山亭的起因,笔触抑扬变化,与谢灵运《登池上楼》起首意趣颇近,耐人咀嚼。"扫雪"六句具体写游览谢氏山亭。诗人巧妙点化谢灵运的诗句,既合于自己久病初愈,与所游谢氏山亭也甚为切合,非常自然,一如己出。"花枝"二句写景,也亲切近人。最后四句写游览谢公亭后,田家殷勤款待。"田家"二句,颇近于陶渊明。整首诗笔致恬淡平和,见出李白暮年尤其在经历了大病之后心态之变化。《唐宋诗醇》所谓"若非前段不能忘情,却有春风舞雩气象矣。其澄澹处足兼韦(应物)、柳(宗元)",颇能道出其中妙旨。

公无渡河[1]

黄河西来决昆仑[2],咆哮万里触龙门[3]。波滔天,尧咨嗟[4]。大禹理百川,儿啼不窥家[5]。杀湍堙洪水[6],九州始蚕麻[7]。其害乃去，茫然风沙[8]。被发之叟狂而痴，清晨径流欲奚为[9]？旁人不惜妻止之，公无渡河苦渡之。虎可搏，河难冯[10]。公果溺死流海湄[11]。有长鲸白齿若雪山，公乎公乎挂骨于其间[12]，箜篌所悲竟不还[13]。

［注释］

①此诗作年难定。公无渡河，乐府《相和歌辞》旧题，本作《箜篌引》。崔豹《古今注》卷中："《箜篌引》，朝鲜津卒霍里子高妻丽玉所作也。子高晨起刺船而棹，有一白首狂夫，被发提壶，乱流而渡。其妻随呼止之，不及，遂堕河水死。于是援箜篌而鼓之，作'公无渡河'之歌，声甚凄怆，曲终自投河而死。霍里子高还，以其声语妻丽玉，玉伤之，乃引箜篌而写其声，闻者莫不堕泪饮泣焉。丽玉以其声传邻女丽容，名曰《箜篌引》焉。"②"黄河"句：旧说黄河出于昆仑之墟。《尔雅·释水》："河出昆仑墟。"决，冲破。③龙门：龙门山。《元和郡县志·河东道·绛州·龙门县》："黄河，北去县二十五里，即龙门口也……大禹导河积石，疏决龙门，即斯处也。河口广八十步，岩际镌迹，遗功尚存。《三秦记》曰：河津一名龙门……江海大鱼集龙门下，数千不得上，上则为龙，故曰曝鳃龙门。"④"波滔"二句：《尚书·尧典》："帝曰：'咨！四岳，汤汤洪水方割，荡荡怀山襄陵，浩浩滔天。'"咨嗟，感叹。⑤"大禹"二句：《史记·夏本纪》："当帝尧之时，鸿水滔天……尧听四岳，用鲧治水，九年而水不息，功用不成……舜举鲧子禹而使续鲧之业……禹伤先人父鲧功之不成受诛，乃劳身焦思，居外十三年，过家门不敢入。"⑥杀湍：减少湍流。堙（yīn）：塞。⑦蚕麻：桑麻，泛指农作物。⑧"其害"二句：谓水害既除，仍有风沙之害。⑨径：渡。⑩"虎可"二句：《诗·小雅·小旻》："不敢暴虎，不敢冯（píng）河。"冯，"凭"之古字，徒涉，无舟过河。⑪海湄：海滨。⑫骨：一作"罥"，疑误。⑬箜篌：古乐器名。形似琴而小，弦以拨弹之。

［评析］

这是一首叩问生命的诗！诗歌叙述了一个古老的悲情故事，故事中的老叟不听妻子的劝阻而毅然涉河，最后溺死于水中。老叟因何而执意涉河，已成了无从知晓之谜，但是他义无反顾地赴死，却带给人以强烈的震撼！在不可征服的滔天疾浪面前，人的生命确实非常柔弱、渺小,但老叟却以他的死诠释了生命的尊严和不屈。美国作家海明威写过一篇著名的小说《老人与海》,描写一位老人在大海中与鲨鱼搏斗的经过,虽然老人最后失败了,但他的精神却获得了最后的胜利——小说要诠释的就是“一个人可以被毁灭,但不可以被打败”的强者思想。对比之下,我们不能不惊讶这首诗中的老叟与海明威笔下的老人何其相似乃尔!二者皆以悲剧性的方式展示了人的精神的崇高与生命的尊严。在这里,老叟被黄河滔滔巨浪激流“毁灭”了、吞没了,但他只是失败了,而没有被打败!他以不屈的精神捍卫了生命的尊严——这种解释,当然不能说是李白此诗创作的原意,但如果将李白此诗与梁陈时期刘孝威、张正见的同题诗加以比较,我们可以发现,这首诗中李白更多地将笔墨集中在了对河水的描写上,着力描写黄河惊天动地、咆哮万里、冲决一切的气势和力量,并且又通过对传说时期鲧禹治水的描写,进一步渲染黄河之奇险。其极力渲染夸张黄河的滔天疾浪,目的正在于将其作为老叟活动的背景,从而造成人与自然在力量对比上的极大反差,这与《老人与海》以大海为背景写老人与鲨鱼搏斗,不能不说有着惊人的一致!因此,在一定意义上,李白这首诗几乎可以视为中国古代诗歌版的《老人与海》!

临路歌[①]

大鹏飞兮振八裔[②],中天摧兮力不济[③]。余风激兮万世[④],游扶桑兮挂左袂[⑤]。后人得之传此[⑥],仲尼亡兮谁为出涕[⑦]?

[注释]

①托名李华《故翰林学士李君墓志》谓李白“赋《临终歌》而卒”,恐即此诗,路或因形近而误。果如是,此诗当作于宝应元年(762)。②八裔:八方、八荒。③摧:摧折。济:成就。④激:激扬。⑤扶桑:神木名,传说太阳出其下。见

前《拟古十二首》诗注。左袂(mèi):左袖。左,原作石,据他本改。⑥此:指大鹏中天摧折之事。⑦“仲尼”句:用孔子事。孔子名丘,字仲尼。《左传》哀公十四年:“西狩获麟,孔子曰:‘吾道穷矣。’”谓西狩获麟,孔子见之而出涕。今大鹏摧于中天,时无孔子,遂无有为出涕者。

[评析]

李白具有巨人、超人般的情怀,他的许多诗在描写自我形象时,都着眼于超越现实、超越时空背景下想象性、理想性自我的塑造。因此,有人根据阮籍的《大人先生传》,把李白说成是新时代的“大人先生”,应该说,这是非常符合李白对自我的期许的。事实上,大鹏便可视作李白这种想象性自我的化身。在他的诗歌中,大鹏非仅一般的诗歌意象,而具有了诗人人生图腾的意义。他始终梦想着能像大鹏一样抟风而起,翱翔云天。任何时候,这一梦想都是支撑他的人生信念。虽然他常常否定功名富贵,表示要及时行乐,或者是辞别人间,归隐江海,但说到底这些都是诗人失意时的愤激之言。诗人一生始终追求的就是像大鹏搏击九天一样,实现自己“济苍生”、“安社稷”的宏伟理想。遗憾的是,李白终于没有实现这一理想,在他的人生行将结束的最后时刻,他拼出最后的心力,留下了这首带有墓志铭和告别意义的诗,回顾、总结了自己的一生。我们从中可以感受到,诗人对人生所怀有的无限眷恋和遗憾。也正是如此,此诗才具有了强烈的震撼力,以至于千百年以来,这种震撼力,仍然在后人的心灵中一代代回响,因为李白在这里为自己人生所画的句号,随着时空距离的推移,越来越扩大,变成为一个巨大的问号,警示后人思考自己的人生!

文 选

代寿山答孟少府移文书[①]

淮南小寿山谨使东峰金衣双鹤[②]，衔飞云锦书于维扬孟公足下[③]，曰：仆包大块之气[④]，生洪荒之间[⑤]，连翼轸之分野[⑥]，控荆衡之远势[⑦]。盘薄万古[⑧]，邈然星河。凭天霓以结峰[⑨]，倚斗极而横嶂[⑩]。颇能攒吸霞雨，隐居灵仙。产隋侯之明珠[⑪]，蓄卞氏之光宝[⑫]。罄宇宙之美[⑬]，殚造化之奇。方与昆仑抗行，阆风接境[⑭]，何人间巫庐台霍之足陈耶[⑮]？

一昨于山人李白处，奉见吾子移文，责仆以多奇，叱仆以特秀，而盛谈三山五岳之美，谓仆小山无名，无德而称焉。观乎斯言，何太谬之甚也！吾子岂不闻乎？无名为天地之始，有名为万物之母[⑯]。假令登封禋祀[⑰]，曷足以大道讥耶[⑱]？然能损人费物，庖杀致祭，暴殄草木，镌刻金石，使载图典[⑲]，亦未足为贵乎！且达人庄生常有余论，以为斥鷃不羡于鹏鸟[⑳]，秋毫可并于太山[㉑]。由斯而谈，何小大之殊也？又怪于诸山藏国宝、隐国贤，使吾君榜道烧山[㉒]，披访不获，非通谈也[23]。夫皇王登极，瑞物昭至，蒲萄翡翠以纳贡，河图洛书以应符[24]。设天网而掩贤[25]，穷月窟以率职[26]。天不秘宝，地不藏珍，风威百蛮[27]，春养万物。王道无外，何英贤珍玉而能伏匿于岩穴耶？所谓榜道烧山，此则王者之德未广矣。昔太公大贤[28]，傅说明德[29]，栖渭川之水，藏虞、虢之岩，卒能形诸兆朕[30]，感乎梦想。此则天道暗合，岂劳乎搜访哉？果投竿诣麾，舍筑作相，佐周文，赞武丁。总而论之，山亦何罪？乃知岩穴为养贤之域，林泉非秘宝之区。则仆之诸山，亦何负于国家矣？

近者逸人李白，自峨眉而来，尔其天为容，道为貌[31]，不屈己，不干人，巢由以来[32]，一人而已。乃虬蟠龟息[33]，遁乎此山。仆尝弄之以绿绮[34]，卧之以碧云，嗽之以琼液[35]，饵之以金砂[36]。既而童颜益春，真气愈茂[37]，将欲倚剑天外，挂弓扶桑[38]，浮四海，横八荒，出宇宙之寥廓，登云天之眇茫。俄而李公仰天长吁，谓其友人曰：吾未可去也。吾与尔达则兼济天下，穷则独善一身[39]。安能餐君紫霞，荫君青松，乘君鸾鹤，驾君虬龙，一朝飞腾，为方丈、蓬莱之人耳[40]，此则未可也。乃相与卷其丹书[41]，匣其瑶瑟，申管晏之谈[42]，谋帝王之术[43]，奋其智能，愿为辅弼，使寰区大定[44]，海县清一[45]。事君之道成，荣亲之义毕[46]，然后与陶朱、留侯[47]，浮五湖，戏沧洲，不足为难矣。即仆林下之所隐容，岂不大哉！必能资其聪明，辅以正气，借之以物色，发之以文章，虽烟花中贫[48]，没齿无恨[49]。其有山精木魅[50]，雄虺猛兽[51]，以驱之四荒，磔裂原野[52]，使影迹绝灭，不干户庭。亦遣清风扫门，明月侍坐。此乃养贤之心，实亦勤矣。孟子孟子，无见深责耶？明年青春[53]，求我于此岩也。

［注释］

①此文是开元十五年(727)李白初隐安陆北寿山时所作。《方舆胜览》卷三十一《德安府》："寿山在安陆县西北六十里，昔山民有寿百岁者。"孟少府，安陆县尉，名字不详。移文，官府往来文书之一种。②淮南小寿山：寿山所在安陆，唐时

属淮南道，故称淮南小寿山。小，谦辞。东峰双鹤：寿山之脉有大、小鹤山。金衣：鹤色白，曰金衣，谓黄鹤也。③维扬：扬州。《书·夏·禹贡》："淮海惟扬州。"后人因以维扬为扬州别称。④大块：犹言天地。《庄子·齐物论》："夫大块噫气，其名为风。"见前《日出入行》诗注。⑤洪荒：通鸿荒，远古之世。⑥翼轸：古人以星域划分地域，翼、轸为荆楚地之分野。《汉书·地理志》："楚地翼、轸之分野也。"⑦荆衡：谓荆州、衡州之地。⑧盘薄：谓据持牢固。⑨天霓：天边，天际。⑩斗极：北斗星与北极星。《尔雅·释地》："北戴斗极为空桐。"邢昺疏："斗，北斗也。极者，中宫天极星。……以其居天之中，故谓之极。极，中也。北斗拱极，故云斗极。"⑪隋侯之珠：《孟子·尽心下》："和氏之璧，隋侯之珠。"《正义》曰："隋侯姓祝，字元畅，往齐国，见一蛇在沙中，头上血出，隋侯以杖挑于水中而去。后回还，到蛇处，乃见此蛇衔珠来隋侯前，隋侯意不怿。是夜梦脚踏一蛇，惊起，乃得双珠，后人称为隋侯珠矣。"⑫卞氏之光宝：即和氏璧，因为和氏名叫卞和。据《韩非子·和氏》载，楚人和氏得玉璞，献于厉王，玉人以为石，王以和为诳而刖其左足。武王即位，和氏又以璞献武王，玉人仍以为石，王又以为诳而刖其右足。武王薨，文王即位。和氏抱其璞而哭于楚山之下。三日三夜，泪尽而继之以血。王闻之，问其故，乃使玉人理其璞，而得宝焉，遂命曰和氏之璧。⑬罄：尽。⑭阆风：仙山名，又称阆风巅，在昆仑之上。《楚辞·离骚》："朝吾将济于白水兮，登阆风而绁(xiè)马。"王逸注："阆风，山名，在昆仑之上。"⑮巫庐台霍：指巫山、庐山、天台山和霍山。⑯"无名"二句：语出《老子》："无名，天地之始；有名，万物之母。"⑰登封禋祀：登山封禅，祭祀天地。⑱曷：通"何"。⑲图典：指图籍典册。这几句意谓登封祭祀，破费物力，暴殄草木，虽镌刻金石，使载于图籍典册，也未足为贵。⑳庄生：即庄子。斥鴳：小雀。《庄子·逍遥游》："斥鴳笑之曰：'彼且奚适也？我腾跃而上，不过数仞而下，翱翔蓬蒿之间，此亦飞之至也。而彼且奚适也？'此小大之辨也。"陆德明《音义》："司马云：斥，小泽也，本亦作尺。"㉑"秋毫"句：《庄子·齐物论》："天下莫大于秋毫之末，而太山为小。"㉒榜道烧山：谓为求贤而张榜于道，为招隐士而焚林。梁萧纶《贞白先生陶君碑》："榜道求贤，焚林招士。"㉓通谈：通达之论。㉔河图洛书：《易·系辞》："河出图，洛出书，圣人则之。"传说伏羲时有龙马出于河，伏羲取法其身之花纹而画八卦。夏禹时有神龟出于洛，禹据其身上的文字而作洪范九畴。此谓河出图、洛出书以应符瑞。㉕天网:《老子》:“天网恢恢,疏而不漏。”曹植《与杨德祖书》:“吾王于是设天网以该之,顿八纮以掩之。”㉖月窟(cuì):即月窟。古人以为月出之地在西方,因以指极西之地。率职:奉职行事,谓深入边远地区。㉗“风威”句:谓君威威震四夷。百蛮,南方少数民族的统称。㉘太公:谓姜太公吕尚。见前《行路难三首》之一诗注。㉙“傅说”句:《史记·殷本纪》载,商王武丁梦得圣人,名曰说,使百工求之野,得于傅岩,在虞虢之界。明德,至德,完美之德性。㉚“栖渭”以下十句:大意谓太公虽钓于渭水,傅说虽筑路于虞虢之岩,但他们的德行终兆形、感应于天子,而得为太师或相,这是顺合于天道,何须劳于搜访呢?虞、虢(guó),皆西周时诸侯国名。㉛天容、道貌:谓其超然物外之神态。《庄子·德充符》:“道与之貌,天与之形。”㉜巢由:巢父、许由,尧时之隐士。见前《行路难三首》之二诗注。㉝虬蟠(qiú pán)龟息:谓如龙蛇一样蛰伏。虬,虬龙,《楚辞·天问》:“焉有虬龙,负熊以游。”王逸注:“有角曰龙,无角曰虬。”蟠,盘曲。㉞绿绮:一种名琴。见前《听蜀僧濬弹琴》诗注。㉟琼液:仙人所饮。见前《望庐山瀑布二首》之一诗注。㊱金砂:道教以金石炼成的丹药。㊲真气:人体的元气,道教谓“性命双修”所得之气。㊳扶桑:神木名,传说太阳出其下。见前《拟古十二首》之二诗注。㊴“吾与”二句:《孟子·尽心上》:“穷则独善其身,达则兼善天下。”㊵方丈、蓬莱:传说中的海上仙山。㊶丹书:道书。道教符箓用朱笔书写,故谓之丹书。㊷管晏:春秋时齐国政治家管仲与晏婴,辅佐齐桓公称霸天下。事见《史记·管晏列传》。㊸帝王之术:谓王霸之略。《史记·李斯列传》:“乃从荀卿学帝王之术。”㊹寰区:寰宇。㊺海县清一:谓宇内一统。㊻荣亲:《文选》卷三十一曹植《求自试表》:“事父尚于荣亲。”吕向注:“荣亲,谓爵禄名誉。”㊼陶朱、留侯:谓范蠡、张良。范蠡因辅佐勾践灭吴之功,而称上将军,自感大名之下难以久居,遂辞官,尽散其财,闲行而去,止于陶,自谓陶朱公。事见《史记·越王勾践世家》。张良因助刘邦得天下,受封留侯。后辞官,弃人间事,学辟谷、道引轻身。见《史记·留侯世家》。㊽烟花:泛言春景。中(zhòng)贫:达到穷乏的地步。㊾“没齿”句:谓终身无憾。㊿山精:传说中的山中怪兽。木魅:林中之妖。51虺(huǐ):毒蛇。猛兽:谓猛虎。52磔(zhé)裂:割裂。53青春:指春天。春天草木青葱,故谓青春。《楚辞·大招》:“青春受谢,白日昭只。”

[评析]

这是李白非常重要的一篇文章。不仅李白此后曾反复致意的功成身退思想第一次在文中被完整、系统地表达出来，同时李白精神人格方面的许多内容也都在文中得以展示，带有向世人推介自己的意义。文章既表达了青年李白宏伟远大、卓尔不群的人生追求，又着意塑造了自我高视千古、超迈绝伦的卓然形象，见出作者脱略世俗的高尚志节。不过，说来颇有些令人不解的是，这种严肃的人生宣示，作者竟然“假山灵之意”，借寿山山神的口吻，以第三人称的叙事立场表达，并在形式上文章采用官署间公文往来所用的“移文”体。其实，这是与作者借鉴了南齐孔稚圭的《北山移文》联系在一起的。《北山移文》也是采用“移文”体，并假山灵之意，以第三人称口吻叙述的。文章标榜隐逸的道德内涵，以辛辣的笔触，讽刺了文中的周子假隐真仕的虚伪。李白此文的表达形式，完全来自于《北山移文》，但在思想旨趣上，又有重大的变化，即有意避免、化解《北山移文》中隐与仕之间非此即彼、不能调和的矛盾，而是立足郭象的新道家思想，为以隐求仕提供坚卓的道德依据，从而为自己追求功名预留下了空间——从这里可以看出，李白文中标榜的“功成身退”，与其说传达的是他的人生理想和追求，毋宁说是一种技巧与策略，一种言说的姿态！

秋夜于安府送孟赞府兄还都序[①]

夫士有饰危冠，佩长剑，扬眉吐诺，激昂青云者[②]，咸夸炫意气[③]，托交王侯[④]。若告之急难[⑤]，乃十失八九。我义兄孟子则不然耶！道合而襟期暗亲[⑥]，志乖而肝胆楚越[⑦]。鸿骞凤立，不循常流[⑧]。孔明披书，每观于大略[⑨]；少君读《易》，时作于小文[⑩]。四方贤豪，眩然景慕[⑪]。虽长不过七尺，而心雄万夫[⑫]。至于酒情中酣[⑬]，天机俊发，则谈笑满席，风云动天[⑭]。非嵩丘腾精[⑮]，何以及此？

白以弱植[16]，早饮香名[17]。况亲承光辉，恩甚华萼[18]。他乡此别，谁无恨耶？时林风吹霜，散下秋草。海雁嘶月[19]，孤飞朔云[20]。惊魂动骨，戛瑟落涕[21]。抗手缅迈[22]，伤如之何？且各赋诗，以宠歧路[23]。

［注释］

①此文开元十七年（729）所作。安府即安州，唐于本年置安州为中都督府，故称。孟赞府，名字不详，或即《代寿山答孟少府移文书》中之孟少府。赞府，县丞。②饰：戴。危冠、长剑：皆侠士之装束。危冠，高冠。《庄子·盗跖》："使子路去其危冠，解其长剑，而受教于子。"扬眉：犹言眉飞色舞。吐诺：说话。激昂青云：谓意气风发，昂扬于云霄之上。③夸炫：夸耀、炫耀。④托交：结交。王侯：谓权贵。⑤急难：犹言危难。⑥"道合"句：谓志同道合则襟怀暗通。襟期，襟怀、抱负。⑦"志乖"句：谓若志趣乖离，则虽近犹远。乖，违背。楚越，楚国、越国。《庄子·德符充》："自其异者视之，肝胆楚越也。"⑧"鸿骞（xiān）"二句：谓志向高远，离群独立，不因循于世俗。骞，鸟飞。⑨"孔明"二句：孔明，诸葛亮字。《三国志·蜀书·诸葛亮传》裴松之注："《魏略》曰：亮在荆州，以建安初与颍川石广元、徐元直、汝南孟公威等俱游学。三人务于精熟，而亮独观其大略。"⑩"少君"二句：《神仙传》卷七：蓟达，字子训，齐国临淄人，李少君之邑人也。从少君学治病作医法，见少君有不死之道，遂以弟子之礼事之。性好清净，常闲居读《易》，时作小小文疏，皆有意义。李白此以为少君事，应误。⑪眩然：眼花的样子。景慕：仰慕。⑫"虽长"二句：《与韩荆州书》也有"虽长不满七尺，而心雄万夫"的句子，与此相近。⑬中酣：谓兴致正浓。⑭风云动天：谓谈吐潇洒，超卓拔俗，感动上天。⑮嵩丘腾精：谓孟赞府得嵩山精灵之气。⑯弱植：少小立身。弱，少。植，立。《文选》二十六颜延之《和谢灵运诗》："弱植慕端操，窘步惧先迷。"⑰饮：享誉。香名：犹美名。⑱"恩甚"句：谓情胜于兄弟。华萼，喻兄弟。《文选》卷二十五谢瞻《于安城答灵运》："华萼相光饰，嘤鸣悦同响。"吕延济注："华萼，喻兄弟也。"⑲嘶月：谓月下嘶鸣。萧刚《夜望单飞雁》："一雁声嘶何处归。"⑳朔云：北方的云。《尚书·舜典》："十有一月朔巡守，至于北岳。"孔颖达疏："《释训》云：'朔，北方也。'"㉑戛（jiá）瑟：鼓瑟。江淹《四时赋》："轸琴情动，戛瑟涕落。"㉒抗手：举手拜别。缅迈：远行。㉓"以宠"句：谓别时各行其

道。宠歧路,即宠别。宠,崇重。歧路,岔路。

[评析]

此文送孟赞府归安州,笔墨也主要围绕孟赞府而展开。为表现其英伟矫拔的侠士风概,文章起笔先从反面写起,以做铺垫,然后再正面描写孟赞府心雄万夫、胸藏风云的形象;又借助于诸葛亮、李少君等历史人物加以映衬,进一步突出孟赞府不循常流的精神品格。文章第二段写与孟赞府"恩甚华萼"的深厚情谊,并归结到送别。

这篇文章虽为送别而作,文中也有"他乡此别,谁无恨耶"、"抗手缅迈,伤如之何"等抒情性的笔墨,但感伤的意味并不浓重,相反读来笔力健举,骨气端翔,矫矫不凡,见出李白卓然挺立的气格与超迈绝俗的怀抱。

上安州裴长史书[①]

白闻天不言而四时行,地不语而百物生[②]。白,人焉,非天地也,安得不言而知乎?敢剖心析肝[③],论举身之事[④],便当谈笑,以明其心。而粗陈其大纲,一快愤懑[⑤],惟君侯察焉。

白本家金陵,世为右姓[⑥],遭沮渠蒙逊难,奔流咸秦[⑦]。因官寓家,少长江汉[⑧]。五岁诵六甲[⑨],十岁观百家,轩辕以来[⑩],颇得闻矣。常横经籍书,制作不倦,迄于今三十春矣[⑪]。以为士生则桑弧蓬矢,射乎四方,故知大丈夫必有四方之志[⑫]。乃仗剑去国[⑬],辞亲远游。南穷苍梧[⑭],东涉溟海。见乡人相如大夸云梦之事,云楚有七泽,遂来观焉[⑮]。而许相公家见招[⑯],妻以孙女,便憩于此,至移三霜焉。

曩昔东游维扬[⑰],不逾一年,散金三十余万,有落魄公子[⑱],悉皆济之。此则是白之轻财好施也。又昔与蜀中友人吴指南同游于楚，指南死于洞庭之上，白禫服恸哭[19]，若丧天伦[20]。炎月伏尸，泣尽而继之以血。行路闻者，悉皆伤心。猛虎前临，坚守不动。遂权殡于湖侧，便之金陵。数年来观，筋骨尚在。白雪泣持刃，躬申洗削。裹骨徒步，负之而趋，寝兴携持，无辍身手[21]，遂丐贷营葬于鄂城之东[22]。故乡路遥，魂魄无主，礼以迁窆，式昭朋情[23]。此则是白存交重义也。又昔与逸人东岩子隐于岷山之阳[24]，白巢居数年，不迹城市[25]。养奇禽千计，呼皆就掌取食，了无惊猜。广汉太守闻而异之[26]，诣庐亲睹[27]，因举二人以有道[28]，并不起。此则白养高忘机，不屈之迹也[29]。又前礼部尚书苏公出为益州长史[30]，白于路中投刺[31]，待以布衣之礼。因谓群僚曰："此子天才英丽，下笔不休，虽风力未成，且见专车之骨[32]。若广之以学，可以相如比肩也。"四海明识，具知此谈。前此郡督马公[33]，朝野豪彦，一见尽礼，许为奇才。因谓长史李京之曰："诸人之文，犹山无烟霞，春无草树。李白之文，清雄奔放，名章俊语，络绎间起，光明洞澈，句句动人。"此则故交元丹，亲接斯议[34]。若苏、马二公愚人也，复何足尽陈[35]？倘贤贤也，白有可尚[36]。

夫唐虞之际，于斯为盛，有妇人焉，九人而已[37]。是知才难不可多得。白，野人也[38]，颇工于文，惟君侯顾之[39]，无按剑也[40]。伏惟君侯，贵而且贤，鹰扬虎视，齿若编贝，肤如凝脂，昭昭乎若玉山上行，朗然映人也[41]。而高义重诺，名飞天京[42]，四方诸侯，闻风暗许。倚剑慷慨，气干虹蜺[43]。月费千金，日宴群客，出跃骏马，入罗红颜。所在之处，宾朋成市。故时人歌曰："宾朋何喧喧，日夜裴公门。愿得裴公之一言，不须驱马将华轩[44]。"白不知君侯何以得此声于天壤之间，岂不由重诺好贤，谦以得也？而晚节改操，栖情翰林[45]，天才超然，度越作者[46]。屈佐郧国，时惟清哉[47]。棱威雄雄，下慑群物[48]。白窃慕高义[49]，已经十年。云山间之[50]，造谒无路。今也运会[51]，得趋末尘[52]，承颜接辞，八九度矣[53]。常欲一雪心迹，崎岖未便。何图谤詈忽生，众口攒毁[54]，将欲投杼下客，震于严威[55]。然自明无辜，何忧悔吝[56]。孔子曰：畏天命，畏大人，畏圣人之言[57]。过此三者，鬼神不害[58]。若使事得其实，罪当其身，则将浴兰沐芳，自屏于烹鲜之地，惟君侯死生[59]。不然，投山窜海，转死沟壑[60]。岂能明目张胆，托书自陈耶？昔王东海问犯夜者曰[61]："何所从来？"答曰："从师受学，不觉日晚。"王曰："吾岂可鞭挞宁越，以立威名？"想君侯通人[62]，必不尔也。愿君侯惠以大遇，洞开心颜，终乎前恩，再辱英眄[63]，白必能使精诚动天，长虹贯日，直度易水，不以为寒[64]。若赫然作威，加以大怒，不许门下，逐之长途，白即膝行于前，再拜而去，西入秦海，一观国风[65]，永辞君侯，黄鹄举矣。何王公大人之门不可以弹长剑乎[66]？

[注释]

①这篇文章开元十八年(730)作于安陆。安州，治所在今湖北安陆县。裴长史，名不详。长史，都督府中协助都督处理行政事务的官员。《旧唐书·职官志三》："中都督府……长史一人，正五品上。"②"白闻"二句：《论语·阳货》："天何言哉？四时行焉，百物生焉。"③敢：谦辞，有冒昧之意。剖心析肝：谓竭诚以表白心迹。④举身：立身。⑤快：舒畅。⑥"白本"二句：王琦谓自"本家金陵"至"少长江汉"二十余字，必有缺文讹字，否则，"金陵"或为"金城"之谬，也未可知。金城，为汉郡名，治所在今甘肃永靖西北。十六国前凉以金城为治所。李白自称陇西人，金陵或即金城之讹。或谓金陵盖指李暠在西凉所设的建康郡。右姓，古代以右为上。汉魏以后称世家大族为右姓。⑦沮渠蒙逊(368—433)：十六国时北凉的建立者。李暠建立西凉后，其子歆后嗣位，为沮渠蒙逊所灭。咸秦：咸阳秦川，此代指长安。⑧江汉：长江、汉水流域，此借指蜀中。⑨六甲：用天干地支相配计算时日，后演为道教方术。⑩轩辕以来：谓有史以来。轩辕，黄帝。《史记·五帝本纪》："黄帝者，少典之子，姓公孙，名曰轩辕。"《集解》引皇甫谧曰："(黄帝)……居轩辕之丘，故因以为名，又以为号。"《史记》记载中国历史，始自黄帝，故"轩辕以来"即有史以来也。⑪"常横"三句：谓常常枕边放着经籍，

不知疲倦地写作诗文，至今已三十年矣。⑫“以为”三句：《礼记·射义》：“故男子生，桑弧蓬矢六，以射天地四方。天地四方者，男子之所有事也。故必先有志于其所有事，然后敢用谷也。”桑弧蓬矢，以桑木作弓，以蓬草作矢。⑬仗：持。去国：离开家乡。⑭苍梧：山名，即九疑山。见前《远别离》诗注。⑮“见乡人”三句：司马相如也是蜀人，故云乡人。云梦，《太平寰宇记》卷一百三十二：“云梦泽，在（安州安陆）县东南，阔数里，南接荆湖。”⑯许相公：谓高宗时宰相许圉师。据《新唐书·许绍传》，许圉师，有器干，博涉艺文，举进士。显庆二年，累迁黄门侍郎、同中书门下三品，兼修国史。上元中，迁户部尚书，仪凤四年卒，赠幽州都督。见招，被招为婿。⑰曩昔：以往。维扬：扬州。见前《代寿山答孟少府移文书》注。⑱落魄：穷困失意。⑲禫（dàn）服：丧服、素服。⑳天伦：兄弟。㉑“白雪”六句：谓己拭泪持刀，怀着虔敬之心，亲自洗削尸骨，包裹后背着徒步快行，连晚上睡觉都不离身。雪泣，拭泪。辍，停止。㉒“遂丐”句：谓借钱将友人安葬于鄂城东。丐贷，借款。鄂城，鄂州城，江夏郡治所，即今武昌。㉓“礼以”二句：谓以礼迁葬，以显示朋友间的深情。窆（biǎn）：埋葬。式，语助词。昭，显扬。㉔逸人：隐士。东岩子：其人不详。岷山：在四川北部，为岷江、嘉陵江发源地。㉕巢居：原始人宿于树，称为巢居。不迹：足迹不到。㉖广汉：汉郡名，唐为巴西郡，辖绵州、梓州、剑州，此以旧名称。㉗诣：到。㉘“因举”句：谓推举他们应试有道科。有道，唐代科举名，在进士、明经科之外，为制科。㉙养高：谓培养高尚的志节。忘机：谓忘记机巧，与世无争。㉚苏公：指苏颋。据《旧唐书·苏瑰传》，苏颋少有俊才，一览千言。开元四年尝官紫微侍郎、同紫微黄门平章事。开元八年，除礼部尚书。不久，迁益州大都督长史。益州：即今成都。㉛投刺：谓投送名帖以干谒。刺，名帖。㉜专车之骨：巨人之骨，其骨专车，故谓专车之骨。此喻李白及其文章有大家风骨。《国语·鲁语下》：“仲尼曰：‘丘闻之，昔禹致群神于会稽之山，防风氏后至，禹杀而戮之，其骨节专车。’”专车，满一车也。㉝马公：马正会，安州中都督府都督。㉞元丹：即元丹丘，李白挚友。见前《将进酒》诗注。亲接：谓亲耳听到。㉟“若苏、马”二句：谓如果苏、马二公为愚钝之人，（他们的话）又哪里值得陈说给长史您呢！㊱“倘贤”：谓倘若他们以贤为贤，则我有可崇尚之处。㊲“夫唐”四句：语出《论语·泰伯》：“武王曰：‘予有乱臣十人。’孔子曰：‘才难，不其然乎？唐虞之际，与斯为盛，有妇人焉，九人而已。’”何晏注："马曰：乱，治也。治官者十人，谓周公旦、召公奭、太公望、毕公、荣公、太颠、闳夭、散宜生、南宫适。其一人谓文母。"又云："周最盛，多贤才，然尚有一妇人，其余九人而已。大才难得，岂不然乎？"唐虞，指唐尧与虞舜。㊳野人：庶民。㊴顾：眷顾。㊵按剑：以手抚剑。《史记·平原君列传》："毛遂按剑，历阶而上。"这里按剑是呵斥的意思。㊶"鹰扬"六句：大意谓裴长史相貌威武，牙齿洁白整齐，肌肤细腻柔滑，光明朗洁，神采照人，若行于玉山之上。编贝，编排在一起的贝壳。凝脂，喻肌肤洁白柔润。昭昭，光明貌。玉山上行，《世说新语·容止》："见裴叔则如玉山上行，光映照人。"㊷天京：京师都城。㊸"气干"句：谓气贯长虹。干，干犯。虹蜺，见前《答王十二寒夜独酌有怀》诗注。㊹将华轩：乘华美之车。将，一本作埒(liè)。华轩，雕饰华美的车乘。㊺"而晚"二句：谓裴长史晚年改变节操，倾心文翰。㊻度越：超越。㊼"屈佐"二句：谓裴长史屈居安陆都督的辅佐，而政事清明。郧(yún)国，安州春秋时为郧国，后为楚所灭。㊽"棱威"二句：谓裴长史威势甚盛，使人畏服。慑，畏惧。㊾高义：崇高之义行。㊿间：间隔，阻隔。(51)运会：时运际会。(52)"得趋"句：谓有机会追随。末尘，步履扬起的灰尘。(53)"承颜"二句：谓会面接谈，已八九次。度，次。(54)"何图"二句：谓未料忽起诽谤、谩骂之声，群起而诋毁我。詈(lì)，一本作言，骂。攒(cuán)：聚集。(55)"将欲"二句：谓造谣者散播流言，为使裴长史也相信从而震怒。投杼，用曾母惊谗言事，见前《答王十二寒夜独酌有怀》诗注。杼，织布机的工具。下客，折节下士。(56)悔吝：耻辱悔恨。(57)"畏天命"三句：语出《论语·季氏》。(58)害：畏惧。(59)"则将"三句：谓将以兰芳沐浴，自退于鼎镬，生死全凭裴长史处置。浴兰沐芳，喻品德高洁。见前《沐浴子》诗注。屏，退。烹鲜，《老子》："治大国若烹小鲜。"鲜，鱼也。烹鲜之地，谓鼎镬，古代以鼎镬烹人的酷刑。(60)沟壑：山沟，指野死之处或困厄之境。(61)"昔王"句：语出《世说新语·政事》："王安期作东海郡，吏录一犯夜人来，王问：'何处来？'云：'从师家受书还，不觉日晚。'王曰：'鞭挞宁越以立威名，恐非致理之本。'使吏送令归家。"刘孝标注："《吕氏春秋》曰：宁越者，中牟鄙人也，苦耕稼之劳，谓其友曰：'何为可以免此苦也？'其友曰：'莫如学也。学三十岁则可以达矣。'宁越曰：'请以十五岁。人将休，吾不敢休；人将卧，吾不敢卧。'学十五岁而为周威公之师也。"犯夜，违禁夜行。(62)通人：学识渊博，贯通古今之人。王充《论衡·超奇》："通书千篇以上，万卷以下，弘畅雅闲，审定文读，而以教授为人师者，通人也。”㊸辱：谦辞。英眄：犹言青睐，爱顾。㊹“白必能”四句：用荆轲刺秦王事。荆轲赴秦，为燕太子丹刺秦王，在易水与别，歌曰：“风萧萧兮易水寒，壮士一去兮不复返。”其节义气贯长虹，精诚动天。事见《史记·刺客列传》。这里李白反用荆轲所歌之意。㊺“西入”二句：谓将西赴长安，以观秦地风俗。秦海，谓秦地，因地域广袤，故称秦海，此代指长安。国风，邦国的风俗。㊻弹长剑：用冯驩事，见前《行路难三首》之二诗注。

［评析］

此文是李白因遭人谗谤，而作以向安州裴长史自辩的，是我们了解李白家世与生平非常重要的一篇文章。文章第一段首先交代作此文的目的，以引出全文。第二段叙述家世，着意突出出身之高贵。第三段叙述经历，自陈轻财好施、存交重义、养高忘机等高洁的品质和天才英丽的过人才华，展示自我奇伟卓越、非常之士的形象，从而为下文做铺垫。第四段李白先称誉裴长史，赞其高义重诺，谦以好贤，同样是为申诉自己才高遭妒、德洁被谤做铺垫。有意思的是，在表达了希望裴长史为自己雪谤之后，作者在文章的最后，又以近于“威胁”的口吻警告对方，如不能开解，将永辞而去，西入秦海。这看似不可理解，其实正是与前文所述自己的奇伟高洁的品质联系在一起的，见出即便是陈情的文章，李白仍然捍卫自己傲岸不屈的人格品节。苏轼《李太白碑阴记》谓李白“以气为主”，正告诉了我们这一点！正是如此，此文读来颇有雄肆之气。至于文中称誉作为州郡僚佐的裴长史，则应如洪迈《容斋四笔》卷三所云：“白以白衣入翰林，其盖世英姿，能使高力士脱靴于殿上，岂拘拘然怖一州佐者邪？盖时有屈伸，正自不得不尔。大贤不偶，神龙困于蝼蚁，可胜叹哉！”

这篇文章李白高自标置，塑造怀抱高洁、耿介超俗、天才英丽的自我形象，对于我们认识理解李白形象的精神内涵，具有重要意义。

剑阁赋[①]

咸阳之南[②],直望五千里,见云峰之崔嵬。前有剑阁横断,倚青天而中开[③]。上则松风萧飒瑟飕[④],有巴猿兮相哀[⑤]。旁则飞湍走壑[⑥],洒石喷阁,汹涌而惊雷。送佳人兮此去[⑦],复何时兮归来?望夫君兮安极[⑧]?我沉吟兮叹息。视沧波之东注,悲白日之西匿[⑨]。鸿别燕兮秋声,云愁秦而暝色[⑩]。若明月出于剑阁兮,与君两乡对酒而相忆[⑪]。

[注释]

①此文作于李白首次入长安期间。剑阁,即剑门关。在今四川剑阁县东北,有剑门七十二峰,峭壁中断,两崖相嵌,形似剑门。其阁地势险要,为古代戍守要塞。此文题下有注云:"送友人王炎入蜀。"王炎,是李白的友人,死时李白作有《自溧水道哭王炎三首》。②咸阳:县名,在长安西北,因在北山之南,渭水之北,皆山水之阳,故称咸阳。此代指长安。③"前有"二句:谓前面群山连绵,突兀入云,唯有剑阁峰,倚空而立,中开一线,可通蜀地。④瑟飕(yù):风吹貌。⑤巴猿:巴地的猿猴。⑥走:奔腾。⑦佳人:可指美人,也可称俊士,此与下文"夫君"均指友人王炎。⑧安极:谓无所极止。⑨"视沧"二句:谓水流东下,落日西倾。注,流。匿,日落似隐,故云匿。⑩"鸿别"二句:摹状秋景,意谓北雁南飞,其鸣声声;秦云惨淡,暮色苍茫。燕,代指北方。暝色,暮色。⑪"若明"二句:谓月出剑阁,则当举酒对月,以寄相思之情。

[评析]

这篇文章大抵与《蜀道难》同时所作,作者将《剑阁赋》中送王炎入蜀的个别性体验,升华为《蜀道难》一般意义上对于人生的慨叹。就本文而言,如果改作为诗的话,可拟以《剑阁歌送王炎入蜀》之题,类似于《峨眉山月歌送蜀僧晏入中京》等。从送别的角度说,文章着笔于友人所往之地,着力描写剑阁之奇险高峻,为写送友人入蜀暗作铺垫,从而顺理成章地转入到对友人入蜀的牵挂及别后相思之情。文章短小而意味隽永,堪称为抒情小赋。祝尧《古赋辨体》卷七论此文即云:“赋也。其前有‘上则’、‘旁则’等语,是挚敛《上林》、《两都》铺叙体格,而裁入小赋,所谓‘天吴与紫凤,颠倒在短褐’者欤!故虽以小赋亦自浩荡,而不伤俭陋。盖太白才飘逸,其为诗也,或离旧格而去之,其赋亦然。”所见甚是!

与韩荆州书[①]

白闻天下谈士相聚而言曰[②]:“生不用万户侯[③],但愿一识韩荆州。”何令人之景慕,一至于此耶[④]!岂不以有周公之风,躬吐握之事[⑤],使海内豪俊,奔走而归之,一登龙门[⑥],则声誉十倍。所以龙盘凤逸之士[⑦],皆欲收名定价于君侯[⑧]。愿君侯不以富贵而骄之,寒贱而忽之,则三千宾中有毛遂,使白得颖脱而出[⑨],即其人焉[⑩]。

白陇西布衣,流落楚汉[⑪]。十五好剑术,遍干诸侯[⑫]。三十成文章,历抵卿相[⑬]。虽长不满七尺,而心雄万夫。王公大臣,许与气义。此畴曩心迹[⑭],安敢不尽于君侯为!君侯制作侔神明[⑮],德行动天地,笔参于造化,学究于天人[⑯]。幸愿开张心颜,不以长揖见拒[⑰]。必若接之以高宴,纵之以清谈[⑱],请日试万言,倚马可待[⑲]。今天下以君侯为文章之司命[⑳],人物之权衡[㉑],一经品题[㉒],便作佳士。而君侯何惜阶前盈尺之地,不使白扬眉吐气、激昂青云耶[㉓]?

昔王子师为豫州,未下车即辟荀慈明;既下车又辟孔文举[㉔]。山涛作冀州,甄拔三十余人,或为侍中、尚书,先代所美[㉕]。而君侯亦荐一严协律,入为秘书郎。中间崔宗之、房习祖、黎昕、许莹之徒,或以才名见知,或以清白见赏[㉖]。白每观其衔恩抚躬,忠义奋发，以此感激[27]，知君侯推赤心于诸贤腹中，所以不归他人，而愿委身国士[28]。倘急难有用，敢效微躯[29]。

且人非尧、舜，谁能尽善？白谟猷筹画[30]，安能自矜[31]？至于制作，积成卷轴[32]，则欲尘秽视听[33]，恐雕虫小伎，不合大人。若赐观刍荛[34]，请给以纸墨，兼人书之。然后退归闲轩，缮写呈上。庶青萍、结绿，长价于薛、卞之门[35]。幸惟下流[36]，大开奖饰[37]，惟君侯图之。

［注释］

①此文开元二十二年(734)作于襄阳。韩荆州，韩朝宗。因以荆州长史兼判襄州刺史、山南东道采访处置使，而称韩荆州。喜奖拔后进，为当时士流所归重。李白《忆襄阳旧游赠马少府巨》诗云："昔为大堤客，曾上山公楼。高冠佩雄剑，长揖韩荆州。"知李白游历襄阳时曾拜谒韩朝宗。②谈士：游说之士。孔融《与曹操论盛孝章书》："天下谈士，依以扬声。"③万户侯：食邑万户的诸侯。④景慕：仰慕。⑤"岂不"二句：用周公吐哺握发事。周公，周文王之子姬旦，曾辅助武王灭商纣，建立周王朝，被封于鲁。武王薨，成王年幼，周公摄政。吐握，礼贤下士。《韩诗外传》卷三："周公曰：'吾文王之子，武王之弟，成王之叔父也，又相天下。吾于天下亦不轻矣。然一沐三握发，一饭三吐哺，犹恐失天下之士。'"⑥登龙门：《世说新语·德行》："李元礼风格秀整，高自标持，欲以天下名教是非为己任。后进之士，有升其堂者，皆以为登龙门。"龙门，见前《公无渡河》诗注。⑦龙盘凤逸：喻豪杰幽处待时。《三国志·魏书·杜袭传》："袭喻之曰：吾所以与子俱来者，徒欲龙蟠幽薮，待时凤翔。"⑧收名定价：取得声名，确定身价。⑨"则三"二句：毛遂，战国时赵平原君门客。《史记·平原君列传》："门下有毛遂者，前，自赞于平原君。……平原君曰：'夫贤士之处世也，譬若锥之处囊中，其末立见。今先生处胜之门下三年于此矣，左右未有所称诵，胜未有所闻，是先生无所有也。先生不能，先生留。'毛遂曰：'臣乃今日请处囊中耳。使遂早得处囊中，乃颖脱而出，非特其末见而已。'"此二句李白以毛遂自喻。⑩其人：原指平原君，此指韩荆州。⑪陇西：古郡名，秦置，至隋废，治所在狄道(今甘肃临洮南)。李白自称陇西，乃就郡望言。布衣：即平民百姓。楚汉：古楚国汉水一

代。李白当时正流落于安陆、襄阳等汉水流域，故称“流落楚汉”。⑫干：干谒。诸侯：此指地方州郡长官。⑬历抵：与“遍干”同义。卿相：谓朝廷公卿宰相。⑭畴曩：往昔，以往。⑮制作：谓文章。侔(móu)：相等。神明：神灵。何承天《达性论》：“妙思穷幽赜，制作侔造化。”⑯“笔参”二句：谓文思精妙，可参与自然化育天地万物之变化；学问渊深，可探究天道与人事之际的各种奥秘。⑰“不以”句：谓不要拒绝接见。长揖，相见时，拱手高举，自上而下。古代礼制，平民见官长须行叩拜之礼，长揖则为平交之礼。⑱接：待。高宴：盛宴。纵：放任之，使尽言。清谈：清雅的谈论。⑲倚马可待：谓文思敏捷。《世说新语·文学》：“桓宣武北征，袁虎时从，被责免官。会须露布文，唤袁倚马前令作。手不辍笔，俄得七纸，殊可观。”⑳司命：掌握人之命运者。此用以指权威。㉑权衡：称量物体轻重的器具。此以指评量人物。㉒品题：评定，给以评语。㉓激昂青云：谓意气风发，昂扬于云霄之上。见前《秋夜于安府送孟赞府还都序》注。㉔“昔王”三句：《后汉书·王允传》：“王允，字子师……拜豫州刺史，辟荀爽、孔融等为从事。”《晋书·江统传》：“昔王子师为豫州，未下车辟荀慈明，下车辟孔文举。”李白此用《晋书》原句。㉕山涛：字巨源，西晋人，竹林七贤之一。《晋书·山涛传》：“出为冀州刺史，加宁远将军。冀州俗薄，无相推毂。涛甄拔隐屈，搜访贤才，旌命三十余人，皆显名当时。人怀慕尚，风俗颇革。”先代：前代。美：称赞。㉖严协律：名不详。协律郎，掌管校正乐律的官员。秘书郎：秘书省掌管图书收藏及抄写事务的官员。崔宗之：李白所与交游的友人，曾官起居郎、礼部员外郎、礼部郎中等职。房习祖、许莹：事迹皆不详。黎昕：据王维《黎拾遗昕裴迪见过秋夜对雨之作》，曾官拾遗之职。㉗感激：感奋激发。㉘国士：举国推重仰望之士，此指韩荆州。㉙急难：危难。见前《秋夜于安府送孟赞府还都序》注。微躯：谦辞，卑微的身躯。㉚谟猷：谋略。㉛自矜：自夸。㉜卷轴：古时图书皆用长卷以贯轴卷舒，故谓之卷轴。㉝尘秽视听：谦辞，谓自己的诗赋不足观，有辱清听。㉞刍荛(ráo)：割草、打柴，此以喻不登大雅之堂的草野文字。㉟“庶青萍”二句：青萍，剑名。结绿，玉名。薛，薛烛，古之善相剑者，事载《越绝书》。卞，卞和，古之善识玉者，事见《韩非子·和氏》。二句借剑、玉自喻，以薛、卞喻韩荆州。㊱下流：谓韩荆州之恩泽如水下流，惠及于己。㊲奖饰：称美、赞誉。

［评析］

这是一篇具有干谒性质的文章，李白自荐于韩荆州，希望能得到他的识拔与举荐。与一般干谒文不同，这篇文章叙述中虽也不免有称誉对方的内容，但在陈情时，并不因有求于彼而露出丝毫的乞怜之意；相反，作者更是着意把自己塑造成为奇伟不群、崇气尚义、志向高远者，从中颇能见出作者傲然挺立的精神人格。今天看来，原本想借重于韩荆州而一展宏图、实现人生理想的李白，并未借助于此文达到目的，反倒是历史上碌碌无为、“初无甚过人之事”的韩荆州由李白此文而“窃得”了些许名声，并借此而流芳后世，这是代表着权势的韩荆州所难以预料的，也是李白作此文时绝然想不到的。这告诉我们，历史终究是公平的！正如李白《江上吟》诗所说：“屈平辞赋悬日月，楚王台榭空山丘。”

暮春江夏送张祖监丞之东都序[1]

吁咄哉[2]，仆书室坐愁，亦已久矣。每思欲遐登蓬莱，极目四海，手弄白日，顶摩青穹，挥斥幽愤[3]，不可得也。而金骨未变，玉颜已缁[4]，何常不扪松伤心，抚鹤叹息[5]。误学书剑，薄游人间[6]。紫微九重[7]，碧山万里。有才无命，甘于后时[8]。刘表不用于祢衡，暂来江夏[9]；贺循喜逢于张翰，且乐船中[10]。

达人张侯，大雅君子[11]。统泛舟之役[12]，在清川之湄[13]。谈玄赋诗，连兴数月，醉尽花柳，赏穷江山。王命有程，告以行迈[14]，烟景晚色，惨为愁容。系飞帆于半天，泛渌水于遥海。欲去不忍，更开芳樽，乐虽寰中[15]，趣逸天半[16]。平生酣畅，未若此筵。至于清谈浩歌[17]，雄笔丽藻，笑饮醁酒[18]，醉挥素琴[19]，余实不愧于古人也。

扬袂远别[20]，何时归来？想洛阳之秋风，将脍鱼以相待[21]。诗可赠远，无乃阙乎[22]？

［注释］

①此文作于开元二十二年(734)春。江夏,今湖北武汉。张祖,一作张承祖。李白有《江夏送张丞》诗,或即其人。监丞,据文中"统泛舟之役",张祖或为都水监丞。之,往。东都,洛阳。②吁咄(duō):感叹。③蓬莱:传说中海上仙山,见前《西岳云台歌送丹丘子》诗注。四海:四方、天下。弄:玩赏。摩:接。青穹:青天。挥斥:纵放排解。幽愤:郁结于心中之悲愤。④"金骨"二句:谓仙药尚未炼成,容颜已老。金骨,道教谓服药以换骨成仙。缁(zī):黑色。⑤"何常"二句:扪松、抚鹤,皆承上,谓学仙求道。⑥书剑:谓习文学武。薄游:本指为薄禄而宦游于外,这里是漫游之意。⑦紫微:天子所居之宫,以拟天之紫微垣而名。九重:天子之门九重,见前《梁甫吟》诗注。⑧后时:失时,不及时。《楚辞·惜誓》:"黄鹄后时而寄处兮,鸱枭群而制之。"王逸注:"言贤者失时后辈,亦为谗佞所排逐也。"⑨"刘表"二句:祢衡,字正平。少有才辩而气尚刚傲,好矫时慢物。因触怒曹操,被送与荆州太守刘表,也不为所容,卒转至江夏,为太守黄祖所杀。事见《后汉书·祢衡传》。此以祢衡喻己。⑩"贺循"二句:张翰,字季鹰,吴郡吴人。有清才,善属文,初纵放不拘,无意仕进。时会稽贺循赴命入洛,经吴阊门,于船中弹琴。翰就循言谈,大相钦悦。及知贺循入洛,乃不告家人,与同船而去。事见《晋书·张翰传》。⑪达人:谓博识通达之人。大雅:谓正而有美德、有大雅之才者。⑫泛舟之役:谓漕运公务。《左传》僖公十三年:"秦于是乎输粟于晋,自雍及绛相继,命之曰泛舟之役。"⑬湄:岸边。⑭王命:谓官务。有程:谓有期限。行迈:谓远行。⑮寰中:宇内,尘寰。⑯"趣逸"句:谓意趣超越天外。逸,超越。天半,高空。⑰清谈:以玄理为内容的清雅之谈,即前文所谓"谈玄"。⑱醁(lù)酒:美酒。李白《叙旧赠江阳宰陆调》:"多沽新丰醁,满载剡溪船。"⑲素琴:未加装饰的琴。⑳袂(mèi):衣袖。㉑"想洛阳"二句:用张翰事,见前《秋下荆门》诗注。脍,细切为脍,谓切割。㉒"无乃"句:谓怎能没有诗赠行呢?阙,空缺。

［评析］

这篇文章是作者同年上书韩朝宗希冀"一登龙门"而未果后,游历江夏时为送张祖所作。文章第一段以强烈的咏叹开篇,写自己"仙宫两无从,人间久摧藏"的遭遇,借以表达失意后的愤郁之情,见出感情之强烈。第二段先就对方着笔,着意表现其“醉尽花柳,赏穷江山”的豪情逸兴与超拔脱俗的精神人格,归于应王命而行迈,再转写自己,以“不愧于古人”见出作者的胸襟与气概。第三段就送别而措笔,以名士张翰见秋风而思归,表达对对方及早归来的期盼,点醒题目。全文不重叙事与写景,而偏于抒情,感情沉郁而慷慨,生动地反映了作者处于逆境时内心的苦闷彷徨与失意之情,有较强的感染力。

冬夜于随州紫阳先生餐霞楼送烟子元演隐仙城山序①

吾与霞子元丹,烟子元演②,气激道合,结神仙交③,殊身同心,誓老云海,不可夺也④。历行天下,周求名山⑤,入神农之故乡⑥,得胡公之精术⑦。胡公身揭日月,心飞蓬莱⑧。起餐霞之孤楼,炼吸景之精气⑨。延我数子,高谈混元⑩。金书玉诀⑪,尽在此矣。白乃语及形胜⑫,紫阳因大夸仙城。元侯闻之,乘兴将往⑬。别酒寒酌,醉青田而少留⑭;梦魂晓飞,度渌水以先去⑮。

吾不滞于物,与时推移⑯。出则以平交王侯,遁则以俯视巢、许⑰。朱绂狎我,绿萝未归⑱。恨不得同栖烟林,对坐松月。有所款然⑲,铭契潭石⑳。乘春当来,且抱琴卧花,高枕相待。诗以宠别㉑,赋而赠之。

[注释]

①此文当作于开元二十三年(735),时李白与元丹丘、元演一同访胡紫阳,元演欲隐仙城山,李白作此文以送之。李白《忆旧游寄谯郡元参军》诗云:“相随迢迢访仙城……紫阳之真人,邀我吹玉笙。餐霞楼上动仙乐,嘈然宛似鸾凤鸣。”即指此文所叙之事。元参军即元演。随州,唐州名,天宝初曾一度改为汉东郡,治所在今湖北随县。紫阳先生,胡紫阳,唐代著名道士。李白另有《紫阳

先生碑铭》、《题随州紫阳先生壁》,载其事较详。仙城山,又名善光山,在州东八十里。②元丹、元演:元丹即元丹丘,霞子乃其号。元演或以烟子为号,当是元丹丘之弟。③“气激”二句:谓气味相投,志同道合,结为道友。结神仙交,因共同信仰道教而结为道友。④夺:移易改变。⑤周求:遍求。⑥神农:传说中农业和医药的发明者,一说即炎帝。相传生于随州厉山石穴,故以随州为神农之故乡。⑦胡公:即胡紫阳。精术:修道之术。⑧揭:高举。蓬莱:传说中的海上仙山。⑨“起餐霞”二句:谓胡紫阳为求仙学道而建餐霞楼,在楼上修道,炼吸日之精气。⑩延:邀请。数子:指李白及元丹丘兄弟。混元:天地形成之初的原始状态。⑪“金书”句:谓道教之仙书宝诀。⑫形胜:名胜,风景优美、形势优越之地。⑬元侯:谓元演。唐代士大夫间相互称侯,以示尊敬。⑭青田:酒名。据崔豹《古今注》卷下:“乌孙国有青田核,莫测其树实之形。至中国者,但得其核耳。得清水,则有酒味出,如醇美好酒。核大如六升瓠,空之以盛水,俄而成酒。刘章得两核,集宾客设之,常供二十人之饮。一核尽,一核所盛以复饮。饮尽,随更注水,随尽随盛,不可久置,久置则苦不可饮,名曰青田酒。”⑮渌:清。⑯“吾不”二句:《楚辞·渔父》:“圣人不凝滞于物,而能与世推移。”王逸注:“不困辱其身也,随俗方圆。”推移,变化。⑰平交:平等之交。遁:隐。巢、许:巢父、许由,古代两位隐士。见前《鸣皋歌送岑征君》诗注。李白《少年行》:“府县尽为门下客,王侯皆是平交人。”⑱“朱绂(fú)”二句:谓志在出仕,尚未打算归隐。朱绂,朝服。狎(xiá),亲。朱绂狎我,犹言我狎朱绂,言从政之心也。绿萝,代指隐逸。⑲款然:恳切貌。⑳铭契:镌刻。㉑宠别:赋诗文赠别,以壮行色,与前《秋夜于安府送孟赞府兄还都序》中“且各赋诗,以宠歧路”异语同意。

[评析]

此文送元演归隐。文章第一段描写与元丹丘兄弟神契道合,皆志在隐逸,而归于送元演归隐仙城山。第二段着笔自我兼顾送别。作者在描写自我时,借用《楚辞·渔父》中评价圣人之言,着意塑造自我轩然霞举、顺遂万物的形象。文中“出则以平交王侯,遁则以俯视巢、许”二句,一直被视为有裨认识和理解李白傲视权贵、卓然不群的精神人格的重要表述。

春夜宴从弟桃花源序[①]

夫天地者，万物之逆旅也；光阴者，百代之过客也[②]。而浮生若梦，为欢几何[③]？古人秉烛夜游，良有以也[④]。况阳春召我以烟景，大块假我以文章[⑤]。会桃花之芳园，序天伦之乐事[⑥]。群季俊秀，皆为惠连[⑦]；吾人咏歌，独惭康乐[⑧]。幽赏未已，高谈转清[⑨]。开琼筵以坐花，飞羽觞而醉月[⑩]。不有佳咏，何伸雅怀[⑪]？如诗不成，罚依金谷酒斗数[⑫]。

[注释]

①此文当是开元二十五年(737)闲居安陆期间所作。李白集中称从弟者甚众。其在安陆期间，与李幼成、李令问交往密切，此处从弟所指或即二人。桃花源，一作桃园，疑在安陆白兆山桃花岩。②"夫天地"四句：极写人生短暂。逆旅，客舍。见前《拟古十二首》诗注。过客，来往行人。③浮生：人生漂浮无定，因以人生为浮生。《庄子·刻意》："其生若浮，其死若休。"为欢：谓赏心乐事。几何：谓短而少。曹操《短歌行》："对酒当歌，人生几何？"④"古人"二句：《古诗十九首》："昼短苦夜长，何不秉烛游。"曹丕《与吴质书》："古人思炳烛夜游，良有以也。"后因以秉烛夜游表示及时行乐。秉烛，手持蜡烛。良有以也，谓很有原因、道理。⑤召：召唤。大块：天地。见前《日出入行》诗注。假：给予。文章：谓大自然之色彩。⑥会：会聚。芳园：桃花芳香满园，故曰芳园。序：同"叙"。天伦，父子兄弟等天然的亲情。⑦群季：谓从弟。古人以伯仲叔季为兄弟间的排行，此以季为弟之代称，因弟非一人，故曰群。俊秀：才智杰出。惠连：谢惠连，谢灵运族弟。颖悟早慧，为谢灵运所知赏。谢灵运"池塘生春草，园柳变鸣禽"的名句，据传即为梦惠连而得。⑧"独惭"句：自谓无谢灵运之才而惭愧。康乐，谢灵运袭封康乐公，故称谢康乐。⑨"幽赏"二句：清幽胜景之赏。高谈，因兴致高而放言高论。转清，谓转而谈论抽象之玄理，清雅脱俗，故称清谈。⑩"开琼筵"二句：琼筵，宴之美称。坐花，坐在花丛中。飞羽觞，谓频频举杯。羽觞，古代饮

酒用的耳杯，作雀鸟状，有首尾、两翼。一说插鸟羽于觞，促人速饮。《文选》卷三十二《骚下·招魂》："瑶浆蜜勺，实羽觞些。"刘良注："觞，酒器也。插羽于上。"二句谓设筵于月下花丛，酒酣热饮，频频举杯。⑪佳咏：美好的诗章。雅怀：超俗清雅的襟怀。⑫"罚依"句：晋石崇在洛阳有金谷园，常与朋友饮酒赋诗于园中。石崇《金谷诗序》："遂各赋诗，以叙中怀。或不能者，罚酒三斗。"此用其意。

［评析］

此文描写与诸从弟桃园月下宴饮赏乐，抒发了作者旷逸萧散的情致。清景、清酒、清兴、清谈，所有的一切，都令作者逸兴遄飞，发而为文，则自然文藻清逸，情性满纸。作者将宴乐放置于永恒的时间背景下，以时间之永恒反衬人生及宴乐之短暂，表达及时行乐之主题。但是另一方面，文章又没有因为人生短暂而流露出丝毫的消极颓丧之意，传递给我们的是骋怀快意的气息。此文短小而意味隽永，虽为文章，而具有了诗之意境与趣味。昔人谓"太白文萧散流丽，乃诗之余"，最能从此类短什中见出。

大鹏赋并序[①]

余昔于江陵[②]，见天台司马子微[③]，谓余有仙风道骨，可与神游八极之表[④]，因著《大鹏遇希有鸟赋》以自广[⑤]。此赋已传于世，往往人间见之。悔其少作[⑥]，未穷宏达之旨[⑦]，中年弃之。及读《晋书》，睹阮宣子《大鹏赞》[⑧]，鄙心陋之[⑨]。遂更记忆，多将旧本不同[⑩]。今复存手集，岂敢传诸作者，庶可示之子弟而已[⑪]。其辞曰：

南华老仙发天机于漆园[⑫]，吐峥嵘之高论，开浩荡之奇言[⑬]，征至怪于齐谐[⑭]，谈北溟之有鱼。吾不知几千里，其名曰鲲。化成大鹏，质凝胚浑[⑮]。脱鬐鬣于海岛，张羽毛于天门[⑯]。刷渤澥之春流，晞扶桑之朝暾[17]。烜赫于宇宙[18],凭凌乎昆仑[19]。一鼓一舞,烟朦沙昏[20]。五岳为之震落,百川为之崩奔[21]。乃蹶厚地,揭太清[22]。亘层霄,突重溟[23]。激三千以崛起,向九万而迅征[24]。背嶫大山之崔嵬,翼举长云之纵横[25]。左回右旋,倏阴忽明[26]。历汗漫以夭矫,羾阊阖之峥嵘[27]。簸鸿蒙[28],扇雷霆。斗转而天动,山摇而海倾[29]。怒无所搏,雄无所争。固可想像其势,仿佛其形[30]。

若乃足萦虹蜺,目耀日月[31]。连轩沓拖,挥霍翕忽[32]。喷气则六合生云[33],洒毛则千里飞雪。邈彼北荒,将穷南隅[34]。运逸翰以傍击,鼓奔飚而长驱[35]。烛龙衔光以照物,列缺施鞭而启途[36]。块视三山,杯观五湖[37]。其动也神应,其行也道俱[38]。任公见之而罢钓,有穷不敢以弯弧。莫不投竿失镞[39],仰之长吁。尔其雄姿壮观,块轧河汉[40],上摩苍苍,下覆漫漫[41]。盘古开天而直视[42],羲和倚日而傍叹[43]。缤纷乎八荒之间,掩映乎四海之半[44]。当胸臆之掩昼,若混茫之未判[45]。忽腾覆以回转,则霞廓而雾散[46]。

然后六月一息,至于海湄[47]。欻翳景以横翥[48],逆高天而下垂。憩乎泱漭之野,入乎汪湟之池[49]。猛势所射,余风所吹,溟涨沸渭,岩峦纷披[50]。天吴为之怵栗,海若为之蹙跜[51]。巨鳌冠山而却走,长鲸腾海而下驰。缩壳挫鬣[52],莫之敢窥。吾亦不测其神怪之若此,盖乃造化之所为[53]。岂比夫蓬莱之黄鹄,夸金衣与菊裳[54]?耻苍梧之玄凤,耀彩质与锦章[55]。既服御于灵仙,久驯扰于池隍[56]。精卫勤苦于衔木[57],鶢鶋悲愁乎荐觞[58]。天鸡警曙于蟠桃,踆乌晰耀于太阳[59]。不旷荡而纵适,何拘挛而守常[60]?未若兹鹏之逍遥,无厥类乎比方[61]。不矜大而暴猛,每顺时而行藏[62]。参玄根以比寿,饮元气以充肠[63]。戏旸谷而徘徊,冯炎洲而抑扬[64]。

俄而希有鸟见谓之曰[65]:"伟哉鹏乎,此之乐也。吾右翼掩乎西极[66],左翼蔽乎东荒[67]。跨蹑地络,周旋天网[68]。以恍惚为巢,以虚无为场[69]。我呼尔游，尔同我翔。”于是乎大鹏许之，欣然相随。此二禽已登于寥廓，而斥鷃之辈空见笑于藩篱[70]。

［注释］

①这篇文章是作者天宝元年(742)秋入长安之后未久而作。从赋的序中可知，此文是李白在开元十三年(725)于江陵所作的《大鹏遇希有鸟赋》的基础上改写而成的。大鹏，传说中的大鸟，《庄子·逍遥游》：“北冥有鱼，其名为鲲。鲲之大不知其几千里也。化而为鸟，其名为鹏。鹏之背，不知其几千里也。怒而飞，其翼若垂天之云。是鸟也，海运则将徙于南冥。南冥者，天池也。《齐谐》者，志怪者也。《谐》之言曰：鹏之徙于南冥也，水击三千里，抟扶摇而上者九万里。”此赋即本其意。②江陵，即今湖北江陵。见《朝发白帝城》诗注。③司马子微：司马承祯，字子微，唐代著名道士，初隐天台山。开元年间，曾被召至京师，玄宗诏于王屋山置坛以居，开元二十二年卒。④八极之表：犹言天地之外。八极，八方之极。《淮南子·原道训》：“廓四方，析八极。”⑤希有鸟：神鸟名。东方朔《神异经·中荒经》：“昆仑之山……有大鸟，名曰希有。”此以希有鸟喻司马承祯，以大鹏自喻。⑥少作：年轻时不成熟的作品。⑦“未穷”句：谓少作识见狭隘。穷，尽。宏达，宏博通达。⑧阮宣子：阮修，字宣子。好《易》、《老》，善清言。尝作《大鹏赞》，云：“苍苍大鹏，诞自北溟。假精灵鳞，神化以生。如云之翼，如山之形。海运水击，扶摇上征。翕然层举，背负太清。志存天地，不屑唐廷。学鸠仰笑，尺鷃所轻。超世高逝，莫知其情。”⑨鄙：谦词。陋之：谓阮修《大鹏赞》粗陋。⑩将：与。⑪诸：之于。作者：犹言方家。庶可：或可。⑫南华老仙：谓庄子。《旧唐书·玄宗纪》：“(天宝元年)二月丁亥……庄子号为南华真人。”漆园：庄子曾为蒙国漆园吏。⑬峥嵘：谓卓越超拔。浩荡：广阔壮大。⑭征：征引。至怪：一作志怪，记载奇异之事。齐谐：书名。或云人名，当误。⑮“质凝”句：言鲲化为鹏的蜕化过程。《文选》卷十二郭璞《江赋》：“类胚浑之未凝。”李善注：“似胚胎浑混，尚未凝结。”⑯鬐鬣(qí liè)：原指马颈上的长毛，此指鲲之脊鳍(qí)。天门：上帝所居天宫之门。见前《望天门山》诗注。⑰渤澥：即渤海。《初学记》卷六：“东海之别有渤澥，故东海共称渤海。”晞(xī)：晒。扶桑：古神木名。见前《拟古十二首》诗注。朝暾(tūn)：初生的太阳。⑱烜(xuǎn)赫：声威显赫。⑲凭陵：凌驾、超越。⑳“一鼓”二句：谓大鹏之翅一旦鼓荡，就能使烟波混茫，沙

石昏暗。㉑五岳：见前《梦游天姥吟留别》诗注。崩奔：水激其岸，崩颓奔波。㉒蹶（jué）：踏。揭：高举。太清：天空。㉓亘：横贯。层霄：重霄。重溟：大海。㉔“激三千”二句：谓大鹏掀翅击水三千里，勃然而起，向九万里高空迅疾奋飞。㉕“背嶪（yè）”二句：谓鹏之背如高耸崔嵬的山峰，其翼则如纵贯天空的长云。嶪，高耸貌。大，一本作太。㉖“左回”二句：谓大鹏左右盘旋，遮天蔽日，忽明忽暗。㉗汗漫：漫无边际。见前《庐山谣寄卢侍御虚舟》诗注。天矫：屈曲飞腾貌。𧿹（gòng）：至。阊阖：天门。见前《梁甫吟》诗注。㉘簸：摇动。鸿蒙：自然元气。㉙“斗转”二句：谓大鹏奋飞，其气势使星移斗转，地动山摇，大海颠簸。㉚仿佛：依稀想见。㉛“若乃”二句：虹蜺，见前《答王十二寒夜独酌有怀》诗注。二句谓大鹏足绕虹蜺，目光明亮如日月。㉜“连轩”二句：谓大鹏飞走迅疾。连轩，飞舞貌。沓拖，延长貌。挥霍翕忽，《文选》卷三十五张协《七命》：“翕忽挥霍。”刘良注：“并飞走乱急也。”㉝六合：天地四方。㉞南隅：南方边远之地。㉟“运逸翰”二句：翰，鸟羽。奔飚，疾风。二句谓大鹏以羽翼拍击两边，鼓动疾风，振翅长飞。㊱“烛龙”二句：烛龙，古代神话中的神兽，人面兽身，在西北无日之处，衔烛以照幽暗。见前《北风行》诗注。列缺，闪电。见前《梦游天姥吟留别》诗注。施鞭，闪电似鞭，故云。二句谓烛龙衔烛为大鹏照物，闪电似鞭为大鹏启程。㊲“块视”二句：三山，即传说中的蓬莱、方丈、瀛洲三神山。五湖，太湖及附近的四个湖。二句谓视三山如土块，视五湖如酒杯。㊳“其动”二句：为大鹏之动应于神灵，合于天道。㊴任公：即任公子。《庄子·外物篇》：“任公子为大钩巨缁，五十犗（jiè）以为饵，蹲乎会稽，投竿东海，旦旦而钓，期年不得鱼。已而大鱼食之，牵巨钩，陷没而下，骛扬而奋鬐，白波若山，海水震荡，声侔鬼神，惮赫千里。”有穷：即后羿，相传为有穷国国君，善射。弯弧：弯弓。镞（zú）：箭头。㊵坱（yǎng）轧：漫无边际貌。坱，尘埃。㊶摩：接。苍苍：青天。漫漫：大地。㊷盘古：神话中开天辟地的人。《太平御览》卷二引徐整《三五历纪》记载，盘古生于天地混沌中，后开天辟地，天日高一丈，地日厚一丈，盘古日长一丈。如此，一万八千岁，天极高，地极厚，盘古极长，后乃有三皇。㊸羲和：古代神话中御日者，见前《蜀道难》诗注。㊹“缤纷”二句：缤纷，缭乱貌。八荒，犹言八极。四海，即天下，见前《暮春江夏送张祖监丞之东都序》文注。二句谓大鹏翱翔于天壤间，双翼掩映了半个世界，让人眼花缭乱。㊺胸臆：胸部。混茫：混沌蒙昧。判：分开。㊻“忽腾”

二句：谓大鹏忽地腾飞覆转，则云霞廓清，雾霾驱散。廓，廓清。㊼海湄：海边。㊽欻（xū）：忽然。翳景：遮蔽日月之光。翥（zhù）：飞举。㊾泱漭：广大无涯。汪湟：水深广貌。㊿溟涨：大海。沸渭：水势踊跃不定。纷披：散乱。51天吴：水神名。《山海经·海外东经》："朝阳之谷，神曰天吴，是为水伯。……其为兽也，八首八面，八足八尾。"怵栗：恐惧，战栗。海若：海神名。《楚辞·远游》："令海若舞冯夷。"王逸注："海若，海神名。"夔蚭（kuí ní）：兽动貌。52巨鳌：大龟。冠：戴。《文选》卷五左思《吴都赋》："巨鳌赑屃，首冠灵山。大鹏缤翻，翼若垂天。"吕向注："巨鳌，大龟也。灵山，海中蓬莱山。而大鳌以首戴之。冠犹戴也。"缩壳：谓龟。挫鬣：谓长鲸畏大鹏而屈鳍。53造化之所为：谓大自然所造就者。54"岂比"二句：《西京杂记》卷一："始元元年，黄鹄下太液池，上为歌曰：黄鹄飞兮下建章，羽肃肃兮行跄跄，金为衣兮菊为裳。"太液池中起三山，以象蓬莱、方丈、瀛洲，故曰蓬莱黄鹄。金衣、菊裳，谓黄鹄羽毛。二句谓大鹏岂是着金衣菊裳的黄鹄所能比拟的呢？55"耻苍梧"二句：苍梧，山名，即九疑山，在今湖南宁远县南。见前《远别离》诗注。玄凤，黑色凤鸟。二句谓大鹏以羽毛锦彩的苍梧玄凤为耻。56服御：驾驭车马。灵仙：灵物神仙。驯扰：驯服，顺服。池隍：绕城水。有水曰池，无水曰隍。57精卫：神话中的鸟名。炎帝之女女娃，游东海而溺亡，化为鸟，其名曰精卫，常衔西山木石以填海。58鶢鶋（yuán jū）：也作爰居，海鸟。《庄子·至乐》："昔者海鸟止于鲁郊，鲁侯御而觞之于庙，奏九韶以为乐，具太牢以为膳。鸟乃眩视忧悲，不敢食一脔，不敢饮一杯，三日而死。"59"天鸡"二句：天鸡，见前《梦游天姥吟留别》诗注。踆（qūn）乌：《淮南子·精神训》："日中有踆乌。"高诱注："踆，犹蹲也，即三足乌。"晣（zhé），明亮。二句谓天鸡在蟠桃树上报晓，踆乌在太阳里发光。60拘挛：犹言拘束。61"未若"二句：谓大鹏自由自在，无与伦比，非精卫、鶢鶋、天鸡、踆乌等所能及。厥，其。62矜：自恃。暴：表现。行藏：《论语·述而》："用之则行，舍之则藏。"63参：参验。玄根：即道。《文选》卷二十五卢谌《赠刘琨》："处其玄根，廓焉靡结。"李善注："《广雅》曰：玄，道也。张衡《玄图》曰：玄者，无形之类，自然之根。作于太始，莫与为先。"元气：阴阳未分时天地混沌之气。见前《日出入行》诗注。充肠：充饥。64旸谷：传说中日出之处。《尚书·尧典》："分命羲仲，宅嵎夷。曰旸谷。"孔安国传："旸，明也。日出于谷而天下明，故称旸谷。"冯（píng）："凭"之古字。炎洲：传说中南海洲名。《十洲记》载，炎洲在南海中，地方二千里，距北岸九万里，亦多仙家。⑥⑤俄而：不久。⑥⑥西极：西方极远之地。⑥⑦东荒：东方极远之地。⑥⑧“跨躡”二句：地络，地之脉络，谓山川之属。天网，天之网维。二句谓希有鸟踏遍大地，驰逐周天。⑥⑨“以恍惚”二句：恍惚，即恍惚。二句谓希有鸟以混茫为栖息之地，以虚无为游戏之场所。⑦⑩斥鷃：又称尺鷃，即小雀。见前《代寿山答孟少府移文书》注。藩篱：谓拘限、障碍。

[评析]

《大鹏赋》是李白最具代表性的一篇文章，据魏颢《李翰林集序》载，此赋当时“家藏一本”，流传非常广，因而为李白赢得过巨大名声。关于此赋的内涵，过去一般将其与《上李邕》、《临路歌》联系起来，认为作者是以大鹏自喻，表达对宏伟远大的人生理想的追求。这种认识失之表面，未能洞察其中深意。其实，仔细分析序文可以发现，此赋是一篇具有干谒性质的文章，序中“鄙心陋之”、“岂敢传诸作者”云云，皆告诉我们，此文背后分明有人在焉！而从赋中作者以“谪仙”口吻，表达对道教神仙世界的向往，同时又并未否定现实人生的思想倾向，再结合李白的生平事迹，可以推定，文中背后之人即应是对李白天宝元年秋待诏翰林起到重要作用的贺知章。作为一篇具有干谒性质的文章，李白作此文有两个目的：一是逞才，着意表现贺知章所称赏的谪仙之才。在这方面，文章借鉴《庄子》宏衍巨丽之体，发雄迈俊逸之文，充分展示了作者天纵之才。二是借对阮宣子《大鹏赞》的否定以及表达顺时行藏的思想，暗中传递对功名的肯定和追求之意，从而隐约地表达作此文的目的。

秋于敬亭送从侄耑游庐山序[1]

余小时，大人令诵《子虚赋》[2]，私心慕之。及长，南游云梦，览七泽之壮观[3]。酒隐安陆，蹉跎十年[4]。初，嘉兴季父谪长沙西还时，余拜见，预饮林下[5]。耑乃稚子，嬉游在旁。今来有成，郁负秀气[6]。吾衰久矣[7]，见尔慰心，申悲道旧，破涕为笑。

方告我远涉，西登香炉[8]，长山横蹙[9]，九江却转[10]。瀑布天落，半与银河争流，腾虹奔电，潨射万壑[11]，此宇宙之奇诡也。其上有方湖石井[12]，不可得而窥焉。

羡君此行，抚鹤长啸。恨丹液未就，白龙来迟[13]，使秦人著鞭，先往桃花之水[14]。孤负夙愿[15]，惭未归于名山[16]。终期后来，携手五岳。情以送远，诗宁阙乎[17]？

［注释］

①此文天宝十二载(753)作于宣城。敬亭，山名，见前《独坐敬亭山》诗注。李耑(duān)，其人无考。②《子虚赋》：汉司马相如所作。③"南游"二句：云梦、七泽，司马相如《子虚赋》云："臣闻楚有七泽，尝见其一，未睹其余也。臣之所见，盖特其小小者耳，名曰云梦。"另见前《上安州裴长史书》注。④"酒隐"二句：安陆，安州属县，即今湖北安陆县。蹉跎，谓虚度岁月。十年，从开元十五年到二十五年，李白在安陆约住了十年。⑤"嘉兴"三句：嘉兴，唐时苏州属县，在今浙江省北部。季父，最小的叔父。预饮林下，用阮籍叔侄与嵇康等七贤共为竹林之游事。⑥"今来"二句：有成，学有所成。郁，茂盛貌。秀气，灵秀之气。⑦"吾衰"句：《论语·述而》："甚矣，吾衰也！久矣吾不复梦见周公。"见前《古风》(其一)诗注。⑧香炉：香炉峰，见前《望庐山瀑布二首》诗注。⑨横蹙(cù)：纵横曲折。⑩九江：注入彭蠡(今鄱阳湖)的九条江水。郭璞《山海经注》："九江在浔阳南，江自浔阳而分为九，皆东会于大江。"⑪潨射：潨，小水入大水。潨射，乱流激射。⑫方湖石井：庐山之景。慧远《游庐山记》："自托此山，二十三载，再践石门，四游南岭，东望香炉峰，北眺九江，传闻有石井方湖，中有赤鳞涌出，野人不能叙，直叹其奇而已。"⑬"恨丹液"二句：丹液，仙人所服丹药。白龙，《列仙传》曰："(陵阳)子明于沛铚县旋溪钓得白龙，放之。后白龙来迎子明去，止陵阳山上百余年，遂得仙也。"二句谓学道求仙未成。⑭"使秦人"二句：陶渊明《桃花源记》："自云先世避秦时乱，率妻子邑人来此绝境，不复出焉。"故称桃花源中人是秦

人。二句谓让秦人先走了一步,来到了桃源仙境。⑮孤负:同"辜负"。⑯"惭未"句:原本作"惭未归山",据他本改。⑰"诗宁"句:宁,岂可。阙,同缺。

[评析]

这篇序文首先叙述与从侄早年初见与今日重会之情景,然后立足从侄所往之庐山,描写庐山的风景名胜,表达向往之情。结尾则抒发别情,以及将归隐名山的愿望,反映了作者天宝后期由于朝政腐败、人生失意所引起的精神上的郁悒苦闷。这篇文章在写法上,有一个鲜明的特点,是以叙述为主,文章虽也有写景与抒情,但主要立足于叙述;叙述时又结合自己过去的经历,以回忆的方式展开,没有伪饰客套,语言也较为朴素自然。故全文读来真切感人,体现了李白的性情之真。

江夏送倩公归汉东序[1]

昔谢安四十,卧白云于东山;桓公累征,为苍生而一起[2]。常与支公游赏,贵而不移[3]。大人君子,神冥契合,正可乃尔[4]。仆与倩公一面,不忝古人[5],言归汉东,使我心痗[6]。

夫汉东之国[7],圣人所出。神农之后,季良为大贤[8]。尔来寂寂[9],无一物可纪。有唐中兴,始生紫阳先生[10]。先生六十而隐化[11],若继迹而起者,惟倩公焉。蓄壮志而未就,期老成于他日。且能倾产重诺,好贤工文,即惠休上人与江、鲍往复[12],各一时也。仆平生述作,罄其草而授之[13]。思亲遂行,流涕惜别。

今圣朝已舍季布[14],当征贾生[15]。开颜洗目,一见白日[16]。冀相视而笑于新松之山耶[17]?作小诗绝句,以写别意。辞曰:

彼美汉东国,川藏明月辉[18]。宁知丧乱后,更有一珠归[19]。

［注释］

①此文作于乾元二年(759)李白流夜郎赦还至江夏时。江夏，今湖北武汉。倩公，僧人。李白《汉东紫阳先生碑铭》："有乡僧贞倩，雅仗才气，请予为铭。"即其人。汉东，即随州，天宝初改汉东郡，乾元初复为随州。今湖北随县。②"昔谢安"四句：《世说新语·赏誉》刘孝标注引《续晋阳秋》曰："初，(谢)安优游山水，以敷文析理自娱。桓温在西番，钦其盛名，讽朝廷请为司马。以世道未夷，志存匡济。年四十，起家应务也。"③支公：支遁，字道林，东晋高僧，精于《庄子》、《维摩诘经》等，世称支公。④"大人"三句：谓大人与君子之交，像谢安与支遁一样，精神相契，暗合神明。契合，若合符契。⑤不忝：不愧。⑥心痗(mèi)：心中忧伤。痗，病，忧伤。⑦国：地方，地域。⑧神农：见前《冬夜于随州紫阳先生餐霞楼送烟子元演隐仙城山序》注。季良：《左传》作季梁，春秋时随国贤者，谏随侯修政专农，楚不敢伐。事见《左传》桓公六年。⑨尔来：谓自神农、季良之后。寂寂：谓湮没无闻。⑩紫阳先生：胡紫阳，见前《冬夜于随州紫阳先生餐霞楼送烟子元演隐仙城山序》注。⑪隐化：尸解成仙。⑫惠休上人：南朝梁僧人，俗姓汤，善属文，常与文士江淹、鲍照等游。⑬"仆平生"二句：谓李白将所作诗文托付倩公保存。罄，尽。草，草稿，未定文稿。⑭"今圣朝"句：季布，秦末楚人，为项羽部将。性任侠，时有"得黄金百斤，不如得季布一诺"之传说。汉立后隐匿，卒为刘邦所赦。此李白以季布为刘邦所赦，以喻自己流夜郎而遇赦。舍，当为赦。⑮"当征"句：征，征召。贾生，贾谊。见前《行路难三首》之二诗注。此句谓天子当会像汉文帝征召贾谊一样重新起用自己。⑯"开颜"二句：谓开解心胸，重见天日。白日，喻天子。⑰新松之山：新松山，在随州东。⑱明月：谓明珠。《楚辞·九章·涉江》："被明月兮珮宝璐。"王逸注："言己背被明月之珠，腰佩美玉，德宝兼备，行度清白也。"⑲宁：岂。丧乱：谓安史之乱。一珠：喻倩公。《新序》："珠产江汉，玉产昆山。"

［评析］

这篇文章作者兴致豪迈，写与倩公之别，却从谢安及其所与交往的支公写起，目的固然不仅为了引出下文，更见出作者以谢安自比、以支公比倩公之用意，从中可见作者非凡的襟怀与追求。同时，在描写倩公时，也着意将其置于汉东悠久的历史人物谱系中，以突出其与先贤比肩的卓然形象。全文以叙述为主，简洁流畅，一气呵成，不假雕饰，风格朴素自然。

另外，从文中我们知道，李白将平生述作"罄其草而授之"，托付给倩公保存，以待刊布；但从结果看，倩公显然辜负了李白之重托，这不能不说是非常遗憾的事。

悲清秋赋①

登九疑兮望清川②，见三湘之潺湲③。水流寒以归海，云横秋而蔽天。余以鸟道计于故乡兮④，不知去荆吴之几千⑤。于时西阳半规⑥，映岛欲没。澄湖练明，遥海上月⑦。念佳期之浩荡，渺怀燕而望越⑧。荷花落兮江色秋，风袅袅兮夜悠悠⑨。临穷溟以有羡⑩，思钓鳌于沧洲⑪。无修竿以一举⑫，抚洪波而增忧。归去来兮，人间不可以托些⑬，吾将采药于蓬丘⑭。

[注释]

①此文是乾元二年(759)李白长流夜郎遇赦后，游潇湘登九疑山时所作。②九疑：山名，因山中九溪相似，故名九疑山，又名苍梧山。见前《梁园吟》诗注。③三湘：潇湘、资湘、沅湘合称三湘。潺湲(chán yuán)：水流貌。④鸟道：谓山峦险绝，唯鸟可以飞过，后因以高险仄迫之小径曰鸟道。见前《蜀道难》诗注。⑤荆吴：犹言楚吴，春秋战国时楚国与吴国。⑥西阳半规：夕阳半落。谢灵运《游南亭》："密林含余清，远峰隐半规。"⑦澄湖：湖水澄明。练：像白绢一样明亮。谢朓《晚登三山还望京邑》："余霞散成绮，澄江静如练。"上：升。⑧佳期：相约欢会之期。见前《大堤曲》诗注。浩荡：谓渺远。燕、越：李白故乡在西蜀，荆吴，居东，燕居北，越居南，意谓登高而遍览四方。⑨袅(niǎo)袅：秋风摇木。《楚辞·九歌·湘夫人》："袅袅兮秋风，洞庭波兮木叶下。"⑩穷溟：溟海。⑪钓鳌：《列子·汤问》："龙伯之国有大人，举足不盈数步，而暨五山之所，一钓而连六鳌。"李白《赠薛校书》："未夸观涛作，空郁钓鳌心。"宋赵德麟《侯鲭录》卷六：

"李白开元中谒宰相,封一板,上题曰'海上钓鳌客'。相问曰:'先生临沧海钓巨鳌,以何物为钩线?'白曰:'以风浪逸其情,乾坤纵其志;以虹霓为丝,明月为钩。'又曰:'以何物为饵?'曰:'以天下无义气丈夫为饵。'时相悚然。"后世因以钓鳌喻志向抱负之远大。⑫"无修竿"句:谓抱负无以实现。修,长。⑬"归去"二句:《楚辞·招魂》:"归来兮,不可以托些。"托,依托。些,助词。⑭蓬丘:蓬莱山,传说中的海上仙山。

[评析]

此赋作者登高四望,借景物描写抒发悲秋的情怀和浓郁的人生失意之悲。作者在写景时不着眼于具体物象,也不着眼于眼前实景,而是凭借纵目远望与想象,描写了一幅旷远阔大的景象,故而境界清远寥廓,见出诗人胸襟之宏阔。全文仅一百五十余字,可谓语短意长,意味隽永,尤其是"西阳半规,映岛欲没。澄湖练明,遥海上月"几句,句式整齐,写景生动鲜活。

泽畔吟序①

《泽畔吟》者,逐臣崔公之所作也②。公代业文宗,早茂才秀③。起家校书蓬山④,再尉关辅⑤,中佐于宪车⑥,因贬湘阴⑦。从宦二十有八载,而官未登于郎署⑧,何遇时而不偶耶⑨?所谓大名难居,硕果不食⑩。流离乎沅、湘,摧颔于草莽⑪。同时得罪者数十人,或才长命夭,覆巢荡室⑫。

崔公忠愤义烈,形于清辞。恸哭泽畔,哀形翰墨⑬。犹《风》、《雅》之什,闻之者无罪,睹之者作镜⑭。书所感遇,总二十章,名之曰《泽畔吟》。惧奸臣之猜,常韬之于竹筒⑮;酷吏将至,则藏之于名山。前后数四,蠹伤卷轴⑯。观其逸气顿挫,英风激扬,横波遗流,腾薄万古⑰。至于微而彰,婉而丽,悲不自我,兴成他人,岂不云怨者之流乎[18]？余览之怆然，掩卷挥涕，为之序云。

[注释]

①此文是作者乾元二年(759)为崔成甫的诗集《泽畔吟》所作的序，《泽畔吟》是崔成甫贬谪湘阴期间所作，取义于《史记·屈原列传》："屈原至于江滨，被发行吟泽畔。"此文题一作《泽畔吟诗序》。②崔公：即崔成甫，李白所与交往的友人，见前《酬崔侍御》诗注。③"公代"二句：崔成甫父、祖父及先祖皆为一时文宗，故云"代业文宗"。早茂才秀，谓很小就才能出众。茂、秀，谓优秀。④校书蓬山：谓为秘书省校书郎。蓬山，谓皇家藏书处。《后汉书》李贤注："蓬莱，海中仙山，为仙府，幽经秘录并在焉。"⑤"再尉"句：谓崔成甫曾为陕县尉。关辅，关中三辅之地。三辅即京兆、冯翊、扶风。《有唐朝散大夫守汝州长史上柱国安平县开国男赠卫尉少卿崔公墓志》："仆射之长子成甫，仕至秘书省校书郎，冯翊、陕二县尉。"冯翊、陕县皆属关中，故称"尉关辅"。⑥佐于宪车：谓为御史台属吏。御史台，亦称宪台，故云。此句言崔成甫摄监察御史事。⑦湘阴：县名，江南西道岳州属县，故址在今湖南湘阴县内。⑧郎署：尚书郎。《文选》卷三十七李密《陈情表》："臣少仕伪朝，历职郎署。"张铣注："郎署谓尚书郎。"⑨不偶：不遇，不合。⑩大名难居：谓享盛名易招祸，难以久居。硕果不食：《易·剥卦》："上九，硕果不食。"孔颖达《正义》："硕果不食者，处卦之终，独得完全，不被剥落，犹如硕大之果，不为人食也。"⑪流离：流落。沅、湘：沅水、湘水，二水经长沙入洞庭。摧颓：意谓摧折衰萎。草莽：草野。⑫"同时"三句：天宝五载(746)李林甫构陷陕郡太守韦坚，受株连的人多达数十人，崔成甫即是其中之一。命夭，命短。覆巢荡室，犹言家破人亡。覆巢，覆灭。荡，破坏。⑬"哀形"句：谓以文章抒发哀情。形，形诸、表现。翰墨，这里指文章。⑭"犹《风》、《雅》"三句：《诗·周南·关雎序》："上以风化下，下以风刺上，主文而谲谏，言之者无罪，闻之者足以戒，故曰风。"镜，鉴。⑮韬：隐藏。竹简：用竹片书写文章，这里代指文章。⑯蠹(dù)：蛀虫。卷轴：指书籍。古时文章皆裱成长卷，有轴可以舒卷故称。⑰"观其"四句：谓崔成甫诗风豪迈俊逸，气势宏伟，音调抑扬顿挫，使人情绪激昂。横波遗流，谓诗境阔大，如波如流，气势奔涌。腾薄万古，谓其胸襟超卓，雄视百代，吞吐古今。腾薄，上下起伏。腾，上。薄，迫近。⑱"至于"五句：谓崔成甫诗语微而意显，气婉而词美，虽愤郁满怀而含而不露，由读者披览体味而得其旨趣，岂

非哀而不伤、怨而不怒之类的作品吗?

[评析]

这篇序文并非一般的应酬文字,从"从宦二十有八载"一句看,崔成甫当时已过世,因此此文又实际带有哀念故友之意。文章主要写两方面的内容,一是写崔成甫"遇时而不偶"的身世,以"代业文宗"的家世映衬其"才高命夭"的命运,寄托对故友悲剧命运的同情,同时也揭露了权奸当道的黑暗政治。二是对《泽畔吟》作评价。作者充分肯定了崔成甫诗逸气豪迈,雄视万古,同时又微婉娴丽,能得骚雅之余绪,赞颂了崔成甫高洁超俗的人格品节。文章语言质朴,感情真挚,具有深切的感染力。

图书在版编目(CIP)数据

李白诗文选/(唐)李白著;阮堂明,阮文娜选注. —郑州:中州古籍出版社,2011.10(2020.6重印)
ISBN 978-7-5348-3588-9

Ⅰ.①李… Ⅱ.①李…②阮…③阮… Ⅲ.①唐诗-诗集②古典散文-散文集-中国-唐代 Ⅳ.①I214.222

中国版本图书馆CIP数据核字(2011)第121446号

出版社:中州古籍出版社
(地址:郑州市郑东新区祥盛街27号6层　邮编:450016)
发行单位:新华书店
承印单位:河南新华印刷集团有限公司
开本:640mm×960mm　1/16　**印张**:14.5
字数:175千字　**印数**:28 001-32 000册
版次:2011年10月第1版　**印次**:2020年6月第8次印刷

定价:21.00元